君の館で惨劇を

獅子宮敏彦

本格
M.W.S.

南雲堂

君の館で惨劇を

装幀　岡　孝治
写真　中村一平

目次

引用文献

この物語では、次の作品について記し、内容の一部に触れているものもあります。
その中で、**太字**の作品については、真相の一部と結末に触れています。

堊城白人《あしろはくと》『蒼月宮《そうげつきゅう》殺人事件』

鮎川哲也『呪縛再現』『赤い密室』『りら荘事件』『白い密室』

歌野晶午『密室殺人ゲーム王手飛車取り』『密室殺人ゲーム2.0』

江戸川乱歩『D坂の殺人事件』『**パノラマ島奇談**』『一寸法師』
『**陰獣**』『芋虫』『孤島の鬼』『蜘蛛男』『虫』
『魔術師』『吸血鬼』『**黄金仮面**』『悪霊』『妖虫』
『人間豹』『大暗室』『暗黒星』『化人幻戯《けにんげんぎ》』『影男』

岡嶋二人『そして扉が閉ざされた』

小栗虫太郎『黒死館殺人事件』

北山猛邦『アルファベット荘事件』

倉阪鬼一郎　『三崎黒鳥館白鳥館連続密室殺人』

篠田秀幸　『幻影城の殺人』

島田荘司　『山高帽のイカロス』『水晶のピラミッド』『龍臥亭事件』

高木彬光　『刺青殺人事件』『人形はなぜ殺される』

二階堂黎人　『悪霊の館』『「本陣殺人事件」の殺人』『魔術王事件』

東野圭吾　『名探偵の呪縛』

三津田信三　『蛇棺葬』『山魔《やまんま》の如き嗤うもの』『水魑《みづち》の如き沈むもの』

山田正紀　『**ミステリ・オペラ**』

横溝正史　『鬼火』『**本陣殺人事件**』『**獄門島**』
『黒猫亭事件』『八つ墓村』『**犬神家の一族**』
『女王蜂』『**悪魔が来りて笛を吹く**』『幽霊男』
『首』『**悪魔の手毬唄**』『迷路荘の惨劇』

【第一章】 幻遊城の女王蜂

とにかく諸君があらん限りの空想力をしぼって、
智子という女性を、どんなに美しく、
どんなに気高く想像してもかまわない。
それは決して、思いすぎということはないのだから。

——横溝正史『女王蜂』

第一章　幻遊城の女王蜂

1

僕の前に、奇妙な光景が広がっていた。

大きな池か湖のような水面から、二本の足が突き出している。足は、逆八の字の形になって、空へ向かって開いていた。胴体や腕、顔などは、水面下に没している。

尋常な光景ではない。といって、実際に水の中から本物の足が出ているわけでもなかった。それは、絵の中に描かれているものであった。僕の身体よりも大きな横長の額が、目の前にあるのだ。

僕は、銀縁の眼鏡に手を掛けながら、じっと食い入るように見つめていた。

映画やテレビドラマになったことでよく知られている横溝正史の『犬神家の一族』。その中の一場面が描かれているのである。犬神家では、三種の家宝である斧《よき》・琴・菊に見立てた連続殺人が起こるのだが、これは、斧の殺人――『犬神家の一族』で最も有名といっていい場面であった。

しかし、映画やテレビでしか作品に接したことがない者は、この絵を見て少なからぬ違和感を覚えるに違いない。

一世を風靡した映画のポスターでは、満々と水をたたえた湖面から剝き出しの足が出ていた。映画の公開時にまだ生まれていなかった僕は、ビデオで観ているのだが、映画の中でも、これと同じ場面が登場する。

ところが、絵の中の光景は、かなり違っていた。

まず全体が寒々としていて、湖の水が凍り付いている。二本の足は、氷の中から突き出ているのである。しかも、その足は、パジャマのズボンをはいているのだ。

実は、これが原作通りの光景であった。

事件は冬の信州で起こり、犬神家の屋敷と接している那須湖は氷結していた。その氷結した湖面から、ネルのパジャマのズボンをはいた足が出ているのである。そして、展望台やその下のボートハウスには、残り少なくなった犬神家の人々が集まって、逆立ち死体を見つめていた。

絵は、そうした光景を大きな画布を使って忠実に表現していた。この時、金田一耕助は、自分が泊まっているホテルの部屋から双眼鏡で見ているのだが、正しく彼が見ていた光景そのものといっていい。

僕は、隣に視線をやった。隣といっても、間隔を開けたところに、やはり絵がある。すでに見てしまった絵だが、僕は、その前に移動した。

同じ『犬神家の一族』の琴の殺人で、佐智《すけとも》の死体が発見されるところであった。サイズは、両手で充分持てるほどに小さくなっている。

殺風景な部屋の中で、椅子に座った佐智が後ろ手に縛り付けられていた。口に猿ぐつわをはめられ、上半身は裸で、うなだれた首には琴糸が三重に巻き付いている。死体の傍らでは、佐智の父の幸吉と猿蔵《さるぞう》が恐怖と驚愕に目を見張り、床の上には、小夜子《さよこ》が倒れていた。黄金色をした琴糸が、暗い画面の中で異様に輝き、その存在を誇示している。まるで蛇が巻き付いているように見えなくもない。

これも原作通りなのだが、やはり映画とは違っていた。映画の佐智は、首に琴糸が巻かれているところは同じでも、屋根の上に運ばれ、天窓から断末魔に歪む顔を覗かせていた。

僕は、さらに、その隣へと移動した。間隔をおいて、そこにも一度見終わった絵がある。斧の殺人に劣らず有名な菊の殺人が描かれていた。横長の絵のサイズも、斧の殺人と同じ大きさになっている。そして、この絵も、映画と原作が異なっていたのだ。

映画では、犬神家の人々の顔に似せた五体の菊人形が横一列に並んで立っていて、左端の人形が佐《すけ》武《たけ》の首とすげ替えられていた。これに対し、原作は、次のように描写されている。

佐兵衛翁《さへえおう》に似せた鬼一法眼《きいちほうげん》の菊人形が中央に立ち、その側に珠世に似せた皆鶴姫《みなづるひめ》の菊人形があって、鬼一の前に佐清《すけきよ》の虎蔵《とらぞう》と佐智の智恵内《ちえない》がうずくまり、そして——。

敵役《かたき》の笠原淡海《かさはらたんかい》が、舞台の奥の、ほのぐらいところに、物の怪《け》のように立っている。

のである。この笠原淡海の首が、佐武の首になっていた。

つまり五体の菊人形は、歌舞伎の『菊畑』の一場面を表わして、どうやら、それぞれにポーズをとっているようなのだ。

今度の絵も、そうした原作の通りに描かれていた。

原作では、この日、犬神邸にしぐれが降っていた。絵は、それを陰鬱な背景にして、華麗な菊畑を画布一杯に描き、その中にポーズをとる五体の菊人形を配している。菊の花は爛漫と咲き乱れ、風も吹いているのか、そこここで花びらが優雅に舞っていた。犬神家の人々に似せた菊人形の顔も、花に負けじと艶やかに描き込まれている。そして、一段と暗さを増した後方から、佐武の首が、こちらを不気味に睨み付けていたのである。華やかな菊とおぞましい生首のコントラストが見事だ。

僕は、その前にしばらく佇んでから、また凍った湖面から足が突き出ている絵の前に戻った。眼鏡に手を掛け、再びじっと見つめる。すると、背後から声を掛けられた。

「やはり、この前にいたんだね」

男にしてはやや高めの柔らかな声だ。誰なのかは、振り返るまでもなくわかる。

白縫乙哉《しらぬいおとや》である。

「まあ、無理もないけど」

乙哉は、そう言いながら、僕の隣に並んだ。

「なにしろ君にとって、これは、ミステリーの原風景といっていいものなんだろう」

僕は、遠いところを見るかのように目を細めた。

あれは、小学校の四年生か五年生の時だったと思う。僕は、母と駅前のスーパーへよく買い物に行っていて、その通り道に映画館が建っていた。小さな町に相応しい貧弱な映画館で、開いているのが不思議なくらい古くて寂れていた。しかも、やっているのが任侠映画とか女性が大胆に肌を露出させているようなものとか、小学生には刺激の強いものが多かったため、今何を上映しているかなんて、ほとんど注目したこともなかった。

ところが、ある時、一枚のポスターが目にとまった。

それが、『犬神家の一族』であった。水の中から、二本の足がニョキッと突き出ていた。

僕は、その奇妙な光景に思わず目を吸い寄せられていた。ポスターだけではなく、不気味な仮面の男が出ている写真にも興味をそそられた。すると、母が、これは横溝正史の小説を映画化したものだよと教えてくれた。母がまだ学生だった頃にヒットした映画らしい。

この時、僕は、随分と熱心に見続けていたようである。

母が根負けしたような顔で、今度来る時に中へ入って観るかいと聞いてきたが、これには、首を振っていた。いつも余り感じのよくないオッちゃんたちが出入りしているため躊躇したのだ。

しかし、僕は、家へ帰ってからも横溝正史や『犬神家の一族』のことを尋ね続けた。そのためであろう。しばらくして、母が、『犬神家』の文庫本を渡してくれた。黄ばみかけた古い本であった。実家に残していたものを取ってきたそうだ。僕は、それを読んで横溝ミステリーの虜となり、『獄門島』『悪魔の手毬唄』『八つ墓村』と、次々に読破していった。どれも、母が実家から持ってきてくれた。『犬神家』の映画が公開された頃は、横溝ブームが巻き起こっていて、母も、よく読んでいたらしい。

従って、母が持っていたミステリーの本は横溝正史だけであったが、僕は、江戸川乱歩・高木彬光と読書の幅を広げていき、ミステリーマニアになったのである。

因みに、地元の貧弱な映画館で横溝映画が上映されたのは、あの時だけで、その後は、また任侠物やエッチな映画に戻り、ほどなくして閉館になってしまった。なぜあの時、『犬神家の一族』が上映されたのかは、謎のままだ。

僕は、それを今も天啓だと信じている。

「でも、君をミステリーの世界へ導いてくれた光景は、これとは少し違うよね」

と、乙哉が言った。

僕は、頷いた。

「だから、ミステリーと出会った時のことに思いを馳せていたわけじゃないんだ。佐武の絵もかなり迫力があったんだけど、『犬神家』では、どうしてもこの逆立ち死体の絵に一番惹き付けられるなと思っていたのさ。これを初めて見た時の衝撃がまざまざと蘇ってくるんだ」

「それは、僕も驚かされたからね。なにしろ映画の方が原作通りだとずっと思い込んでいた時に、これを突き付けられたんだ。あっと言わされたよ」

「おかしなものだね。ポスターを見た後に原作を読んだ時は、それほど驚かなかったのに、この絵を見た時は、びっくり仰天。それだけ目で見る効果の方が大きいってことかな。正しくミステリーだったよ。信じ込んでいたものが引っ繰り返されて、別の光景が目の前に現われる。これって僕たちが好きな本格ミステリーの醍醐味そのものじゃないか」

「なるほどね」

と、乙哉が微笑む。

「それにしても――」

僕は、逆立ち死体の絵からようやく目を離して、まわりを見渡した。

そこにも絵があった。『犬神家の一族』の三枚だけではなく、もっと多くの絵が並んでいる。

僕は、ある種畏敬の念を込めて呟いた。

「幻城戯賀《げんじょうぎが》はやっぱり凄いや」


幻城戯賀は、画家である。

五年前、一冊の画集を出して、突然世に知られることとなった。横溝作品の名場面を描いた画集であった。逆立ち死体の絵が表紙を飾っていた。それぞれの絵には、その場面を描いた原作の文章が添えられ、有名なミステリー作家が何人も解説やエッセイめいた文章を寄せるという贅沢な作りになっていた。

画集は、評判を呼んだ。豪華な構成だけではなく、絵としても魅力に満ちあふれていたからである。横溝作品の特徴といえるおどろおどろしい雰囲気の絵が多かったが、どの作品も妖しく、そして美しく、美術作品としても優れているとの評価を得ていた。

そのため、決して手頃な価格ではなかったにも拘らず、画集は、かなりの売り上げを記録した。その後、同じ企画で江戸川乱歩を出し、次いで、高木彬光・鮎川哲也と戦後復興期の名作、小栗虫太郎と戦前の名作などの画集が発表された。いずれも怪奇・無惨・耽美な場面が数多く描かれ、それらの画集も大いに売れて、幻城戯賀は、人気画家となった。

しかし、幻城戯賀の正体は全くわからなかった。正史の画集を出す以前に活動していた形跡は一切なく、世に知られてからも、本名・年齢・経歴などが明らかにされないばかりか、人前へ姿を現わすことさえ全くなかった。画集を出した出版社の人間も、画集に文章を寄稿したミステリー作家たちも、会ったことがないそうだ。

一度セレブたちが集まる秘密のパーティーに姿を見せたことがあり、黒いソフト帽と目の下から喉までを覆った白銀色の仮面で顔を隠し、体型まで秘匿するかのようにダブダブのインバネス・ケープをまとっていたという。ほとんどの参加者は何の趣向かわからなかったが、その中にミステリー好きがいて、

「あれは真矢《まや》胤光《たねみつ》だ」

と指摘したらしい。真矢胤光は、山田正紀の『ミステリ・オペラ』に登場する謎の資産家で、その人物と同じ格好をしていたのである。

結局、三十歳前後の男性らしいということが、なんとかわかっただけであった。しかし、それさえも一部では替え玉説が囁かれ、ネットでは、有名人の覆面説が盛んに取り沙汰されて、さまざまな人物が次々と俎上《そじょう》に載せられては消えていった。

そうした中で、幻城戯賀は、自身がセレブか有力なパトロンがいるのは間違いないとされている。セレブの秘密パーティーに参加していることや、全くの無名からいきなり豪華な画集を出していることなどが理由になっているが、何よりの証拠は、幻城戯賀の個人美術館に他ならない。

幻城戯賀の個人美術館は、一年前に完成したばかりである。幻城戯賀は、自分の作品を売ることも、寄贈することもしないので、実物を鑑賞するには、そこへ行くしかないのだが、その美術館は、恐ろしく辺鄙なところに建っていた。

地理的には、奈良県の山間部で三重との県境付近に位置している。鉄道や幹線道路からは無論のこと、集落からもかなり離れていて、おまけに案内表示が出ていないため、そこへ行くだけでも相当な苦労を覚悟しなければならなかった。しかも、土日を休館にしていて、つまり平日の昼間しか開いていないので、まるで人が来るのを拒んでいるとしかいいようがない。それでいて、建物は凄まじいまでの贅を凝らしているのだ。

僕は、その幻城戯賀の個人美術館に来ていた。

来る二月十九日。幻遊城に女王蜂降臨。拝顔の栄に浴さんとする者はすべからく参集すべし。
本格マニア

僕のパソコンにこういうメールが入っていたのは、一週間前のことであった。僕には、なんのことかわからず、白縫乙哉に連絡した。すると、乙哉のところにも、同じメールが来ていたらしい。《本格マニア》という差出人には、二人とも心当たりがなかったが、僕は、幻遊城が幻城戯賀の個人美術館を指すことを教えられた。

「君が知らないのも無理はないけど、幻遊城は、本格ミステリーを愛する者にとっては聖地みたいなところなんだ。そこに女王蜂というか、女王様が時折姿をお見せになるんだよ。いい機会だ。君も一緒に行って、女王様を拝見しようじゃないか」

　こうして僕は、乙哉に連れられ、二月十九日に幻城戯賀の美術館へとやって来たのである。勿論、僕は、初めて訪れるのだが、乙哉は、すでに何度か行っているらしい。

　まだ冬だということを思い知らされる雲が厚く垂れ込めた肌寒い日であった。東京から新幹線と私鉄を乗り継いで奈良県に入り、乙哉が運転するレンタカーに乗り換えて、三重方面に向かった。

　美術館のあるところは、行政区分でいうと、奈良県の宇陀《うだ》市になる。僕は、ふと三津田信三の『蛇棺葬』を思い浮かべてしまった。この作品の舞台は、奈良の蛇迂《だう》郡とされていて、宇陀市は、少し前まで宇陀郡といい、この地がモデルではないかと思っているのだ。

　乙哉が運転する車は、鄙びた風景の中を駆け抜けて、山の奥深くへどんどん入っていった。人家がすっかり見えなくなって、細い道を蛇行するように進み、鬱蒼《うっそう》とした森に突っ込む。そして、森の中をさらにしばらく走り続けていると、視界が突如として開け、前方に淡い黄土色のコンクリート塀が高々と聳《そび》え立っていた。

　その形が何かを連想させた。万里の長城である。塀の向こうには、濃いグレーをしたやはりコンクリートの岩山のようなものが、その頂を覗かせていて、そこには、窓のようなものが存在していた。

　それが、幻城戯賀の個人美術館であった。幻城戯賀美術館という当たり前過ぎる正式名称が、開け放たれた門の柱に刻まれていた。

　乙哉は、そこから門の中へ入り、広々とした駐車場に車を停めた。僕たちのレンタカー以外には、僅か二台しか停まっていなかった。従業員用の駐車場は、別のところにあるそうなので、現在の来場者は、これだけということになるようだ。車から降りた僕は、しげしげと美術館の姿に見入った。

幻城戯賀美術館が、どうして岩山のような形をしているのか。それは、江戸川乱歩の『パノラマ島奇談』に擬《なぞら》えているからであった。

『パノラマ島奇談』は、貧乏な夢想家が、自分とそっくりの顔をしている富豪になりすまして、孤島に壮大な夢の国を築くという話である。作中で、夢の国の建物は岩山のようだと表現され、島全体が万里の長城のような塀で囲まれていると記されている。

そして、幻城戯賀美術館は、来場者たちから幻遊城と呼ばれていた。

幻城の名に遊の文字を挟んだ形だが、これも、乱歩について多少なりとも知識を持っている人間には、ああと思い当たることがあるに違いない。

幻影城だ。

乱歩は、自らを幻影の城主と称し、書斎兼書庫として使っていた土蔵も幻影城と名付けていた。幻遊城という呼称は、これに擬えているのである。

僕は、奇妙な形の建物を見上げ、その威容に思わず息を呑んでいた。

美術館の敷地は広大で、駐車場の他に豪華な庭園も造られ、それらを取り囲む万里の長城の塀は、無限に続くかのごとくどこまでも伸びていた。その中で、幻遊城は、鈍色の空のもと、辺りを睥睨するかのように屹立《きつりつ》していたのである。美術館というよりは神殿と呼んだ方が相応しいような雰囲気を漂わせていた。

建物の中へ入ると、まずエントランスホールがあって、そこの受付で料金を払った。受付には、三十代と二十代らしき二人の女性がいた。エントランスホールを進むと、上下も左右もガラス張りのトンネルの中へ入り、ガラスの向こうでは水が流れていた。『パノラマ島奇談』では、夢の国へ入るために、まず海中トンネルを潜る。それと同じ趣向にしてあるのだ。

水中トンネルは、最後の方で周囲が岩を模した壁で覆われたトンネルとなり、それを抜けると、景色は一転した。その威容にも、息を呑まされた。ちょっとしたグラウンド並みの広大な空間が、背を反らして見上げなければならないような高みにまで伸びていた。そこは、いったい何階分あるのかわからないほどの吹き抜けになっていて、天井には、小さな星のような明かりが瞬いていた。周囲の壁は、やはり岩のような形になっていて、まるで断崖絶壁がそそり立っているように見える。上に行くほど空間が少しずつ狭まるように造ってあるので、余計に高く見えるらしい。

しかも、床の中央部分には、大きな穴が穿たれていて、それが、トンネルのある壁から反対側の壁の数メートル手前までを真っ直ぐに突っ切っていた。床との境目には柵が設けられていて、そこから下を覗くと、川が流れているという。これも、下へ行くほど狭まっているそうなので、結構下に見えるが、実際は三、四メートルほどの深さではないかと、乙哉が教えてくれた。

この川は、断崖の下の渓流を模しているのである。穴の大きさは、床面積の半分以上を占めていた。広大な空間は、ほぼ正方形をしていて、僕たちが出てきたトンネルの出口は、その空間左端に位置していた。そして、出口がある壁を除いた三方の壁に絵が飾られていた。従って、ここは、広いフロアーを時計まわりにぐるりと四分の三周して、展示品を見ていくことになるのだ。

受付にあった館内案内図には、第一展示室と味も素っ気もない名称で書かれていたが、来場者からは、《大豁谷《だいけいこく》の間》と呼ばれているらしい。『パノラマ島奇談』で海中トンネルを抜けると、やはり屋内に大谿谷が広がっていて、ここは、それに擬えているからである。

この《大谿谷の間》は、幻遊城のメイン・ギャラリーになっていた。ここが、どの展示室よりも大きいということ、そして、《大谿谷の間》を通らなければ、館内の他の場所へは行けないことが理由だという。そのため、その時のメイン企画というべき作品が展示されるらしい。しかし、幻城戯賀美術館は、広報・宣伝活動にも極めて不熱心で、ホームページも作っていなければ、展示情報をどこかへ掲載することもなく、何が展示されているかは、行ってみないとわからないそうである。

僕は、大きく深呼吸をしてから、足を踏み出していた。

《大谿谷の間》には、他に誰もいなかった。床には、岩壁に似た色をした絨毯が敷かれて、足音を消していた。そのため、室内は静寂に包まれ、僕たちは、じっくりと鑑賞することができた。外は、寒々としているが、中は、空調が効いていて過ごしやすい。

展示品は、ガラス張りの額に入れられ、岩壁の中に嵌め込まれていた。それも、充分過ぎるといっていいほどの間隔をとって展示されている。従って、広々としているわりには展示品が少なく、しかも、館内の照明が薄暗かった。《大谿谷の間》では、高い天井と通路に沿った床で照明が瞬き、他は、展示品の周囲だけが、これも淡いスポットライトを浴びているだけなのである。間隔をおいた展示品は、そうした照明の中で幻想的にぽつりぽつりと浮かび上がり、文字通り幻影の中を遊泳しているような気分に駆られてくる。実際に来てみると、どうして幻遊城と呼ばれるようになったのかがよくわかった。

《大谿谷の間》で最初に展示されていたのは、横溝正史の『女王蜂』であった。

両手で持つにはやや苦労しそうなサイズの横長の画布一杯に、入浴している若い女性の姿が描かれていた。真上から見た構図になっている。女性も、顔を上に向け、嫣然《えんぜん》といっていい笑みを浮かべて、均整のとれた身体をくねらせていた。形よくのびた手脚が湯から出て、艶々とした肌が水滴を弾き、それ以外の裸身は湯の中で妖しく透けている。まるで真上にいる画家を挑発しているかのようだ。女性の顔は、たとえようもないほどに美しい。『女王蜂』のヒロイン——大道寺《だいどうじ》智子を描いた絵である。

「へえ、女王蜂が降臨するという日に『女王蜂』の絵か。いきなりそのものズバリの展示から始まっているんだね」

と、僕は言った。

そう乙哉が応じた。

「受付に三十代ぐらいの女性がいただろう。あの人はジョウグウさんといってね。幻城戯賀の秘書なんだ。全く人前へ出ない幻城に代わって対外的な交渉を一手に引き受けている敏腕秘書さ。その人が受付にいる日は、ＶＩＰがここへ来る日だといわれているのさ」

僕は、ジョウグウという女性の姿を思い出していた。短い髪をして、短いタイトスカートのダークスーツをきっちりと着こなし、いかにも切れ者のキャリアウーマンという感じを漂わせていた。受付にもう一人いた年下の女性よりも、美しさでは遥かに凌いでいる。そのため、受付で会った時には、僕も、ハッとさせられたものだ。

「つまり今日のＶＩＰは、その女王様というわけか」

「だから、この絵を最初に持ってきているんだろうね」

「しかも、女王様は、まだお越しになってはいない」

僕たちは、取り敢えず先へ進むことにした。『女王蜂』の次に展示されていたのは、『獄門島』であった。網元鬼頭家の三姉妹――月代・雪枝・花子の無惨な最期を描いた三枚の絵が飾られていた。

まず花子の絵があった。花子は、梅の古木で逆さ吊りになっていた。花子の死体には、横なぐりの激しい雨が降り注ぎ、その身体が揺れているかのように傾いていた。

次に雪枝。雪枝は、吊り鐘の中へ押し込められていたが、原作とはやや異なる描き方がなされていた。原作では、金田一耕助たちが立っているところから膝だけしか見えないと記されているのに、ここでは、吊り鐘がさらに上へと持ち上げられて、雪枝の蒼白い顔が覗いていた。

どれも妖しく、そして美しかった。しかも、実物は、当然のことながら画集よりも大きいので、その迫力に圧倒されていた。しかし、何といっても強く惹き付けられたのは、月代の絵であった。

月代の死体は、一つ家《や》と呼ばれていた祈禱所の中で発見されるのだが、幻城戯賀は、この作品だけ死体ではなく、月代が殺される場面を描いていた。白拍子姿で祈禱をしていた月代は、背後から手ぬぐいを首に巻き付けられて絞め上げられていた。月代の顔は苦悶に歪み、その右手は、何とか凶器を振りほどこうと手ぬぐいをしっかりと握り締めていた。月代の周囲では、萩の花が菊畑の菊に劣らないほど華麗に舞い散っていた。

しかも、この絵には、特徴的な犯人の姿と、やはり特徴的な犯行方法までもがしっかりと描かれていたのである。画布の端には、猫の姿まで垣間見えていた。そのため、画集が発表された時には、表紙の絵に劣らないほどの衝撃をもたらし、大いに物議をかもした。

ネタバレではないかと！

それが、花子や雪枝の絵よりも大きく、さらには、僕の身体よりも大きい縦長の画布に描かれていたのだ。画集とは比べものにならない、段違い、桁違いといっていい凄まじい迫力に、僕は、すっかり釘付けとなってしまった。乙哉が何度か声を掛けたそうだが、それにも気付くことがなく見つめ続け、腕をとられて、ようやく我に返ったほどである。

僕たちは、また先へ進んだ。次に展示されていたのが『犬神家の一族』で、それが菊の殺人の絵から始まっていたのだ。

しかし、僕たちが、そこまで移動した時、乙哉に声を掛けてきた人物がいた。中年の男で、水中トンネルから出てきたところであった。乙哉は、その男とトンネルの方へ戻っていった。エントランスホールには、休憩用のソファセットも置かれているので、そこで話をするつもりらしい。そのため、僕は、一人で鑑賞を続けていたというわけだ。

そして、乙哉だけが戻ってきたのである。

「こうして実物を見ると、『犬神家』の斧と菊の殺人、そして『獄門島』の月代の絵がいかに大作かわかるだろう」

乙哉が、そう言って、僕と同じように《大谿谷の間》を見渡した。

「そうだね」

と、僕は答えた。この三枚より大きな絵が、ここにはなかったからだ。

「実は――」

と、乙哉が続ける。

「今のところ幻城戯賀が、この三枚と同じか、それよりも大きなサイズで描いたものはないんだ。そして、ネタバレになるような構図も、月代の絵の他はない。だから、今日そうしたことを覆す新作が出ていれば別だけど、いや、たとえそんな作品が展示されていたとしても、最初の画集を出した時の幻城戯賀が、この三つの絵にどれほど強い思い入れを持っていたかは充分に察することができるんじゃないか。ということは、当時囁かれていた噂も決して的外れではなかったことになる」

横溝正史の画集は、まるで映画と張り合うかのように、湖水から突き出た足の絵を表紙に使い、ほとんどの作品は、原作に忠実な構図となっていた。そうしたことから、幻城戯賀には、原作を変えた映像作品への不満があり、それが、最初の画集を正史にした理由ではないかといわれていたのである。

月代の絵がネタバレになったのも、映画では犯人が変わり、同じ頃に放映されたテレビドラマは、犯人こそ同じにしながら、なぜか殺す相手を変えていて、あの場面がどちらにも出てこなかった。それが不満であったに違いないと考えられていたのだ。原作通りにやれば、これだけ素晴らしいシーンになることを、幻城戯賀は訴えたかったというのである。

「でも、それだけの理由で正史の画集から出したとも思ってないんだ」

乙哉が、そう言いながら歩き出し、僕も後に続いた。

「正史の小説に出てくる死体は、日本的な小道具をうまく使って、ちょっと表現がなんだけど、美しいものになっているだろう。特に、『犬神家』の佐武や、『獄門島』の三姉妹の死体は、そうした日本的な残虐美が極まったとでもいうべきで、ミステリーの中では比類がないくらいの美しさになっている。読者を恐がらせようとする残虐性だけが強調されがちな乱歩の死体とは違う。それに、僕は、君と同じで欧米のミステリーに余り詳しくないんだけど、欧米にもこれほど美しい死体が出てくるミステリーはないんじゃないか。だから、幻城戯賀は、そうしたことも描きたかったに違いないと思っているんだ。そして、それを原作通りの、いや、原作以上といっていいほどの美しさに仕上げている。やはり君が言う通り、幻城戯賀は凄いよ」

『犬神家』の次は、また『女王蜂』の絵が展示してあった。

浴室の脱衣場で身体にバスタオルだけを巻き付けた智子が、鏡に書かれた赤い文字を消していた。しかも、その姿をドアの隙間から誰かが覗き、その黒い影が磨りガラスに映っている。

乙哉は、その絵をじっと見ながら、

「僕はね。正史の小説の中では『女王蜂』が一番好きなんだ。なぜかというと、この作品が僕の境遇をどうしても思い出させてくれるんでね」

「君の境遇?」

僕が、そう尋ねかけた時であった。

静寂に包まれていた館内が、不意にざわめいた。

僕は、音のする方へ顔を向けた。トンネルの中から人が現われ、《大谿谷の間》に入ってくる。傍若無人な足音を響かせるわけではなく、交わされる話し声も抑制されていたが、これまでの静謐を掻き乱すには充分であった。やって来たのは、全部で七人。受付にいたジョウグウという女性が先導しているため、新しい来場者は六人ということになる。先導役の女性のすぐ後ろに二人の男女が並んでいて、その後ろに、残りの四人が続いている。髪が長めの人物もいるが、全員がズボン姿なので、男であろうと思った。

しかし、僕は、そちらにほとんど注目していなかった。僕の目は、男と並んでいる女性に吸い寄せられていた。

「！」

僕は、またしても息を呑んでしまった。

慌てて眼鏡に手を掛け、『犬神家』の逆立ち死体や『獄門島』の月代の絵を見ていた時にも負けないほどの熱心さで、じっと見つめる。

まだ若い女性であった。二十歳《はたち》前後に見える。モデルを思わせるスラリとした華奢な肢体で、漆黒の髪が肩のやや下辺りまで流れ、濃い色彩の、やたらにヒラヒラとしたものが目立つ華やかな衣装を身に着けていた。しかも、半袖にミニスカートという、冬であるにも拘らず、まるで暖かい初夏を思わせるような格好をしている。いくら空調が効いているとはいえ、やはり寒いのではないかと思われるが、不思議なことに全くそのような感じがしない。むしろ爽やかな春風が漂ってくるかのようだ。

あいにく、その方面の知識が全くないのだが、身に着けているものはどれも有名なブランド品に違いないと思われるほど高級感に満ちあふれていた。ゆったりとした半袖とふんわりとした短いスカートからは、服装とは対照的な真っ白い手足が伸びていて、その眩しさに目が焼けてしまいそうである。

しかし、最も目を射るのは、華奢な肢体によくマッチした小さな顔であった。

美しかった。

衣装にも劣らない華やかな美貌である。まるで、彼女の周囲にだけスポットライトが当たっているように感じられた。幻遊城の荘厳・壮麗さにもひけをとらない。彼女こそ、この神殿に祀られるべき女神ではないかとまで思わせる。

女性が、こちらへ顔を向けてきたため、僕は、思わず顔を逸らしたが、その口からは呻くような言葉が吐き出されていた。

「あれが女王蜂――」

2

横溝正史の『女王蜂』は、伊豆沖の月琴島《げっきんとう》に生まれ育った大道寺智子が十八歳の誕生日を前に島を出て、それまで離れて暮らしていた義父の大道寺欣造《きんぞう》が住む東京へ向かうところから始まる。そして、途中、修善寺のホテルに泊まり、そこの浴槽に浸かっていて、自分に対する脅迫文を見つけるのである。最初に展示されていた絵と今の絵は、その場面を描いたものであった。

智子は、絶世の美女として描かれている。正史は、その美しさを読者があらん限りの空想力をしぼって想像しても思いすぎにはならないとまで書いていて、しかも、そこには、気高くという言葉が入っていた。智子は、単に美しいだけでなく、女王のような気品と威厳に満ちた女性でもあったのだ。

事実、浴槽へ入る前夜、智子は、欣造から紹介された三人の青年と接して、彼らが自分の虜となっていることに満更でもない気分を味わい、その官能の火照りが浴槽の中で大胆な姿態をとらせているのである。智子には、この他にも多門連太郎という若者が近付き、怪行者の九十九龍馬《つくもりゅうま》も邪な思いを遂げようとする。

つまり智子は、男を惹き寄せずにはいられない存在であった。それがために犯人は、欣造宛の脅迫状で彼女のことを女王蜂と書き、智子には島へ帰れと脅迫してきた。しかし、気高い智子は、そのような脅しには屈せず、脅迫文を消しているのである。その姿をドアの隙間から覗いているのは、智子の異母弟に当たる文彦であった。

僕は、『女王蜂』の話を思い出しながら、改めて入ってきた女性を見つめた。

女性は、もうこちらを向いておらず、ゆっくりと絵を鑑賞していた。そこへ後方の男たちが、しきりと話しかけているが、その姿は、何やら従僕のように思われ、女性が、それに応じている様子には、明らかに女主人の威厳が感じられた。例外は、彼女の隣に並んでいる男性だが、一行の中で最も年嵩《としかさ》に見えるその男には、掌中の珠を慈しむかのごとき態度がはっきりと現われている。しかも、女性の優雅な歩みには、男たちを従えていることへの遠慮のようなものが、少しも感じられない。こうしたことに、いかにも慣れているようだ。

「なっ、女王蜂だろう」

と、乙哉が、小声で囁いてくる。

「いったい彼女は何者なんだ」

僕は、聞かずにいられなかった。

しかし、乙哉は、何も答えずに先へ進んでいった。僕も、慌てて乙哉の後を追った。これまでとは違って、さらりと見ていくだけであるが、どれも画集に載っているので、構図はすっかり頭の中に入っている。

次の絵では、九十九龍馬が、背中に短刀を突き立てられ、畳の上でうつ伏せになって倒れていた。その側には、多門連太郎がいて、智子を抱いている。智子は、目を閉じて眠っていた。九十九龍馬は、自分の道場に智子が訪ねてきた機会をとらえて、智子を眠らせ、自分のものにしようとしたところで、殺されたのである。

そこから先は、『悪魔の手毬唄』になっていた。

鬼首村《おにこべ》に伝わる手毬唄の歌詞通りに三人の女性が殺されるという話から、二枚の絵が展示されている。まず、滝壺で発見された由良《ゆら》泰子の死体があった。色鮮やかな浴衣を着た泰子の口には、漏斗《じょうご》が差し込まれ、そこへ岩の上にすえてある枡から滝の水が注がれている。その隣では、青池里子がぶどう畑の中で殺されていた。里子は、下着だけにされて肌が露となり、そこに、むごたらしい赤痣が毒々しく描かれている。

『悪魔の手毬唄』で、横溝正史の絵は終わっていた。その次は、江戸川乱歩の絵になっている。

しかし、乙哉は、もう見ようとはしなかった。どんどん素通りをしていって、最後の絵のところまできた。その先には、トンネルの出入口と同じ壁があり、その出入口とは両端の関係となる位置に二階へ上がる白い階段があって、階段の隣には、エレベーターも備え付けられている。

しかし、乙哉は、そちらへは向かわなかった。階段へ行くまでに、最後の絵があるのと同じ壁に洞窟の中へ入るような穴が開いている。乙哉は、その穴の中へ入り、僕も、後に続いた。十メートル近くの洞窟が真っ直ぐ続いていて、その向こうには、新しい展示室があった。案内図には、第二展示室と書かれているところだ。

僕は、ここにも目を見張った。

広さは、《大谿谷の間》の間の半分ぐらいであろう。こちらは円形をしていて、周囲の壁は、やはり岩のようであり、そこに《大谿谷の間》よりは間隔を狭め、全ての壁に絵が展示されていた。ぐるりと一周して、また洞窟の出入口へ戻ってくる形だ。照明は、やはり薄暗く、展示品には、淡いスポットライトが当てられている。やはり床の大部分が丸く穿たれていて、そこに水がたたえられ、今度は池のようになっていた。

転落防止用の柵はなく、池には、白鳥と裸女の人魚が浮かんでいた。白鳥は、池の上をゆっくりと動いている。本物かと見紛うばかりだが、精巧な造り物だと乙哉が教えてくれた。一方、人魚は、ブロンズか何かの像で、跳ね上がったり、戯れ合ったり、泳いでいたりと、さまざまなポーズをとって池のあちこちに配置されている。

『パノラマ島奇談』では、大谿谷の奥の階段まで、白鳥に乗って水の上を行き、そこには、裸女の人魚が群れをなしているのだが、その場面をイメージしているらしい。

「だから、ここは、《白鳥と人魚の間》と呼ばれている」

と、乙哉が言った。

それから、洞窟越しに《大谿谷の間》の方を窺う。

「ここまで来れば、大声でも上げない限り向こうまで聞こえる心配はないだろう」

それでも、声を相変わらず小さめにして、今度は、僕の方へ顔を向けた。《白鳥と人魚の間》にも、先客はいない。

「で、彼女は何者なんだい」

僕は、もう一度同じことを尋ねた。

「天綬在正《てんじゅありまさ》という人物がいる」

乙哉は答えた。

「おそらく日本で屈指の大富豪といっていいだろう。経済界ばかりか政界にもたいへんな影響力を持っているそうだ。しかも、幻城戯賀と同じで、表舞台にほとんど出てこないから、実力のわりに名前が知られていないんだけどね」

「へえ。でも、それほどの大富豪でありながら、わざわざここへ来てるってことは――」

「彼も相当なミステリーマニアだ。ここへは、開館当初から何回も来ているらしい。ただのマニアではなく、幻城戯賀のパトロンに違いないとまでいわれているくらいさ。だから、この幻遊城だって、彼が建ててやったものかもしれない。まあ、あくまでも噂だけどね。それが、彼女の隣にいた男だよ」

僕は、その男のことを必死に思い出そうとした。髪にやや白いものが目立ち、一行の中では一番の年長者と思われる人物であったことはわかる。しかし、顔は全く思い出せない。

「じゃあ、彼女は、その大富豪の娘か」

「いや」

乙哉は、首を振って、しばらく間を空けた。それから、ぽつりと呟くように口を開く。

「妻だ」

「――」

僕は、あんぐりと口を開けたまま絶句していた。

「二人が結婚したのは、二年前のことだ。今も言ったように、天綬氏自身は、表へ出ることを好まない人だし、再婚ということもあってか、彼の地位と力からすれば、ごく内輪だけの非常に地味な結婚式だったらしい。それでも、彼を知る人々――特にミステリーマニアたちの間では相当話題になったようだ」

「――」

「それもそうだろう。天綬氏は、最初の奥さんとかなり前に死別してからというもの、ずっと独身を貫いていた。それが、とても若い――自分の娘だといってもいいような奥さんをもらったんだからね。彼女の方は、勿論初婚で、結婚した時は、二十一歳だったと聞いている」

つまり今年で二十三歳になるわけだ。

「それに、何といっても、あの美しさだ。話題にならない方がおかしいよ。その天綬氏が、ここへ来る時には、必ず新しい奥さんを連れて来ている。ここでの騒ぎが、どうなったか想像がつくんじゃないか。あっという間にここの女王様で、誰もが会いたがっているんだ。勿論、向こうはＶＩＰだから話をすることなんてとてもできないけど、見るだけでいいと誰もが言っているよ」

「そうなのか」

僕は、それだけを何とか口にした。

「レイカっていうんだ」

乙哉が、またぽつりと呟くように言った。

「えっ」

僕が聞き返すと、乙哉は、ポケットから手帳を取り出し、そこへ何かを書いて、こちらへ見せた。

麗火
という文字が記されている。

「彼女の名前だよ」

「華《はな》とか香るという文字じゃなく、火を使っているんだね。天綬麗火か」

僕は、噛み締めるように言った。

そして、何気なく洞窟の中へ目をやった。視線の先で、《大谿谷の間》の僅かな光景が、額縁におさめられた絵のように映っている。すると、何という偶然であろうか、そこに華やかな衣装をまとったスレンダーな肢体が姿を現わしたのである。

麗火だ。

しかも、彼女は、姿を現わすと同時に、こちらを向いた。そして、その顔が、あらん限りの空想力をしぼっても思いすぎにはならない凄絶な美貌が、ふっと綻んだように見えた。ニッコリと微笑んだように見えたのだ。

ゾクゾクっとした戦慄が、僕の背筋を駆け抜けていく。

しかし、麗火の笑顔が見えたのは、ほんの少しの時間——おそらく一秒か二秒のことでしかなかった。麗火は、あっという間に洞窟の前を通り過ぎてしまった。その後を男たちがゾロゾロと付いていき、最後に、ジョウグウという女性が通り過ぎていった。麗火以外は、誰もこちらを見ようともしない。

「今、今——」

僕は、声を震わせながら、乙哉の方を向いた。

乙哉も、茫然とした表情で洞窟の先を見つめている。

「今、彼女がこっちを見て笑わなかったか」

「笑ったね」

乙哉は、どこか上の空のような声で答えた。目は、じっと一点を見据えたまま動かない。麗火の残像を必死に焼き付けようとしているかのようだ。

「どうして笑ったんだろう。僕は、今日が初めてなんだから、僕を見て笑うわけがない。すると、君か。君は、何回かここへ来ているうちに、彼女にも何度か会っているんじゃないか。それで、見るだけじゃなく、話をするぐらいの仲になったんだろう」

「いや。彼女を見るのはまだ二回目だよ。挨拶をしたこともないよ。こうして遠くから見ていただけさ。なにしろ前の時も、今日と同じように男たちがくっ付いていて、がっちりとガードされていたからね。だから、あの微笑みは、僕に向けたのかもしれないし、君にかもしれない。あるいは、二人ともということもある」

「どうして――」

「幻城戯賀のパトロンではないかといわれているミステリーマニアの富豪と結婚して、ここへも一緒に足繁く通っているんだ。彼女自身も、筋金入りのミステリーマニアなのさ。ミステリー作家の顔ぐらい知っていても、おかしくはない」

「――」

乙哉が言う通り、僕たちは、ミステリー作家であった。

従って、白縫乙哉というのもペンネームだ。因みに、僕のペンネームは、三神悠也《みかみゆうや》という。二人とも、マニアが嵩じて、作家にまでなってしまったのである。

僕と乙哉は、共に二十七歳であった。同い年のうえに、文字こそ違うものの、ペンネームの最後に「や」と付けていること、そして、何よりもミステリーの嗜好が共通しているため、二人は、出版社のパーティーで知り合ってから友人といっていい関係になった。僕も乙哉も、謎解きに重きをおいた本格物、その中でも、怪奇で陰惨な雰囲気を持った古風なスタイルのミステリーを愛好していたのである。

しかし、僕が幻遊城の存在さえ知らなかったことでもわかるように、作家としてのキャリアでは、二人の間にかなりの差があった。

白縫乙哉は、まだ大学生――それもエリート養成所といっていい国立の超難関校――であった六年前に、本格ミステリー新人賞を最年少で獲得するという鮮烈なデビューを果たした。しかも、これが初めての応募だったという。以来、乙哉は、作家活動に専念して著作は十冊を数え、ミステリー界の中で、それなりの地位を確立している。

それに比べて、僕の方は、まだ二冊しか本を出していない。やはり大学生の頃から新人賞に応募して、会社員になっても続けていたが、なかなか受賞できず、会社の倒産で失業した腹いせにヤケクソで書いたものが、一昨年の佳作に滑り込み、昨年に出版された。そして、今年になって、過去の落選作を手直しした二冊目を出したばかりである。

但し、二人の本には、著者の写真など載っていない。それでも、最近は作家の顔を知る方法がいくらでもある。パーティーの写真がネットに出ていたり、授賞式の模様がミステリー専門チャンネルで放映されていたり、乙哉なんかは、大学で講演したこともあるから、そちらからも入手できるだろう。セレブのミステリーマニアなら、他にもルートを持っているのかもしれない。

しかし、僕は、余り顔を知られたくなかった。僕が乙哉と変わらないのは、それほど高くない身長だけで、体重はやや――と自分ではしておく――重く、冴えない眼鏡を掛けた顔は、全くイケてなかった。育ちのよさが顔に出ている乙哉と並ぶと尚更である。失業していたのをいいことに、デビュー作が上梓されると、すぐさま東京へ出てきたのだが、それまでの僕は、周囲にミステリー好きさえいないただの田舎者に過ぎなかった。

こうした相違は、二人の作品にも現われている。

乙哉の作品は、勿論トリックも素晴らしいのだが、若きイケメン探偵の活躍と苦悩を描いたストーリーも洗練されていて読みごたえがあった。探偵の名前も、騎士探偵と書いて、ナイト探偵と読ませ、シャレているという評判を得ている。事件の方も殺人でありながら、陰惨な描写は少なく、女性にも年少者にも読みやすい内容になっていた。

一方、僕の作品はといえば、やぼったくて荒唐無稽なストーリーに見るべきものはないが、トリックが奇抜で捨て難いと評され、なんとか本にしてもらっている。それでも、担当の編集者からは、僕のデビュー作と同じ頃に出た三津田信三の『山魔の如き嗤うもの』を見せられ、

「刀城言耶《とうじようげんや》シリーズはこれで四作目だ。君の鬼神《おにがみ》シリーズも、これぐらいのものを書かないと、今のままでは三作目でさえ危ないよ」

と言われたくらいである。

鬼神とは、僕のシリーズ探偵――鬼神佐三郎《すけさぶろう》のことであった。僕としては、チャラチャラしたカタカナ名前でなく、明智小五郎・金田一耕助という正統派の衣鉢を継いだつもりなのだが、こちらは、センスがないとネットで酷評された。しかも、僕の作品は、女性ばかりが異様にむごたらしく殺されるという話で、とても、女性や年少者に勧められるようなシロモノではない。

ただ二人に共通していることがあって、それは、どちらもトリックを中心とした作風であるため、トリックを成立させるための非現実的な設定になっていて、リアリティーがないとか人間が描けていないという批判を受けるのである。

「こっちへ来たらどうしようかと思ったけど、天綬氏の一行は、二階へ行ったようだね」

乙哉が、ようやく呪縛から解き放たれたかのように、目を洞窟から離した。案内図によれば、二階には第三展示室と第四展示室、それに休憩室を兼ねたカフェがあると記されていた。

僕たちは、このまま《白鳥と人魚の間》を見ていくことにした。天綬夫妻の後を追うような形で二階へ行くのは、なんとなく気が引けたのだ。《白鳥と人魚の間》も、洞窟の出口から時計まわりに進むと、まず高木彬光の『刺青殺人事件』が目に飛び込んできた。絵は、二枚。極彩色の大蛇丸《おろちまる》を身体一杯に彫り込んで、東大の標本室に飾られている妖艶極まりない野村絹枝のトルソ。そして、胴体を失った女の首と手足が浴室の中で横たわっている場面が展示されている。

その次は、鮎川哲也であった。『赤い密室』からは、解剖台の上に転がっている香月エミ子の首と手足の絵が――。『白い密室』からは、佐藤キミ子が座間家の玄関に向かって庭を歩いている場面が展示されていた。雪が降り積もった庭には、歩いているキミ子と、もうひとつの足跡だけが印されている。

これも全て画集で見ていたものだが、やはり実物の迫力は違った。僕は、たちまち幻城戯賀の世界に惹き込まれてしまい、乙哉の方からも、じっと見入っている気配が伝わってくる。

乙哉や天綬夫妻の例でもわかるように、幻遊城には、繰り返し訪れる、いわゆるリピーターが少なくないらしい。幻遊城の工事が始まった頃から幻城戯賀は、画集を出さなくなり、新作を見るにはここへ来るしかないのだが、近頃は新作を描くペースもかなり落ちて、そう頻繁に出ているわけではないということであった。幻城戯賀は、乱歩・正史の系譜に連なる探偵小説的な香りを持った本格物を好んでいる。そのため、過去の作品をほぼ描き尽くして、絵の対象が現代に近付いてくると、創作意欲を掻き立てる作品がなかなかないようなのである。従って、幻遊城を訪れても、展示品のほとんどは旧作で占められ、旧作ばかりということも珍しくないそうだ。

しかし、それでもリピーターが多いということは、たとえ旧作であってもまた見たくなってしまうようなのだ。マニアたちの心を、それだけ射止めているということである。

僕も、その気持ちはよくわかる。

新人賞への応募を繰り返していた頃から、僕は、構想や執筆に行き詰まると、何度も何度も幻城戯賀の画集をひもといていた。そうすると、また意欲が湧き上がってくるのである。こんなことをするのは僕だけかと思っていたら、乙哉からも、そうなんだと言われた。そうした作家は他にもいるらしい。

そして、画集でもそうなのだから、幻遊城へ来て実物に接すると、画集を見ている時とは比べものにならないくらいの意欲が湧いてくると教えてくれた。ミステリー作家——特に本格系の作家の間では、行き詰まれば幻遊城へ行けというようなことが囁かれているそうだ。幻城戯賀の作品には、ミステリー心をそそる魔力とでも呼ぶべきものがあるのかもしれない。

僕も実物を見ながら、そうした魔力のようなものをひしひしと感じていた。なんだかいいトリックが浮かびそうな気にもなってくる。

鮎川哲也を見終わって、僕たちは、次の絵の前に移動した。その前でも、しばらく見入っていると、不意に背後から声が聞こえた。

「三神先生、白縫先生」

涼やかな女の声であった。

「まだ、ここにいらしたのですね」

その声は、さっき《大谿谷の間》でチラッと聞こえた女の声に似ているような気がした。もしやという期待と、まさかという戸惑いを交錯させながら、僕は、恐る恐る振り返った。

また戦慄が、身体を駆け抜けていく。

洞窟の出入口のところに、天綬麗火が立っていたのだ。

嫣然といっていい笑みを浮かべ、その笑顔は、はっきりと二人の方に向けられていた。正に、女王の微笑み。

麗火は、ゆっくりと、そして優雅に近付いてきた。

僕は、ゴクリと唾を飲み込んだ。隣にいる乙哉からも、息を呑む気配が伝わってくる。

それに気付いているのかどうか、麗火は、笑みをたたえたまま、僕の手が届きそうな位置にまでやって来た。離れた距離で見ていた時よりも遥かにしっかりと、その顔を見ることができる。

僕は、それに釘付けとなっていた。呪縛されたかのように、目を逸らすことができない。近くから見ても、印象は変わらなかった。いや、むしろ強まったというべきであろう。

麗火は、やはり美しかった。この世のものとは思われない凄絶な美貌だ。僕は、思わずこの場にひれ伏してしまいたいような衝動にさえ駆られていた。正に神々しいという表現がぴったりである。

麗火は、僕たちと余り背が変わらなかった。ヒールのせいでもあるのだろうが、彼女が女性としては決して低くないということでもある。さらにいえば、僕も乙哉も、男としては背が高くない方だということも理由になるだろう。

いずれにせよ、麗火は、真っ直ぐに僕たちを見つめながら、

「お二人にお会いできて、とても光栄です」

と、さらに笑みを広げた。

「三神先生とは初めてですが、白縫先生は、前に一度お見かけしましたね。ですが、ご挨拶をすることもできなくて、申し訳ありません」

そう続けて、頭まで下げる。

「いえ」

乙哉は、明らかにうろたえていた。

しかし、麗火は、気にするような素振りを少しも見せなかった。実に、堂々としている。わざわざ名乗ろうとしないのも、当然、自分のことを知っていると思っているからであろう。

麗火は、僕たちが見ていた絵の方へ視線を移し、

「『黒死館』ですね」

と言った。

幻遊城に展示されている幻城戯賀の作品には、説明が全くなされていなかった。画集のように原作の文章が抜粋されてもいなければ、タイトルのようなものが付けられているわけでもない。ただ絵が飾られているだけである。ここへ来るからには、どの作品の何の場面かわかるほどの知識を持っているのは当然と思っているのだ。

それを、麗火は、ズバリと指摘した。生半可なマニアではないことを窺わせる。その言葉通り、僕たちが見ていたのは、小栗虫太郎の『黒死館殺人事件』であった。

眼前の絵は、その冒頭の場面。法水麟太郎《のりみずりんたろう》と支倉《はぜくら》検事が黒死館へやって来たところを描いていた。今日と同じような厚い雲が垂れ込め、微かに雷光が瞬く空を背景に、黒死館の巨大な二層楼が、空に劣らない陰鬱な姿を見せている。その姿は、原作通りの威容が精緻に描かれていた。館の前には、ウォーター・サープライズがあり、そこから上がる水煙の傍らを二人の男が歩いている。『犬神家の一族』の斧と琴の殺人、『獄門島』の月代が殺されている絵に比べると、やや小さいものの、大作であることに変わりはなかった。

麗火は、それをうっとりとしたような目で眺めていた。そして、愛らしい唇をゆっくりと開く。

「私、これと同じ構図の絵を子供の頃に見たことがあります」

乙哉が、おずおずといった感じで口を挟んだ。

「もしかして連載当時の挿絵ではありませんか」

それなら、僕も知っている。

「はい」

麗火は、しっかりと頷いた。

「あれは、まだ小学生の時でした。父の何かのお祝いに、我が家でパーティーを開いたことがありまして、それに父の知り合いであるおじさんが来ていらっしゃったのです。それが、ちょっと変わったおじさんでして、他の人が食事の後もお酒を飲みながら雑談をしていらっしゃる中で、その方だけ、隅の椅子にぽつんとお座りになって、本を読んでおられました。私は、そのお姿がとてもお可哀想に見えたので、おじさんのところへ行きました。それで、本を見せてもらうと、この『黒死館殺人事件』

を読んでおられて、私は、そこに載っていた挿絵にとても目を惹かれてしまったのです。西洋の銅版画を思わせる不思議な雰囲気の絵でした。特に、これと同じ構図の冒頭の絵に惹かれました。それで私は、おじさんから『黒死館』をお借りして読み、その不思議な物語にもすっかり魅せられてしまって、それからミステリーの虜になったのです」

「へえ、最初のミステリーが『黒死館』ですか。それも小学生で——」

乙哉が、目を丸くして驚いていた。

「でも、ペダンチックなところは、ほとんど理解できなかったのですよ」

「それは僕も同じです」

「白縫先生は、いつお読みになったのですか」

「高校生になってからですね」

それから麗火と乙哉は、『黒死館殺人事件』の内容について、あれこれと話していた。ほとんど理解できなかったというペダンチックな部分についても、滑らかに会話を交わしている。あれは、ただの謙遜だったのか。もし麗火が小学生時代に読んだきりだとすれば凄いことである。当然、その後に読み直しているのであろうと、自分を納得させる。

そして、麗火が、

「いずれにせよ、私も結婚してから、昔の本や雑誌をたくさん見られるようになったのですが、『黒死館』の挿絵より魅力があるものには、まだ出会っていません」

と言ったところで、僕は、ようやく口を挟むことができた。

「あのう」

それでも、ドギマギして思わず噛んでしまう。

「お、奥様――」

すると、相手は、すかさずやんわりと訂正してきた。

「麗火でかまいませんわ」

「はあ、そうですか。では、麗火さんということで、そのう、結婚してから昔の本や雑誌をたくさん見たというと――」

「勿論、夫が持っているのです」

「そ、そうですか。ご主人なら、それこそたくさん持っておられるのでしょうねえ」

「昔のものだけでなく、最近のものまであって、ミステリーだけの図書館が敷地の中にできています」

「――」

僕たちは、驚嘆の目を見交わした。

麗火は、それをさらりと受け流して、今度は、僕の方に尋ねてきた。

「三神先生は、『黒死館』にどのような印象をお持ちですか」

「はあ」

と、僕は頭を掻いた。

「僕は、一応二回読んでいるんですけど、それでも、内容が全然覚えられないんです。犯人を辛うじて知っている程度で、いったい何人殺されたのかもわかりません。幻城先生の画集を見て、ああそうだったのかと思い出したクチなんです。だから、ペダンチックなところに関しては、もうお手上げです。でも、あの雰囲気には魅せられました」

「まあ、そうですか」

麗火が、口に手を当てて笑っている。

僕は、いい年をしていながら、恥ずかしさで顔が赤らむのを覚えた。

『黒死館』なんかは特異な作品ですからね。彼は、それ以外の本格作品ならとてもよく知っていて、密室とか不可能犯罪物のトリックは生き字引といっていいほどなんです」

乙哉が、フォローをしてくれる。

「そうでしょうねえ。そうでなくては、とても、あのような作品をお書きになれないでしょう」

「えっ！　えっ！」

僕は、思わず頓狂な声を上げてしまった。

「そ、それは、もしかして僕の作品を読んで下さったということですか」

「はい。二冊とも、とてもおもしろく拝読させていただきました。勿論、白縫先生のご本も、全部読ませていただいています」

「――」

僕たちは、また驚愕の目を見交わした。僕の顔は、今度は嬉しさと、それから来る興奮のために火照っていた。二人が茫然としていると、麗火は、さらに嬉しいことを言ってくれた。

「ですから、新しい作品も楽しみにしています。是非読ませて下さい」

「これまでの作品を読んでいただいたうえに、次作まで期待していただけるとは――」

乙哉も、顔を赤らめている。

「いいミステリーを読みたいと思うのは当然のことではありませんか。でも、トリックを考え出すのはたいへんなのでしょうねえ」

「確かに苦労します。ですから、横溝正史が『黒猫亭事件』で金田一耕助と出会い、以後、彼の伝記作家と認められたように、あるいは、松下研三が神津恭介の友人だったことから、彼の事件を書くことができたりしたようなことが、本当にあればいいなと思ってしまうんです。それに、せっかくトリックを考えて書いても、僕らの作品は、リアリティーがないとか人間が描けていないとか、いろいろと批判されますし――」

「まあ、そのようなことを気になさっておられるのですか。私から言わせていただければ、そういう人こそ現実や人間をご存知ないのではと思いますわ。名探偵も奇々怪々な事件も、実際に存在するのですもの。ですから、そんなことを気になさることなく、あっと驚くようなトリックを書いて下さい」

ここで、新しい声が《白鳥と人魚の間》に響いた。

「麗火」

と、名前を呼んでいる。

さっきと同じ洞窟の出入口のところに、男が立っていた。髪に白いものが目立つものの、顔立ちは、むしろ若々しく見え、落ち着いた大人の雰囲気をかもし出している。おそらくオーダーメイドなのであろう、高級そうなスーツが見事なまでに似合っていて、かなりのナイスミドルといえた。

麗火の夫——天綬在正に違いない。

「あらっ」

そちらを見て、麗火の顔が華やいだように綻ぶ。

「ここにいたんだね。さあ、上に行こうか」

「わかりました」

と答えて、麗火は、改めて僕たちの方へ向き直った。

「今日は、ご挨拶ができて本当によかったですわ。またお会いできるのを楽しみにしています。そして、それまでにいい作品を読ませていただけるよう、私からささやかなプレゼントをさせて下さい」

麗火は、そう言うと、服の胸元に付けていた白い花の飾りを取って、乙哉に渡した。本物の花ではない。布でできているようだ。

「私が自分で作ったコサージュです」

「手作りですか」

乙哉は驚いている。

「もしかして山百合では——」

「その通りです。さすがは白縫先生、よくご存知ですね。『黒死館』でミステリーと出会った私ですけど、乱歩や正史も、それに劣らず愛しています」

麗火の顔が、また綻ぶと、僕には、首から吊るしていたものを差し出してきた。紐の先には、やはり布でできた丸い形のものが付いていて、そこには時計の模様が描かれている。

「これも私が作りました。このようなものでお気に召していただけるかどうかわからないのですが――」

「と、とんでもない」

僕の声は裏返っていた。

「本当にもらっていいんですか」

「はい。どうぞご遠慮なく受け取って下さい」

乙哉と同様、僕にも、抗うことなどできなかった。押しいただくようにして受け取る。

麗火は、それを見届けると、くるりと背を向け、来た時と同じ優雅な足取りで洞窟の方へ戻っていった。夫が差し出す左腕に、何のためらいもなく白いしなやかな腕を絡ませる。この時、僕は、初めて気付いたのだが、天綬在正は、麗火が腕を絡ませたのと反対側の右手にだけ、黒い手袋をしていた。

その天綬が、僕たちの方を見て、少しだけ頭を下げてくる。一方、麗火も、またこちらへ振り返って、あの嫣然とした笑みを浮かべ、洞窟の中へ消えていった。

3

麗火が去った後、僕は、しばらく茫然としていた。

隣も静かなままだったので、乙哉も、同じように突っ立っていたと思われる。その乙哉が、僕の肘をついてきた。何だというように顔を向けたら、目であっちを見ろと促している。視線を転じると、そこには三人の男がいた。今まで気付かなかったのだが、天綬在正の後ろに彼らも立っていたのである。

どうやら、天綬夫妻と一緒に幻遊城へやって来た男たちのようであった。いかにも体育会系といったマッチョな体格の髭面男――おそらく三十前後と、細っそりとした二人の若者である。若者の方が、こちらを見て何やらニヤニヤと笑っている。

僕と乙哉は、顔を伏せながら彼らの傍らを通り抜け、《白鳥と人魚の間》から出ていった。その時、後ろから笑い声のようなものが聞こえたのは、幻聴だったのであろうか。はっきりとわからないまま、笑い声に追い立てられるかのようにして、《大谿谷の間》へ戻った。そこには、誰もいなかった。いや、階段を上がって二階に消えていく天綬夫妻の姿が、チラリと見えた。二人は、まだ互いの腕を絡ませ合っていた。

「あの二人、年は離れているけど、仲がいいんだね」

と、僕は尋ねた。

「ああ、年の差なんて何の障害にもなっていないらしい。今でも新婚みたいなカップルだと専らの評判だよ」

乙哉の口振りには、心なしか悔しさが混じっているように思われた。僕の胸奥にも、嫉妬めいた感情が芽生える。

そのせいか、ここでもすぐさま二階へ上がる気になれず、さっきの続きを見るつもりで、《大谿谷の間》を水中トンネルの方へ戻っていった。

するど、江戸川乱歩の『化人幻戯』が飾られていた。順路通りであれば、これが《大谿谷の間》で最後の展示品となるのだ。

『化人幻戯』では、最初の事件が描かれていた。大河原義明と由美子夫妻が、窓から身を乗り出し、双眼鏡を目に当てて外を見ているところである。画布の右下には、双眼鏡の丸いレンズが描かれていて、レンズの中に断崖を落ちていく人のような姿が映っている。

次は、『人間豹』であった。カフェのボックス席に二人の男女が並んで座り、男が、フォークで厚い牛肉を突き刺し、口の中へ入れようとしていた。男は、異様に長くて赤い舌を出し、舌の表面には、針を植えたようなささくれが見えている。この男が、人間豹の恩田だ。

さらに、『妖虫』。赤いサソリを紋章にする賊が若い女性を次々に襲っていく話であるが、明智小五郎は登場せず、三笠龍介という探偵が活躍する珍しい作品だ。冒頭のレストランの場面が描かれていた。コーヒーを飲んでいる相川守と珠子兄妹の前で、珠子の家庭教師である殿村京子が、メニューの裏にシャープ鉛筆で何かを書いていた。京子の視線の先では、青眼鏡の男と紳士の二人連れがヒソヒソと話をしている。

そして、『魔術師』。これは、明智夫人の文代が初めて登場する作品である。しかし、この絵に文代はいなかった。三人の男女がボートに乗っているところを描いている。その中の白シャツ姿の男は明智小五郎で、女性は、有名な宝石商の娘である玉村妙子。二人の間に挟まれている小さな影は、その妙子が引き取って育てている少年であった。

その次の『蜘蛛男』では、撮影所の中で白髪白髯の男がピストルを構えて笑っていた。ピストルの筒先からは、白い煙が上がり、足元には、捕縄を持った人間が倒れている。男は、蜘蛛男の変装で、倒れているのは刑事であった。

僕も乙哉も、むっつりと押し黙ったまま鑑賞していた。すると、館内の静寂を突き破って、大きな声が響き渡った。

「いやあ、困った時には、やはりここへ来るべきだな。いいトリックをひとつ思い付いた。さすがに幻城戯賀だ。彼の絵には魔力がある」

振り返ると、二人の男が、階段を降りてきたところであった。大声の主《ぬし》は、恰幅がよくて押し出しが強そうである。これに対し、もう一人は、腰を低くして、

「それは幻城戯賀の魔力というよりも、先生の才能ではありませんか」

と、追従めいたことを言っている。さっき乙哉に声を掛けてきた中年男であった。

「いや。それよりもあの人のおかげだよ」

そう応じた大声の主は、僕たちのことに気付き、やあとこちらに向かって手を挙げた。

「白縫君じゃないか」

僕も、顔だけは知っている騎西恭一郎《きさいきょういちろう》であった。

太い眉と吊り上がった目という独特の風貌をしているため、すぐにわかる。もう二十年くらい第一線で活躍しているミステリー作家で、密室や人間消失などの不可能犯罪を得意とした秀作を出し続けていることから、その名前をもじって、トリックの奇才、もしくは鬼才と称されていた。乱歩ばりの

残虐な殺人場面がよく出てくる点でも、僕好みの作家である。

その騎西恭一郎が、僕たちの前で立ち止まった。

「麗火様は見たかね」

全く声を落とすことなく話し続けている。

「ええ」

と、乙哉は頷いた。

「そうか。お互い今日来てよかったな。実は、昨日もここへ来ていて、最初の予定では京都で一泊し、今朝早く東京へ帰るつもりだったんだが、知っての通り、昨日は雪のせいで新幹線が時間通りに動かなかっただろう。あれで、ここへ着いたら四時になっちまってね。閉館まで一時間しかないもんだから、あんまり見れなかったんだよ。それで、今日もう一回やって来たところ、麗火様のご来駕《らいが》に出くわしたというわけだ。麗火様のご尊顔を拝するのは、これでやっと三度目だ。君は何度目になる？」

「僕はまだ二度目です」

「そうか、勝ったな。よかった、よかった。これで後輩に負けるのは腹が立って仕方がないんだ。それに、よかったといえば、『犬神家』や『獄門島』の実物を久し振りに見させてもらったのも今日出直したおかげで、よかったよ。あれを見て何かひらめきかけたなと思っていたら、さっきいいのを思い付いた。やっぱりここは魔力があるし、そのうえ、麗火様まで見たんだ。彼女は、正に幸運を運んでくれる女王様――いや、女神様だね。この幻遊城という神殿に祀られているんだ。難をいえば、乱歩の絵は、前にここへ来た時の方が派手でよかったんだがね。いかにも乱歩らしい場面の絵がズラリとあって、それらが『刺青殺人事件』や『赤い密室』と並んでいるのは実に壮観だった」

「――」

「まあ、それはともかく、麗火様は、どうやら旦那と一緒に《天上宮殿》へ行ったようだ。できれば天綬夫妻が戻ってくるのを待って、もう一度、麗火様のご尊顔を拝したいところなんだが、時間が限界なのさ。もしかしたらお泊まりかもしれないしな。だから、失敬するよ」

言いたいことを機関銃のようにまくし立てると、騎西恭一郎は、再び手を上げ、慌しく歩き出した。

僕の方へは、とうとう一瞥もくれなかった。新人作家の辛いところだ。

トリックの奇才に続いて、中年男も、乙哉の方にだけ頭を下げて付いていった。その際、

「さっきの件、よろしくお願いしますね」

と、念を押すような声を掛けていく。

乙哉が、渋い顔をしていた。それを見て、僕は、

「あの人、編集者かい」

と尋ねた。

「そうだ」

乙哉は、力のない声で答えていた。

「何かよくないことを言われたのか」

「いや、別に――」

乙哉は、何かを振り払うかのように首を振った。

僕は、そんな乙哉に、騎西が言っていた《天上宮殿》のことを尋ねた。

「ああ、それはね——」

乙哉の説明によると、『パノラマ島奇談』では、地下に宮殿があったが、幻遊城では、最上階に幻城戯賀の居住スペースがあり、そこを《天上宮殿》と呼んでいるらしい。外から幻遊城を見た時、岩山の頂に見えた窓のようなものが、《天上宮殿》の窓だといわれているそうだ。しかし、人の訪問をほとんど受け付けない秘密の場所で、案内図にも記されておらず、《天上宮殿》までどこからどのように上がっていくのかはわからないという。天綬夫妻がそこへ行けるのは、やはり特別なＶＩＰだからであろう。

しかも、幻城戯賀は、そこを常の住まいにしているわけではなく、いる時といない時があるらしい。いない時の住み家は、やはり不明だということであった。

「すると今日は、幻城戯賀がここにいるのか」

僕は、天井を見上げた。

「そうなんだろうね」

と、乙哉が頷く。

それから僕たちは、残りの絵を見ていった。『蜘蛛男』の次に展示されていたのは、『孤島の鬼』である。

本格的要素よりも、怪奇冒険小説とでもいうべきところに魅力がある作品で、特に物語の中盤で出てくる「人外境便り」の異様な迫力は他に類を見ない。

絵は、探偵の深山木幸吉が殺されたところを描いていた。砂浜で砂に埋もれた深山木の胸の辺りがどす黒くなっていて、その首を主人公である蓑浦が揺り動かしている。二人の周囲を大勢の子供が取り囲んでいた。

その次は、『影男』。闇の中、草地の地面から二つの首が出て、互いに向き合っていた。若い男女のもので、首のまわりだけ草がなく、土が剝き出しになっている。二つの首の間には、大鎌と草刈り鋏を持った寝間着姿の中年男が立ちはだかっていた。

さらに、『陰獣』があった。

探偵小説家の寒川が乗馬鞭で小山田静子を打ちすえている場面が描かれている。裸になった静子の背中には、ミミズが這ったような赤い筋が浮かび上がっていた。しかし、ベッドに倒れた静子の表情には、どことなく恍惚としたものが垣間見えている。

それから『一寸法師』。二人の男女が公園の中を歩いている。男は、この物語の狂言まわしとでもいうべき小林紋三で、女は、実業家夫人の山野百合枝である。継子の三千子が行方不明になったため、紋三の友人である明智小五郎に調査を依頼しようとしている場面だ。

そして、『D坂の殺人事件』。その向こうが『悪魔の手毬唄』になっているので、今日の《大豁谷の間》は、横溝正史と江戸川乱歩の特集になっていたようだ。

『D坂の殺人事件』は、明智小五郎が初めて登場する作品である。部屋の隅で女が倒れ、それを二人の男が見ているという場面が描かれていた。棒縞《ぼうじま》の浴衣を着た方が、手を電燈のスイッチに掛け、もう片方の手でもじゃもじゃとした長い髪の毛を搔いている。

実は、この男が明智小五郎なのである。『魔術師』に描かれていた洋服姿とはかなり違う。髪の毛を掻きむしっているところなど、まるで金田一耕助だ。明智は、外国帰りの『蜘蛛男』から随分とダンディーになるのだが、当初の明智は、後年のイメージとは異なり、冴えない風貌をしていた。

服装などは一向構わぬ方らしく、いつも木綿の着物によれよれの兵児帯《へこおび》を締めている。

これが『D坂の殺人事件』に記されている明智小五郎の姿に他ならない。

乙哉は、この絵にじっと見入ってから、何かを吹っ切ったかのように口を開いた。

「さっき麗火さんが、名探偵も奇々怪々な事件も実際に存在するようなことを言っていただろう」

「そうだったね」

「君は、ダーク探偵という名前を聞いたことがないか」

「ダーク探偵？　何だいそりゃ。新しいミステリーゲームか漫画が出たのか」

「ゲームや漫画じゃないよ。僕らの業界で、ある噂が囁かれているんだ。密かに依頼を受けて、事件をこっそり解決する探偵がいるらしいと。それが、ダーク探偵と呼ばれている」

「――――」

「権力者とかセレブとか社会的な名誉や地位を得ている者の中には、スキャンダルを嫌う連中が少なからずいて、そうしたところから依頼が来るそうだ。そして、ダーク探偵は、その中から不可解極まりない事件しか引き受けないといわれている。密室殺人とか人間消失とか、本格作家が泣いて喜ぶような事件だ。しかも、すぐにわかるようなトリックだったりすると、あっさり帰ってしまうそうだ。顔は、いつも仮面で隠しているんだって。誰かさんと似ているね。しかも、このダーク探偵には、ミステリー作家がワトソン役のような形で同行していることがあって、そうした場合、事件が解決すると、当事者が誰かわからない設定に変えて、自分の作品として仕上げ、出版しているらしい。ワトソン役はしばしば変わっていて、すでに複数の作家がそうした本を出していると聞いた。ダーク探偵という呼び名も、そうした作家の一人が付けたとか——」

「本当なのか」

「だから、噂だと言っているじゃないか。確かめられたことは何ひとつとしてない。勿論、私のあの作品がそうだなんて言っている作家もいなければ、警察やマスコミが勘付いている様子もないらしい。権力者やセレブだと、事件を揉み消すことも難しくないようだね」

「そんなものなのか」

「世の中には、他からは窺い知れない闇の部分が結構あるんだ。だからダーク探偵と名付けたといわれている。いずれにせよ、ダーク探偵の噂が本当だとしたら、僕たちも書かせてもらう可能性が全くないとはいえないだろう。ワトソン役はしばしば変わっているというんだからね。もしワトソン役になれれば、ミステリー作家としての夢がかなうということにもなるんじゃないか」

ワトソン役が探偵と行動を共にして、事件が解決されるまでの経緯を書く。これは、今もなお連綿と書き続けられている本格ミステリーの最も伝統的かつ基本的といっていい記述スタイルである。ミステリー作家は、この形式に憧れを抱いているのだ。だから、実際に名探偵とめぐり会い、その事件を一度でいいから書くことができればと思っているのは、決して乙哉だけではない。勿論、僕も、そうだ。

　しかし、僕は、眼鏡に手を当てて考え込んだ。

「でも、たとえそれが本当だったとしても、僕たちのところにまでまわってくるんだろうか。密室とか人間消失といった事件は、そう度々起こるものじゃないだろう。まあ、君ぐらいになればどうかわからないけど、僕みたいなペーペーまではとてもまわってこないさ。それに、どうすればダーク探偵とやらのワトソン役になれるのかもわからないわけだし――」

「正体を突き止めて、こっちから近付いてやればいいじゃないか」

「突き止めるたって、そもそも本当にいるのかどうかさえわからないんだろう」

「まだ信じられないんだね」

　乙哉が、顔を近付けてくる。

　そう簡単に信じられるわけがなかった。

「じゃあ、幻城戯賀の絵で、ダーク探偵の存在を信じさせてやろう。幻城戯賀の作品にはねえ、たまに原作のわからないものがあるんだ」

「原作のわからないものだって」

「ああ。幻城戯賀は、ミステリー小説の名場面を描くのにおかしいだろう。だから、それがダーク探偵の事件を描いたものだといわれている。ダーク探偵には、ワトソン役を連れていない時もあるようでね。事件は急に起こるものだから、作家の都合がつかないこともあるみたいだ。そんな時は一人で出かけるんだって。その事件の話を幻城戯賀がダーク探偵から聞いて、描いているという噂だ。そうした絵を探すのも、ここへ来る楽しみのひとつになっている」

乙哉が、そう言った時であった。

《白鳥と人魚の間》へ通じる洞窟から、三人の男たちが出てきた。男たちは、もうこちらを見ようともせず、若い二人が階段を上がり、髭面の男だけが、エレベーターのボタンを押した。扉は、すぐに開いて、その男が中へ入る。

僕は、それを見届けて、乙哉にまた尋ねた。

「彼らは、いったい何者なんだ。天綬さんが経営している会社の人間か」

乙哉も、チラリと目をやってから答える。

「天綬氏の邸宅は、幻遊城にも劣らない、それはそれは物凄い豪邸だといわれているんだけど、そこは、天綬氏に認められたミステリーマニアのサロンになっていて、単にミステリーを愛する仲間ということだけじゃなく、麗火夫人をも崇拝する連中が集まっているそうだ。そして、その中には、館に泊まり込んで夫妻と一緒に生活している連中もいるらしい。彼らは、そういう取り巻きたちさ」

「へえ。つまり麗火夫人は、ここだけじゃなく、家に帰っても女王様というわけか」

「そういうわけだね。あの髭面の男、君も覚えているんじゃないか。鷹地勝彦《たかちかつひこ》だよ」

「えっ！」

僕は、驚いていた。

鷹地勝彦も、ミステリー作家であった。名門私立大学のミステリー研究会——そのミス研も名門として知られているところに入って会長までつとめ、当時から発足以来の天才といわれて業界にもその名が轟いていた。卒業後に満を持して『逆転』という作品を発表し、文字通り最後の最後で凄まじいどんでん返しが待っている傑作で、かなりの話題となったが、どうしたことか、一作だけで消えてしまった。そのため、幻の作家といわれている。

僕は、『逆転』の表紙カバーに載せられていた著者の写真をはっきりと思い出した。髭の量が増えているが、確かに、鷹地勝彦だ。

「じゃあ、鷹地の横にくっ付いている若いヤツは――」

「さあ、彼らのことまでは知らないね」

すると、この時――。

もともと薄暗い《大谿谷の間》が、さらに暗くなった。遥か高みで星のように瞬いていた天井の明かりが消えてしまったのだ。訝しげに見上げていると、今度は、パッと明るくなった。天井から天井に近いところの岩壁にかけて、光が弾けた。花が開くように、光が飛び散る。そして、僕たちのすぐ近くまで散り落ちてきて、スッと消えた。それは、禍々しい大きな蜘蛛の形をしていた。また光が弾けて、今度は、さっきと色違いの蜘蛛が天井に広がり、これも、すぐ真上までやって来て消える。まるで襲われるかのような迫力に、僕は、思わず頭を伏せようとしてしまった。同じようなことが何度も繰り返され、それと同時に、ポン！　パリパリパリという大きな音が闇の中に響き渡る。

花火だとわかった。通常の数倍はあろうかという大きな花火だ。しかも、本物ではない。照明によって、そのような感じの光を映し出しているのである。音も、効果音であった。

「ああ、今日はこの時間だったのか」

乙哉も、天井を見上げながら感慨深げに呟いた。

「《大豁谷の間》ではね、一日に一度か二度ぐらいこうしたことをやっているんだ。これも、ここへ来る楽しみのひとつさ。しかし、時間が決まっていなくて、いつやるのかは、やはり来てみないとわからない」

これも、『パノラマ島奇談』の見立てであった。パノラマ島の夢の国でも、大蜘蛛の花火が打ち上げられるのだ。勿論、本物である。

僕は、次々と散り落ちてくる造り物の花火を陶然と見つめていた。

【第二章】仮面の探偵と雷鳴の館

その日は前夜の凍雨の後を受けて、厚い層をなした雲が低く垂れ下り、
（中略）
時折微かに電光《いまずま》が瞬き、口小言のような雷鳴が鈍く懶気《ものうげ》に轟いて来る。
そういう暗澹たる空模様の中で、黒死館の巨大な二層楼は
（中略）
全体が樹脂《やに》っぽい単色画《モノクローム》を作っていた。

——小栗虫太郎『黒死館殺人事件』

1

その電話が掛かってきたのは、幻遊城へ行ってから半年近くが経った頃であった。カレンダーは七月になり、暑い夏を迎えていた。

僕は、アパートの万年床を昼前に脱け出し、簡単な食事を済ませて、パソコンに向かおうとしていた。

こうしたところだけを見れば、時間に束縛されない自由業の何と気楽なことかといわれそうだが、僕の実態は全く違う。なにしろ、まだ二作しか出していないのである。勿論、作家だけで暮らしていけるわけがなく、というか、まだ作家と名乗ることさえおこがましいような状況で、食べていくためには、当然、他の仕事をしなければならなかった。そこで、時給のいい夜のバイトをやり、徹夜明けの朝に帰宅して、昼まで寝ていただけのことだ。今日はバイトがないので、いけるところまで書き続けてやろうと思っていた。

僕は、パソコンを起動させると、まずそこに取り込んである天綬麗火の写真をデスクトップ上に呼び出してきた。乙哉が、知り合いの作家から譲られたものを、さらに転送してもらったのである。幻遊城の中では撮影ができないので、庭を散策している時にこっそりと撮ったらしい。素人の盗み撮りだから、決していい写りではなかったが、その美貌を充分に偲ぶことはできた。

僕は、麗火の姿にしげしげと見入ってから、首に掛けている布製の懐中時計に触れる。それが、今や執筆前の儀式といっていい行為になっていた。花のコサージュをもらった乙哉の方をうらやましく思ったのは事実だが、嬉しいことに変わりはない。

実は、幻遊城へ行く前には、荒唐無稽な鬼神佐三郎シリーズを続けるべきかどうかで悩んでいたのだが、幻城戯賀の絵の実物を見て、麗火に会ったことで、あの日の帰りには、続ける決心がつき、新しいトリックまで思い付いた。騎西恭一郎が言っていた通り、幻城戯賀の絵には、正しく魔力があり、麗火は、幸運を運んでくれる女神であったといえる。帰ってからは、大急ぎでプロットをまとめ、以来、三作目の執筆に励んでいたのである。

この日も順調に筆を進めていた時、携帯が鳴った。着メロは、映画『犬神家の一族』のメインテーマである『愛のバラード』。名曲だ。携帯の向こうからは、乙哉の声が聞こえてきた。

「執筆の調子はどうだい。この前の話だと、順調に進んでいるみたいだったけど」

「うん、もうすぐ完成だね」

「そうか。それはいいねえ」

「君の方はどうなんだい」

僕が尋ねると、乙哉が、しばらく沈黙した後に声を落とした。

「ダーク探偵のこと、覚えているか」

「覚えているけど」

「幻遊城では、実在する証拠を見せられなかったけど、今度は、大丈夫そうなんだ」

結局、あの日の幻遊城に原作不明の絵はなかった。密室や人間消失のような不可解な事件が、そう頻繁に起こるわけはなく、原作不明の絵が展示される機会は、もともと物凄く少ないらしい。乙哉は、ひどく残念そうであった。

その後、僕たちは、カフェで時間を潰した。幻遊城のカフェは、来場者から《機械王国》と呼ばれていた。パノラマ島には、不可思議な機械が密集している場所があって、そうしたものを模したオブジェが店内に飾ってあるため、この呼称が生まれたという。

もしかしたら天綬夫妻が帰っていくところにも出くわすかもしれないと思ったが、カフェのウェイトレスから取り巻きたちが帰って、天綬夫妻は泊まっていくということを聞き、スゴスゴと引き上げてきたのである。

「どういうことだ」

と、僕は尋ねた。

それに対する乙哉の答えは、意外極まるものであった。

「掛井広康《かけいひろやす》は知っているだろう」

知らないわけはなかった。一ヵ月半ほど前のことである。

神奈川県藤沢市にある藤堂篤志《とうどうあつし》宅に、三人組の男が押し入り、藤堂夫妻と高校生である娘二人の一家四人を惨殺するという事件を起こした。犯人は、藤堂一家を縛り上げると、二人の娘を両親の前で強姦して殺し、その後、藤堂の妻も殺して、最後に藤堂自身を首吊りに見せかけて殺した。その主犯が、掛井広康だったのである。

掛井は、父親がかなりの資産を持つ会社社長という裕福な家庭に生まれ、自分もまだ二十代という若さで、その会社の常務に就任していた。しかし、出社することさえ稀という話で、勿論、実務に携わることもなく、普段は、ただただ遊びまくっていたらしい。

一方、藤堂は、掛井のところよりも大きい会社の役員をしていて、掛井の父親とは親交があった。そして、ある財界のパーティーで、コンパニオン目当てに出席していた掛井と会った時、掛井に日頃の不行跡を説教したそうである。藤堂は、掛井の父親から息子の愚痴をこぼされていたらしい。掛井は、そのことを逆恨みして、遊び仲間を二人誘い、藤堂一家を殺したという。

短絡で残忍極まりない犯行であった。しかも、逮捕後の掛井は、反省するどころか、闇の声に命じられて藤堂を殺したとか、現場にもう一人の俺がいて、そいつがやったとか、わけのわからない供述を繰り返し、それがまた責任能力の欠如による刑の軽減を狙った芝居だとして世間の轟々たる非難を浴びていた。


「でも、あの事件だって、決して全てが明らかにされているわけではないんだ」

と、乙哉が言った。

「掛井たちが、なぜ藤堂篤志だけ首吊りに見せかけたのかは知っているだろう」

それは、いうまでもなく、自殺に見せかけるためであった。藤堂篤志の首吊り死体の下には、パソコンを使って書かれた藤堂の遺書が置かれていた。署名まで印刷されていたが、そこには、娘がわけのわからない男と関係を持った。自分は、そんなふしだらな娘を許すことができず、またそんな娘を生み育てた妻も許すことができない。だから、娘と妻を殺して自殺をすると書かれていた。

勿論、その遺書も、掛井たちが藤堂のパソコンを使って書いたもので、罪を藤堂になすり付けようとしていたのだ。

「共犯者の証言によれば、掛井は、絶対に捕まることはないと言って誘い、二人は、それを信じたようだ。でも、いくら首吊りに見せかけて殺したとしても、それだけで警察が自殺と判断してくれるとは、なかなか考え難いんじゃないか。なにしろ掛井たちは、手袋こそしていたものの、現場に自分たちの体液や体毛を残していたんだ。それなのに、掛井は、どうして絶対の自信を持ち、それを共犯者が信じたのか、わかるかい」

「わかるわけがないだろう」

するると、乙哉が、ぽつりと言った。

「密室さ」

「えっ！」

「掛井たちは、現場を立ち去ろうとしながら玄関のところでグズグズしていた時に、不審な物音に気付いた近所の通報で警官が駆け付け、逮捕されたんだ。掛井たちがなぜ玄関でグズグズしていたのかというと、密室を作ろうとしていたからだったらしい。事件があった時の藤堂家は、窓も雨戸もしっかりと閉ざされ、中から鍵が掛かっていた。そこへ玄関の扉まで中から鍵が掛かっていたら、これはもう完全な密室状態。その中に首吊り死体があれば、いくら自分たちの体液や体毛があっても、その人物が殺人をした後で自殺したと思うのが自然だと考えたんだな。掛井たちは、娘と関係を持ったことで調べられるかもしれないけど、殺人の証明までは無理で、娘との関係も合意のうえだと主張すれば、死人に口なし、否定はできない。掛井らは、それを狙っていたそうだ。だから共犯者も、ヤツの計画に乗った。でも、密室作りがうまくいかなかったようで、手間取っていたところへ警察がやって来たという話だ」

「そ、そんなことに密室トリックを使おうとしていたのか」

僕は、思わず大声になっていた。密室を穢されたような思いに駆られたからだ。

「ああ」

と答える乙哉の声も、沈んでいるように聞こえた。

「しかも、ここからがさらに肝心なんだけど、掛井は、その密室トリックを知人から聞いたと、共犯者に言ったそうだ。知人は、掛井の家よりもっと凄い金持ちの息子で、やはり掛井と同じように遊んでばかりいる放蕩息子なんだけど、その家で何年か前に密室殺人が起こり、探偵がこっそりやって来て、密かに解決していったと話したらしい。密室トリックは、その時のものなんだって——」

「本当なのか」

「掛井は、あの調子だが、共犯者が、そう言っているのは本当だ。でも、取調べに当たっている刑事は、まともに取り合わなかった。単なる与太話と思っているんだろう。ところが、この話を警察庁のある幹部が偶然耳に入れてね。別にダーク探偵のことを知っていたわけじゃないんだけど、ちょっと興味を持ったそうだ。そこで、掛井の話を一度聞いてみようと言い出して、部下を行かせることになった。実は、それに僕が同行するんだよ」

「どうして、そんなことに――」

「なにしろ密室トリックだろう。警察の人間だとわからないことが多いので、ミステリー作家に声が掛かったんだよ。テレビドラマなんかで、取調室の様子をマジックミラー越しに見ているシーンがあるけど、あの部屋で掛井の話を聞き、トリックについての助言をして欲しいそうだ」

「密室の話を聞くって言うけど、掛井は、わけのわからない供述しかしないんだろう」

「そこは、やりようだよ。掛井の証言で、その密室殺人の犯人を捕まえることができれば、今回の事件は責任能力なしで不起訴にしてやると言ってやったら、ヨダレを垂らして応じてきたらしい」

「本当に不起訴にするのか」

「まさか、なんとかも方便だよ。でもね、あんなところへ僕が一人で行くのは心細くて、僕よりもっと密室に詳しい作家がいるから、その人間も同行させてくれないかと申し出たんだ。すると、それも認めてくれたよ。だから、君にも一緒に来て欲しいんだ」

「ええっ！　僕が――」

「君が僕よりトリックに詳しいのは事実だろう。そして、このことは、ダーク探偵の存在を摑む絶好の糸口になると思うんだ。掛井から知人の名前を聞き出して、そこから手繰れば、ダーク探偵に接触できるかもしれない。それができれば、二人をワトソン役にしてもらおうじゃないか」

「でも、殺人事件がこっそり解決されていることを知れば、警察だって放ってはおかないだろう。僕らが接触する前に、ダーク探偵は捕まってしまうんじゃないか」

「いや、その点は大丈夫だ」

乙哉は、とても自信がありそうだった。

こうして僕は、乙哉に同行して警察へ行くことになったのである。

掛井広康は、神奈川県警の県警本部に留置されていた。そのため、僕と乙哉は、横浜駅で待ち合わせた。そこへ迎えの車で来てくれることになっていたのだ。

乙哉の顔は、どこか思い詰めているように見えた。

しかし、それは、今日初めて気付いたことではなかった。乙哉は、このところ刊行のペースが落ちていた。乙哉ほどの才能の持ち主でも、新作に苦慮しているのが、よくわかる。幻遊城で会った編集者とのやり取りも、そのへんのところにあったようだ。軽いタッチの短編なんかは雑誌に掲載しているが、やはり堂々たるトリックの本格物を書いて、読者をあっと言わせたいものだ。またそうした作風でデビューした乙哉には、そうした読者の期待もある。とはいえ、斬新なトリックが、そういくつもいくつも次々に浮かんでくるわけはない。

しばらく待っていると、国産の高級車が来て、僕たちの前に停まった。助手席のドアが開き、やはり高級そうなスーツを颯爽と着こなした三十代半ばらしき男性が降りてくる。

実は、僕も乙哉も、普段は決して着ることのないスーツを身に着けていた。乙哉が、そうしてくれと言ったため、何かの時に必要かと思って東京へ持ってきた文字通りの一張羅を引っ張り出してきたのだ。今日の取調べは、現時点ではあくまでも警察庁幹部の個人的な興味から出た非公式なもので、県警も上層部の者しか承知していないため、県警本部へ行っても正体を明かさないことになっているから注意をして欲しいと、釘も刺されていた。

その乙哉が、男を見て、

「わざわざ迎えに来ていただいて申し訳ありません」

と頭を下げた。

どうやら彼が警察庁幹部の部下らしい。エリートといった感じが芬々《ふんぷん》と出ていて、いわゆるキャリアという人間なのだろう。それでも、相手は、丁寧な態度で僕たちに応対した。但し、名前を言わなかった。乙哉も、相手のことを知っているようであったが、僕に教えようとはしなかった。

県警本部へ着くと、駐車場で車を降り、キャリアの案内で建物の中へ入った。車中でも建物内でも、全く会話を交わさなかった。緊張していたために何階かは忘れたが、エレベーターを出て長い廊下を歩く。途中、ほとんど人を見かけなかったが、一人だけ出会った人物が、キャリアの男に向かって丁重な挨拶をしていた。この男の地位と実力がわかろうかというものである。その後、挨拶をした人物は、僕たちの方へ視線を投げかけたが、何の反応も示さずに去っていった。

長い廊下の先には曲がり角が見えていて、僕たちは、そこへ近付いていった。角のところに、私服を着た刑事らしき男が立っていて、僕たちには見えない曲がり角の向こうへ視線を送っている。すると、そちらから、大きな声が聞こえてきた。

「へへへ。もうすぐお前らともおサラバだからな。吠え面かくなよ」

確かめるまでもなく、掛井だとわかった。どうやらすっかり不起訴になる気分でいるらしい。騙されたと知った時、どういう表情になるか見てみたい気分になる。

これに対し、僕の前では、

「あれだけ内密にと言っておいたのに、ベラベラとしゃべりやがって――」

と、キャリアが舌打ちをして、それから不意に足を止めた。僕と乙哉も、自然と立ち止まることになった。キャリアは、前方にいる人物を見つめているようである。

そして、その口から、

「なんだ、あいつ――」

と、訝るような呟きが洩れた時――。

曲がり角のところに人が現われた。やはり私服を着た二人の男が、若者を間に挟んでいる。その若者が、顔を醜く歪めて大声を上げていた。新聞やテレビで飽きるほど見た掛井広康だ。

掛井たちは、こちらの方へ曲がってきた。その際、掛井を連行している二人のうちの一人が、角のところにいた男に向かって、

「よっ、そんなところで何してるんだ」

と声を掛けたが、何の返事もなかったため、そのままこちらへ進みかけた。すると、彼らが背を向けた途端、角の男が突然素早い動きを見せて、背後から掛井に体当たりをした。

「いてっ!」

と叫びながら、掛井が倒れ、これに体当たりをした方も折り重なるように続く。

僕は、男の手にキラリと光るものが握られているのを目にした。しかも、倒れたところからは、廊

下の床を這うようにして赤いものが流れ出し、鉄錆めいた噎《む》せるような臭いも漂ってくる。

血だと気付いた時、僕は、腹の底から何かが込み上げてくるのを覚え、さらに、意識がクラクラと遠のいてきて、その場に膝をついていた。

2

それから二年後——。

僕は、また幻遊城に来ていた。二年前に初めてここへ来た時と違っていたのは、白縫乙哉と一緒ではなく、一人だけであること、宇陀市へ入ると、三津田信三の『蛇棺葬』ではなく、『水魑の如き沈むもの』を思い浮かべたことであろうか。刀城言耶シリーズの六作目となるこの作品も、蛇迂郡を舞台としていたのだ。

パノラマ島に模した幻遊城の神殿を思わせる威容は、外観も内部も全く色褪せてはいなかった。《大谿谷の間》へ入ると、僕の前には、やはり異様な光景が広がっていた。

切断された手足が、部屋の中に転がっている。そして、同じように切断された首が、中央のテーブルに乗せられ、見開いた目がこちらを向いていた。男の首である。部屋の中に、胴体は見当たらない。

その隣では、頭のてっぺんから足先までを、黒いダブダブの衣装で覆った人物が立っていた。目のところだけが開いていて、冷ややかな視線が、やはりこちらへ向けられている。

僕は、銀縁眼鏡に手を掛け、しばらくじっと見入ってから、ゆっくりと移動した。

今度は、着物姿の女性が逆さ吊りになっていた。どうやら、井戸の中から引き上げられたようだ。剝き出しの足を縛った縄が、釣瓶《つるべ》に絡み付いていて、下を向いた髪の毛の先からは、雫が井戸の中へ垂れている。目は、かっと見開かれているが、首に絞められた痕があり、唇からはひと筋の血が流れていて、死んでいるのは間違いなさそうだ。

その隣では、同じ柄で色違いの着物を着た三人の若い女性が、思い思いのポーズをとって立っていた。三人の顔は全く同じで、その中の一人が着ている色は、逆さ吊りになっている女性と同じものだ。先にあったのが、『佐清の刺青殺人事件』。後の方が、『三つ子の獄門島』と、来場者からは呼ばれているらしい。

僕は、周囲を見まわした。岩を模した壁に、ぽつりぽつりと絵が展示されている。広々とした空間には、僕の他に来場者は見当たらない。

僕は、エントランスホールとつながるトンネルに視線を移した。初めて来た時と違っていることが――、それも一番重大なことがあった。あの時は、ちょうど今と同じような場所に立っていて、あのトンネルから天綬麗火が出てくるのを目撃したのだが、今日は、その気配がなさそうであった。受付にも、若い女性が一人しかいなかったのである。

僕は、再び四枚の絵に目を戻し、もう一度じっくりと見つめた。それから、ふうっと溜め息をつき、前へ歩き出す。

次の絵のところまで来て、僕は、息を吞むことになった。

二枚の絵が肩を寄せ合うようにして並んでいたのだが、そこには、白縫乙哉の作品が描かれていたのである。

僕は、絵の前に立ち尽くしていた。

さっきよりもかなり長く、もう時間など意識しないくらいに眼前の絵を見つめている。すると、

「なんだ、この絵は――」

そういう声が背後から聞こえた。どことなく気だるそうな男の声だ。

振り返ってみると、いつの間にか四十前後の男女が傍らに来ていて、同じ絵を覗き込んでいた。二人とも、派手で高級そうな服に身を包み、男は、顔をしかめている。

僕は、この男を知っていた。作家の空谷英次《そらたにえいじ》だ。僕が何とか佳作をもらった時、本格ミステリー新人賞を受賞したのが、彼の作品であった。その時のパーティーで顔を合わせているのである。すでに結婚していて、授賞式は妻と一緒に来ていたが、女は、その妻に似ているような感じがした。当時は、二人とももっと地味な格好をしていたのだが――。

空谷英次は、テレビの報道記者上がりらしく、実際の事件をモデルにして、それに大胆過ぎるほどの解釈と推理を行った斬新な作風が、未来の本格スタイルとまで激賞された。しかし、本人は、ほどなく「本格作家ではない」と宣言、作風も社会性が勝るものとなった。そのためであろうか、最近は本格作家の集まりに全く顔を出していないと聞いている。

空谷は、僕の顔を見てもわからないようであった。他でも二、三度顔を合わせているのだが、挨拶以外に言葉を交わしたことはないし、作家としての実績も天と地ほどの差が開いているので、僕のこ

となど全く意識していないのであろう。

僕も、無言のまま、すぐに顔を戻した。

「さっきも原作のわからない絵があったよな」

「それは、あなたが最近の本格ミステリーを全く読まないから、知らないだけじゃないの」

空谷の言葉に、女が応じている。

僕が側にいながら、声を潜めようともしない。騎西恭一郎も、結構傍若無人に話していたが、彼よりも遥かに気に障って聞こえた。

「確かに、最近のものはもう読む気がしなくなったからなあ。でも、お前はわかるのか。お前も読んでいないだろう」

「さっきの絵はわからないけど、これならわかるわ。白縫乙哉の作品よ」

「白縫乙哉か。そういやあ、こんなのを書いていたよな。でも、お前は、どうして知っているんだ」

「うちの娘《こ》が読んでいるのよ。それを借りて私も何冊か読んだわ」

「あいつが白縫乙哉をねえ。まあ、高校生くらいにはちょうどいいかな。でも、来年は大学受験だろう。俺は乱歩も正史も高校生で卒業したから、あいつにも、白縫乙哉なんかやめて、もっと社会性のあるしっかりとしたものを読むように言っておいてくれ」

「あなたから言いなさいよ」

「家のことは任せてあるじゃないか」

「そんなことばかり言って逃げないでよ」

「逃げてなんかいないだろう」

二人のやり取りを聞いて、僕は、思わず口を挟んでいた。

「乙哉をやめる必要なんかないですよ」

「なんだ君は――」

空谷英次が、威丈高な声を出してくる。

「俺たちがトンネルを出た時から、この前にずっと立ち続けていることからして、彼の相当なファンらしいが、いい年をしてどうかしてるよ。悪いことは言わない。もっと社会をまっとうに見据えた作品を読みなさい」

「失礼ですが、彼の作品をお読みになったことがあるんですか」

「そんな暇はないよ。それに読んでなくともあのチャラチャラした表紙や人づてに聞く話でおおよその想像はつく。現実離れをした荒唐無稽な作品だろう。乱歩と同じでハシカみたいなものさ。若い時に一度読んでしまえばそれで充分だ」

「でも、乱歩の作品は、同じ時代に書かれたもっと文学的な香りを持つ作品よりも残って、今なお読み継がれているではありませんか。乱歩の作品には、時代を超えて読者の心を摑むものがあるんですよ。だから、乙哉の作品も、必ず時代を超えて残ります。それに、若い時に読んでおもしろかったものを、大人になってから否定するのも間違っていませんか。子供の頃におもしろかったものを、いつまでも大事に思うことのどこがいけないんです」

「乙哉、乙哉と随分気安く呼ぶじゃないか」

空谷英次は、そう言って僕をしげしげと見つめた。そして、

「あれっ」

と、表情を変える。

「君をどこかで見た覚えがあるぞ。どこだっけなあ。あっ！　俺が新人賞をとった時に佳作だった。名前は、えーっと――」

「三神悠也です」

「そう、そう、そんな名前だった。しかも、君の作品は、乱歩・正史のモロ亜流だといわれていたじゃないか。ガチガチの本格派か。どうりで白縫君のことを庇う筈だ。同じ穴のムジナだものな。まあ、そういうことなら、せいぜい頑張るがいいさ」

そう言ってから、空谷は、

「行こう」

と、妻を促した。

「やっぱりここへ来るべきではなかったな。ここは、狂信者の巣窟だよ。話が通じん」

とも呟いている。これに、妻も小声で応じていた。

「でも、あなただって乱歩や正史は好きなんでしょう」

「あくまでも若い頃の思い出さ。初恋への郷愁みたいなものかな。だからといって、いつまでも初恋の女性を一番だと思っていたら、君だって気分が悪いだろう」

「そうね」

静かな館内なので、小声でもよく聞こえる。しかし、空谷夫妻は、気にする風もなく歩き、もう展示されている絵に目を向けることなく、どんどん遠ざかっていった。

僕は、壁の方に向き直った。イケメンの騎士探偵がこちらを見ている。何となく作者の顔に似ていなくもない。

(乙哉)

と、僕は心の中で呟いた。


今は十一月なので、正確にいえば、乙哉と幻遊城へ来てから二年と九ヵ月の歳月が流れていた。それでも、僕は、あの日のことを鮮明に思い出すことができる。幻城戯賀の実物の作品を初めて目の当たりにして、天綬麗火とも会った。衝撃的といっていい日であった。だから僕は、アパートに戻ると、その日のことを文章にまとめてパソコンに保存しておいた。忘れないためと、いつかこの出来事を自分の小説に登場させたいとも思ったからだ。三津田信三が自分自身を主人公に私小説のような感じでミステリーというかホラーを書いているように、僕も、ああいうものを書きたいと思った。だから、この時見た幻城戯賀の作品の数々、そして、麗火の姿、麗火の言葉は、忘れられない映画のシーンのように、今なお鮮烈な印象として脳裏に焼き付いている。

しかし——。

あの時の僕は、幻城戯賀の魔力を信じ、麗火が幸運の女神であることも確信したのだが、現実は、それほど甘くなかった。

その端緒は、何といっても神奈川県の県警本部で起こった掛井広康の殺人事件であろう。僕と乙哉は、図らずもその瞬間を目の当たりにすることとなってしまった。僕は、気分を悪くしてしまい、乙哉と案内をしてくれたキャリアに引きずられるようにして駐車場まで戻り、県警本部を立ち去って一目散に東京へ戻った。そして、乙哉のマンションで降ろしてもらった。

県警本部を出る時は、まだ充分に周囲の状況がわかり、歩くこともできたのだが、東京へ戻った頃には、立ち上がれないくらいになっていたのだ。キャリアは、この日の出来事を決して他言しないように釘を刺して帰っていった。

「悪かったな」

部屋に入ってから、乙哉は謝った。

僕は、首を振った。

「君のせいじゃないよ。僕は、むごたらしい死体を一杯書いていながら、本物の血には弱くて、よく貧血を起こすんだよ。情けないことだけどね」

「本物の血に強い人間なんて、そんなにはいないさ」

乙哉は、慰めてくれたが、それでも、今日のことは他言しないようにと、やはり釘を刺すことは忘れなかった。その日、僕は、乙哉の部屋に泊まり、翌朝、自宅へ戻った。

この事件について、報道では、神奈川県警の現職刑事が県警本部庁舎内で掛井広康を刺殺したということしか伝えられなかった。事件が起こった当初こそ、その重大性から大きく騒がれたが、犯人の刑事に精神的な疾患があったということで、警部補ということ以外は名前も公表されず、逮捕こそされたものの、不起訴となって入院すると、あっという間に終息してしまった。その後は、警察内部の責任問題が云々されたぐらいで、掛井自身が殺されて当然の悪漢と見られていたせいか、それほど激しい非難が警察に向けられることもなかったのである。勿論、事件現場に警察の関係者ではない者がいたことや、ダーク探偵・密室殺人などについては、全く報じられなかった。従って、僕も乙哉も、事情聴取をされなかったばかりか、マスコミの取材さえ受けなかった。

しかし、僕の方へは乙哉を通じてもっと詳細な情報が入っていた。犯人である警部補は、掛井が責任能力なしで不起訴になるという噂を聞き、こんなヤツを釈放できるかという一種の義憤めいた怒りに駆られて、あの日、あの場所で犯行に及んだと証言していたそうである。つまり僕たちの行動が、事件の原因となったのだ。この警部補は、掛井の事件を担当した捜査員の一人であり、凄惨な現場を目の当たりにして、被害者に深い同情を寄せ、掛井を憎んでいたらしい。

「どうだい、やっぱり世の中には、多くの人が知らない闇があるだろう」

乙哉は、自嘲的ともいえる笑みを浮かべていたが、すぐさま唇をきつく噛み締めると、拳でテーブルを叩くほど悔しがった。

「くそっ！　せっかくダーク探偵を見つけるチャンスだったのに――」

穏やかな乙哉が、僕に初めて見せた激しい感情の表現であった。乙哉の顔が、今までよりも一層苦しげに見えた。

乙哉と連絡がとれなくなったのは、それから一ヵ月ぐらい後のことであった。いつ掛けても携帯が通じず、乙哉を担当している編集者からも問い合わせを受けた。どうやら行方もわからなくなっていたようで、心当たりについて尋ねられたが、僕も全くわからなかった。

気になって、何度か乙哉のマンションへ足を運んでみたものの、帰っている様子はなかった。乙哉の母はすでに死んでいて、彼自身も、その後は一人暮らしをしていたということで、本名だけはわかっているものの、他にどういう家族がいるのか、実家がどこにあるのかについては、誰も知らなかったのである。

その乙哉の消息がようやくわかったのは、さらに一ヵ月くらい経った時であった。都内の雑居ビルの屋上から転落した死体となって発見されたのである。手に、山百合のコサージュを握り締めていたと聞いた。

遺書はなかったが、飛び降り自殺と見られた。乙哉が創作に悩んでいたのは、多くの者が知っていた。幻遊城で話しかけてきた編集者も、乙哉に全面的といっていい書き直しを要請してきて、乙哉は、かなり渋っていたらしい。こうした事情が、出版社から警察に説明されたという。

しかし、出版社の人間も、そして、僕も、乙哉の葬儀には参列できなかった。いつどこで行われたのか、それさえも誰一人として知らなかったのである。乙哉の亡骸は、親族によって引き取られ、葬儀も内輪だけでひっそりと行われたようだ。勿論、コサージュがどうなったかはわからない。

乙哉の父が社会的地位のある人間で、自殺を不名誉と考え、世間体を憚ったのだという噂が流れた。乙哉の品のいい顔立ちや、出身大学からして、彼の家が僕と全く異なる上流家庭であることは充分に察せられた。そうしたところでは、乙哉がミステリー作家になったこと自体、大袈裟にいえば家名に瑕《きず》を付けるものと見なしていたのかもしれない。

そういえばと、僕には思い当たることがあった。乙哉と幻遊城へ行った時、彼は、『女王蜂』の絵を見て何かを言い掛けた。この作品が、乙哉の境遇を思い出させるということであった。『女王蜂』のヒロイン大道寺智子も、早くに母を失い、資産家の義父とは離れ離れに暮らしている。おそらく乙哉も、どういう事情かは知らないが、父親――こちらは義父ではなく血がつながっているらしい――と離れ離れになっている自分の境遇を智子と重ね合わせたのではないか。

掛井広康が殺されるところを目撃したことに続く、乙哉の死は、僕を相当に打ちのめした。しばらくは執筆をする気になれず、脱稿寸前までいっていた第三作がパタリと止まってしまった。そして、大幅に遅れて完成させ、なんとか出版まで漕ぎ付けると、少し前に出た後輩作家の作品が全く同じトリックを使っていて、そちらの方が高い評価を受け、賞までもらってしまった。ネットでは、僕の盗作説まで出る始末で、麗火の期待に添えたとはとてもいえない。

僕は、今度こそ、きちんとしたいいミステリーを書きたかった。しかし、現時点で声を掛けてくれる出版社はなく、これはというトリックも浮かんでいない。

そうした苦悩と煩悶《はんもん》をかかえて、僕は、幻遊城を訪れていたのである。

幻遊城へ来るのは、今日でようやく三度目。遠くて結構金もかかるという理由以外に、やはり一度目の時に一緒だった乙哉を失ったショックが大きく、二度目に訪れたのは、一年ほど前のことであった。そして、今日来たのは、一昨日にこんなメールをもらったからだ。

幻遊城《大谿谷の間》に謎の絵出現。『佐清の刺青殺人事件』『三つ子の獄門島』と呼ばれ、例のヤツと思われる。いつ展示変更になるかもわからず、急ぎ幻遊城へと向かうべし。

本格マニア

前と同じで、やはり差出人に心当たりなどなかったが、謎の絵とは、あれしかないのではないかと思い、僕は、意を決して三度目の幻遊城行きを決めたのである。

僕は、『佐清の刺青殺人事件』、『三つ子の獄門島』と呼ばれていた絵のところに戻っていた。空谷夫妻が言っていたように、この絵と合致する作品に覚えはなかった。僕も、新作ミステリーの全てに目を通しているわけではないが、やはりこれは原作がない絵と考えて間違いないと思う。

幻城戯賀は、たとえば乱歩や正史といった昔の作家であれば、秀作とはいえない作品でも描いたりしている。しかし、それが現役作家になると、幻城戯賀は、自分が好む怪奇な探偵小説の作風を引き継いで、なおかつミステリーとしても優れていなければ、絶対に描こうとはしなかった。優れているかどうかの判断は、幻城自身の個人的なもので、年間ベストテンの類には全く左右されていないが、彼——やはり一応彼としておく——の審美眼は確かなものという評価を得ていた。だからこそ、幻城戯賀が認め、これほど印象的な場面を持つ作品の存在が、全く耳に入ってこない筈はないのである。

おそらく、この四枚の絵は、かつて乙哉も言っていたダーク探偵がワトソン役を伴わず、単独で解決した事件を描いたものに違いない。つまりダーク探偵は実在するのだ。

(もったいない)

と、僕は思った。

これほど魅力的な場面がありながら、誰も小説にしていないなんて、ミステリーにとっては計り知れない損失ではないか。この時、声を掛けられた作家は、とんでもない傑作を逃したのかもしれないのである。ワトソン役がなかなか見つからなかったのであれば、僕に声を掛けて欲しかった。僕なら、どれほど急な事件でも絶対付いていけるのに——。

（今からでも書かせてくれないだろうか）

僕は、天井を見上げた。

そこに、幻城戯賀の《天上宮殿》がある。今日いるかどうかはわからないが、幻城戯賀に掛け合ってダーク探偵に紹介してもらえないだろうかと思った。

（でも、僕なんかは無理だろうな）

そもそも、幻城戯賀に会うことすらかなわないであろう。といって、この絵からダーク探偵の居場所を探る手立てもありそうにない。

僕は、悄然となりながら、また先へ進み、乙哉の絵の前に差し掛かった。せっかく幻城戯賀に描いてもらいながら、もうそれを知ることも見ることも、乙哉にはできない。

「いったいどうすれば、ダーク探偵に会えるのかな」

と、物言わぬ絵に語り掛け、さらに先へと進んでいく。すると、乱歩の絵が展示されていた。

まずは、『妖虫』だ。暗い井戸の水面に浮かんでいる女の白い胴体と雑草の中から生えている白い手足が、二枚続きの絵のように描かれている。女は全裸で、黒い髪が水面に広がっているが、その胴体に手足はなかった。一人の女が、胴体と手足を別のところに捨てられているのだ。妖虫一味の餌食となった映画の女王春川月子の変わり果てた姿である。

次は、『魔術師』であった。道化師の顔をした魔術師が舞台の上でダンビラを振るい、椅子に座った女性の首が切断されるところを描いていた。宙を飛ぶ首の切り口からは、真っ赤なものが迸《ほとばし》っている。しかも、裸体の女性は、首だけでなく、両手両足もすでに切断されて舞台上に転がり、椅子には、胴体だけが残されている。

乱歩の後には、横溝正史の絵が続いていた。

『女王蜂』が展示されている。大道寺智子が、白い花を断崖の上から海に落としていた。そこは、智子の父親の死体が見つかった場所で、智子は、父を弔いに来ていたのである。しかも、智子の後ろには、怪行者の九十九龍馬が立っている。

僕は、この絵を見ているうちに、海へ落ちていく花が山百合であったことを思い出した。二年前、乙哉が麗火からもらった山百合のコサージュは、この場面に由来していた。正史の小説で『女王蜂』が一番好きだと言っていた乙哉は、これを見抜いていたのである。

つまり、乙哉は、幻遊城の女王蜂といわれていた麗火から、『女王蜂』にまつわるものをもらっていたのだ。僕がもらった懐中時計とは違う。『女王蜂』で、智子は腕時計を持っていた。

僕は、乙哉をうらやましく思ったが、

（それなのにどうして――）

と、そこへ立ち返らざるを得ない。

釈然としない思いに駆られながら、僕は、次の絵に目をやった。『犬神家の一族』であった。ボートの中でぐったりとした野々宮珠世が、猿蔵のたくましい腕に抱かれている。智子も美しいが、珠世も、それに劣らず美しかった。ボートの中は、かなり水に浸かっていて、その水に濡れた珠世の姿は妖艶そのものである。これに対し、濡れ鼠ならぬ濡れ猿と化した猿蔵は、このうえもなく醜い。

正史の絵も、この二枚だけで終わっていた。僕は、その後も《大谿谷の間》の展示品をひと通り見て、二階へ上がった。

二階といっても、実質的には三階くらいの高さがあり、比較的緩やかな傾斜で、白い階段が設けられている。隣にはエレベーターもあるが、ここへ来るマニアは、この白階段を使うことが半ば常識となっていた。途中、結構広い踊り場があって、そこへ来ると、反対側にある真正面の壁に映像が映し出されるのだ。そこが、オーロラビジョンになっているのである。壁の内側のかなり窪んだところに設置されているため、下からは見えないようになっている。

映し出されるのは、幻城戯賀の作品をアップで撮影したものであった。絵のパーツパーツが画面一杯に拡大されて、舐めるように作品をなぞっていき、実物を見るのとはまた違った魅力・迫力をかもし出してくれる。まるで乱歩の覗きからくりを見ているようだといわれていた。僕が踊り場に着いたところで映し出されたのは、さっき見た『犬神家』の珠世である。

タイミングよく映像が出るのは、踊り場にセンサーがあるからだとか、あるいは、監視カメラが設置されているからだともいわれている。幻遊城には、普通の美術館にいるような警備員・監視員が全くおらず、その代わり館内の全ては、カメラでモニターされ、集音マイクで会話も聞かれているらしいというのが、専らの噂であった。どこかに監視室というか制御室のようなものがあるのだろうが、館内のどこにあるかはやはり知られていない。

二階は、カフェ《機械王国》へ行く道と、第三展示室へ行く道に分かれ、僕は、展示室の方へ足を向けた。

第三展示室は、《妖魔の森林》と呼ばれていた。『パノラマ島奇談』では、大谿谷の奥の階段を上がると、鬱蒼とした大森林に入る。その大森林の全形が妖魔の姿を現わしていると記されていることから付けられた呼称だ。

《妖魔の森林》は、第一と第二展示室のような広々とした空間ではなく、五、六メートルほどの幅をした回廊になっていた。回廊の真ん中に、間隔をおいて木の円柱が立ち、アーチ状をした天井と左右の壁は、葉でびっしりと覆われている。床には、葉と同じ色をした絨毯が敷かれていて、円柱の木も壁の葉も、精巧な造り物であった。そして、人工葉の壁の間に、幻城戯賀の作品が嵌め込まれているのである。

回廊は、頻繁に上がり下がりを繰り返し、マチマチの長さで何度も曲がりくねっていた。そのため、先が全く見えず、どこまで続いているのか、どれほどの作品が展示されているのかもわからない。

僕は、余り展示品に集中できなくなっていたが、そのまま、《妖魔の森林》を進んだ。すると、新しい曲がり角に差し掛かったところで、まだ見えない角の向こうから話し声が聞こえてきた。

「俺の友人が二ヵ月ほど前にここを訪れてね。その時、偶然にも天綬氏がやって来たそうだ。でも、天綬氏の若い夫人は姿を見せなくて、居合わせた本格派の連中を随分とがっかりさせたらしい」

「天綬氏の若い夫人って、麗火さんのことだろう。ここに来ている本格好きの連中は、みんなあの女性を女王様のように崇めているという話じゃないか」

どちらも、男の声であった。僕は、思わず立ち止まった。絨毯に足音が消されているので、相手は、僕がすぐ側まで来ていることに全く気付いていないらしい。

二人の話は続いた。

「そうそう、麗火さんだ。もう一年と二、三ヵ月ぐらい前になるかな。俺は騎西君と一緒にここへ来たんだ」

「ガチガチの本格派じゃないか」

「そうなんだが、その時は、天綬氏と一緒に彼女もやって来てねえ。後ろにお付きの男や中には女もいて、そんなのをゾロゾロと引き連れ、確かに美しかった。でも、美しいということでいえば、幻城の秘書をしているジョウグウさんの方が凄いんじゃないか。俺は断然あっちの方に軍配を上げるけど、本格マニアたちは、あんまり彼女のことを騒がないねえ。騎西君も、麗火さんの方ばかりを見ていて、今にも彼女の前に駆け寄り、ひれ伏しそうな感じだったよ。まるで狂信者みたいで、危なっかしいったらありゃしない。俺の友人も、女王様とジョウグウさんが一緒にいるところを見ているんだが、ジョウグウさんの方が美人だ、ゾクゾクっと来たって言っていたぜ。そいつだけじゃない。俺のまわりはみんなそうだ」

「君のまわりって、サスペンス協会の連中だろう。まあ、ジョウグウさんも美人だけど、何といっても本格こそミステリーの王道だとここへ来る常連の多くは思っている。その彼らが、麗火さんにあれだけ惹かれているんだから、ここでは、麗火さんが、ミステリー・クイーンなんだよ」

「そうなのか。俺にはよくわからないなあ」

どうやら、彼らも本格マニアではないらしい。

「まあ、それはともかく、その女王様が姿を見せなくなったのは、二ヵ月前とかの話じゃなくて、もう一年とちょっとになると聞いた。だから、俺の見たのが、もしかしたら最後のご来場だったのかもしれない」

「本格派の連中は、女王様に会えなくなってがっかりしているだろうな」

「ああ。なにしろ幻城戯賀までがっかりして、そのせいで新作が以前よりもかなり減ったといわれているそうだ。今日新作が六枚も出ているのは奇蹟だって、さっき他の来場者が言っていただろう」

僕は、思わず曲がり角の先へ飛び出していた。

二人の男が、びっくりしたように目を丸くして、こちらを見ている。どちらも、知らない顔であった。

僕は、かまわずに聞いた。

「い、今の話は本当ですか。麗火さんが、一年以上もここへ来ていないなんて――」

よほど深刻な顔をしていたのであろう。男の一人が、やや呆れたような表情になりながら口を開いた。こちらが、麗火の情報を話していた方だ。

「本当みたいだぜ」

「どうしてでしょう」

「そこまでは知らないよ。そもそも、あの夫妻と取り巻きたちが一緒に住んでどういう暮らしをしているのかさえ、よくわかっていないんだ。幻城戯賀にも劣らない謎になっているそうじゃないか。君も、本格マニアみたいだけど、そんなことも知っていないのか」

「――」

ここで、別の男も口を挟んできた。

「それほど知りたいのなら、ジョウグウさんに聞いたらどうだ。彼女が、あの夫妻と幻城の仲立ちをしていたんだろう。誰よりもよく知っているに違いないと思うけどな」

そう言うと、二人の男は、さっさと先へ行ってしまった。次の角をすぐに曲がって、その姿が消える。

僕は、二人の男が去った曲がり角を見つめながら、このまま前へ進むかどうか迷っていた。監視室とか制御室どころか、幻遊城で働く職員たちの部屋――事務室とでもいうべきところがどこにあるのか、これも案内図には記されていないが、カフェのウェイトレスに聞けば、ジョウグウさんがいるかどうかわかるかもしれないと思ったのだ。もしいれば、麗火のことを聞きたかった。《機械王国》へ行くなら、戻った方が早い。

さっきの男が言っていたように、僕がここへ来てから二年以上が経っても、幻城戯賀について明らかになったことは何もなかった。相変わらず年齢も本名もわからない謎の画家のままである。その中で、僕は、ジョウグウさんを上偶さんと書くことだけは知った。

やはり引き返す方がいいだろうと思い、僕は、振り返った。その途端、

「うわぁ！」

と声を上げ、眼鏡を落としそうになった。手が届くような近さで、その上偶さんが立っていたのである。

上偶さんは、いつもと同じようにスーツを颯爽と着こなし、きりっとした姿勢で立っていた。上偶さんも、以前と全く変わっていない。

「あ、いや——」

上偶さんに真っ直ぐ見つめられて、僕は、思わず口籠ってしまった。

しかし、上偶さんは、何の反応も示さず、

「お電話が掛かってきています」

と言った。まるで機械の音声システムが話しているかのような口調だ。

館内は、携帯電話が圏外になるため、外部から連絡があった場合は、こうして呼びに来てくれるのである。これも、監視カメラがある証拠だといわれている。

「はあ」

と、僕は頷き、上偶さんが踵を返して歩き出すのに付いていった。麗火のことを尋ねるチャンスと思ったが、電話が終わってからでもいいだろうと考え、やめておいた。いや、それよりも、余計な会話を交わす気が全くなさそうな上偶さんの背中にたじろいだといった方が正しいであろう。

僕は、そんな上偶さんの後ろ姿を追い掛け、彼女の美しさを認めながらも、やはり麗火にはかなわないという結論を導き出していた。そして、わざわざ出先にまで電話をしてきた相手のことに戸惑っていた。ここへ掛けてきたことからして、業界の関係者と思われる。本格作家と連絡がとれない場合は、幻遊城へ掛けてみろというのが、業界ではひとつの格言のようになっているのだ。しかし、僕の場合、そこまでのことをしなければならないような仕事などかかえていない。

僕は、カフェ《機械王国》まで案内され、昔の大邸宅にあったような電話室に入って電話をとった。これも、懐かしい黒のダイヤル電話だ。

「もしもし」

と呼び掛ける。

受話器の向こうからは、男の声が返ってきた。

「三神悠也先生でいらっしゃいますか」

その声に、聞き覚えはない。取り敢えず、

「そうですけど」

と応じる。

すると、男が、とんでもないことを言ってきた。

「実は、わたくし、ダーク探偵の秘書をしておりまして、三神先生に急ぎお話ししたいことがあり、お電話をさせていただきました」

僕は、何も答えることができずに、ポカンと口を開けていた。

3

僕は、慌てて幻遊城を出た。

上偶さんに麗火の消息を聞くことも、すっかり頭から吹き飛んでいた。レンタカー・私鉄・新幹線と乗り継いで東京へ戻る。東京駅へ着いた時には、すでに日がとっぷりと暮れていて、夜の闇と照明が交錯する駅前に、黒塗りの高級車が迎えに来ていた。

車の傍らに男が立っている。

「わたくしがお電話をいたしました小田桐《おだぎり》です」

と、慇懃《いんぎん》に頭を下げた。

年は五十前後。ダークスーツを隙なく着こなし、頭をぴったりと撫で付けて、白い手袋を嵌めている。

「この度は急にお呼び立てしてしまいまして、まことに申し訳ございません」

小田桐は、そう言って後部座席のドアを開けた。

「いえ」

僕は、自分のラフな格好を気恥ずかしく思いながら、車の中に入った。

小田桐は、ドアを閉めて運転席に座った。そして、バックミラー越しに僕の方を見る。

「予め申し上げておきますが、これからご案内するところは、場所を秘密にさせていただいております。そのため、まず携帯電話を預からせていただきます」

僕は、電源を切ってから素直に携帯を渡した。

「それから、車の外を見ることも禁じさせていただきます」

後部座席の左右と背後の窓は、黒いカーテンで覆われていた。そのうえ、小田桐は、前後の座席の間にも黒いカーテンを引いた。これで後部座席からは、何も見えなくなった。

「これもまことに申し訳ないことですが――」

カーテンの向こうから、小田桐の声が聞こえてくる。

「カーテンに触れられますと、こちらでわかるようになっております。そういう場合は、禁じさせていただいたにも拘らず、外を見ようとなさった、もしくは、ご覧になったと判断いたし、まことに申し訳ないことですが、直ちに降りていただくこととなります。そして、今回の話がなかったことになるばかりか、今後二度と我々から先生に連絡をとることもありません。そうお心得下さいませ」

勿論、僕に、そんなことをするつもりは毛頭なかった。せっかく摑んだチャンスを逃すわけにはいかない。

「わかりました」

と、僕は答える。

車が走り出した。

僕は、柔らかな座席の背に深々ともたれて、運転している男と電話で話したことを思い返した。ダーク探偵の秘書と名乗った小田桐は、ダーク探偵が依頼を受けて出かけることになったため、それに同行して欲しいと言ってきた。僕は、すぐさま応じ、急ぎ東京へ戻ってきたのである。途中、誰かの悪戯ではないかという疑念が頭をよぎらないではなかったが、泡沫作家の僕を騙して得する相手などいない。

目的地へ着くまでは、結構長く掛かった。車は、明らかに高速へ乗り、一般道に下りてからもしばらく走って、ようやく停まった。勿論、どの辺りなのかがわかる筈はない。

「着きました」

小田桐が、ドアを開ける。僕は、車の外へ出た。

「さぞ窮屈でございましたでしょう。まことに申し訳ございません。では、こちらへ。ここがダーク探偵の住まいでございます」

小田桐が、前方を指し示した。

闇の中に、館が建っていた。暗いために、その全容をはっきりと見定めることはできないが、大きくて立派な洋館であることは充分にわかる。車が停まっている庭も随分と広く、周囲は、木々に囲まれているようで、隣家らしきものが全く見えない。ダーク探偵は、なかなかのセレブであるようだ。

僕は、小田桐に付いて、館の中へ入った。いくらか年代を感じさせるものの、内装も豪華であった。玄関ホールの正面に大きな時計が置かれていて、時間を見ると、東京駅に着いてから二時間半ほどが経過していた。しかし、これも場所を想定する手掛かりにはならないであろう。真っ直ぐここへ来たとは限らないのである。

小田桐は、僕を応接室まで案内した。しばらくの間、一人で待たされてから、別の人間が現われる。

その姿を見て、僕は、驚きに目を見張った。派手なナイト・ガウンをまとった男の顔が、とんでもなく異様であったからだ。

僕は、眼鏡を掛け直して見入ってしまった。

夜にも拘らず、男は、顔に黒いサングラスを掛けていた。サングラスの下には鼻がなく、真っ赤な口に白い歯が剝き出しになっている。しかし、それが本物の顔でないこともすぐにわかった。それは、仮面であって、男は、そういうものを被っていたのである。ダーク探偵は顔を仮面で隠していると、乙哉が言っていたことを思い出した。

つまり彼がダーク探偵！

探偵は、仮面を取ろうともせず、またそうした非礼を詫びるでもなく、

「早速来てもらってありがとう」

と、横柄な口調で言った。

仮面のせいでややくぐもった声は、全くの年齢不詳であった。どちらの手にも、黒い手袋をしている。

「あなたがダーク探偵？」

僕は、一応確かめた。

「当たり前じゃないか。君は、どこへ行くと聞かされて、ここへやって来たのだ」

相手は、僕を叱り付けるように答えた。

「小田桐からは、どの程度聞いてくれたのかね」

僕は、そのままを答えた。依頼の内容については全く聞いていないと。

「なるほど。まあ、詳しいことは、いずれ知ることになるだろうが、事件がすでに起こったというわけではない。ある富豪のところに脅迫状が届いただけだ」

「事件が起こっていないのに出かけるんですか」

「その脅迫状によると、相手は俺が来るのを待っているようだ。そして、俺が来てから乱歩と正史に挑んだ密室殺人を起こすらしい」

「乱歩と正史に挑んだ密室殺人！」

「乱歩と正史は、日本のミステリーが誇る双璧といっていい存在だ。大いに興味をそそられるだろう。俺も、そうだ。しかも、富豪の家というのが、そうした事件にとても相応しいところでね。だから、そこへ行ってみることにした。君だって、行けば納得してくれると思う」

「どこへ行くんですか」

「それは後の楽しみにとっておこう。勿論、くだらん密室だったら、さっさと帰ってくるがね」

「あ、あのそういう時、僕は――」

思わず情けない声を出してしまった。

探偵の仮面の中から、やはりくぐもった笑い声が聞こえてくる。

「心配するな。また呼んでやるよ」

いけないいけないと思いながらも、顔が綻ぶのを抑えられなかった。

「では、明日の朝に出発するから、それまでゆっくりと休んでくれたまえ」

ダーク探偵が、用件はすんだとばかりに立ち上がった。

入ってくる時にも見ていたが、探偵の背丈は、僕より少し低く、横幅は、明らかに向こうの方が優っていた。

僕は、その背中に声を掛けた。

「あのう」

「まだ何かあるのか」

探偵が、億劫そうに振り返る。

僕は、お腹を押さえていた。

「休む前に何か食べさせてくれませんか」

「なんだと！」

「お腹がペコペコで」

「新幹線の中で食べてこなかったのか」

「はい」

ダーク探偵と会えることに興奮して、そこまで気がまわらなかったのだ。

探偵は、仮面の中で思いっきり顔をしかめたようであった。チッと舌を打つ音が露骨に聞こえた。

急に呼び出したのはそっちじゃないかと、内心では腹を立てながら、僕は、卑屈な笑みを浮かべる。

「しょうがないなあ。小田桐に言っておくよ」

ダーク探偵は、長いガウンの裾を翻しながら、それでも余り颯爽とはいえない足取りで出ていった。

翌朝――。

僕は、応接室で再びダーク探偵と会っていた。

一人で朝食をすませ、昨夜と同じようにしばらく待たされていると、探偵が、小田桐を引き連れて悠然と入ってきた。ちょうど眼鏡を拭いていた僕は、それを危うく落としそうになった。探偵は、パーティーにでも行くような正装をして、金色のマントを羽織り、黒い手袋の他にソフト帽を被っていた。そして、やはり仮面をつけていたのだが、その仮面が昨夜と変わっていたのである。

帽子の下で、能面というか仏像を思わせるような顔がマントと同じような金色に輝いていた。口が三日月型に笑っている。

僕には、思い当たるものがあった。

「それ、もしかして『黄金仮面』!」

「その通り」

ダーク探偵は、胸を反らさんばかりに張って、満足そうに頷いた。

『黄金仮面』は、江戸川乱歩の作品だ。探偵の仮面は、そこに出てくる怪人のものとそっくりなのである。

「すると、昨夜の仮面――。あれは、『吸血鬼』だったんですか」

「ようやくわかったか。これでもわからなかったら帰ってもらおうかとも思っていたのだ」

『吸血鬼』も、乱歩の作品である。『魔術師』で文代と出会った明智は、この作品の最後で文代と結婚する。そして、この物語には、醜い顔をした怪人が出てくる。薬で顔を焼いたという設定で、昨夜の仮面は、それと同じであった。因みに、『吸血鬼』は、少年探偵団で活躍する小林少年が初めて登場する作品でもある。

「仮面は、乱歩のものばかりなんですか」

と、僕は尋ねた。

「何を言うか」

探偵は、心外だと言わんばかりに声を張り上げた。

「日本のミステリーで仮面といえば、『犬神家』の佐清がいるじゃないか。いつもは、だいたいあれを被っている」

「『ミステリ・オペラ』に出てくる真矢胤光の銀仮面は持ってないんですか」

と、僕は聞いてみた。

「俺を誰かさんと同一人物ではないかと疑っているのか。残念だが、それは違う。あいにくとあの仮面は持っていない。他の仮面だと、この前の事件では、ダース・ベイダーのマスクとジェイソンのようなホッケーマスクを使ったな」

「それって全然ミステリーになってませんよ」

「あれっ、君は国産ミステリーに詳しくないのか。てっきり国産派だと思っていたのだが、違うのなら、がっかりだな」

「いえ。僕も翻訳物は苦手です」

そう言って、ハタと気付いた。

「あっ。『密室殺人ゲーム王手飛車取り』！」

歌野晶午の作品だ。この作品では、パソコンで交信し合う五人の人間が出てくるのだが、素顔を見せないためにダース・ベイダーやホッケーマスクをしているのである。

「まさかと思った続編まで出ましたね」

「『密室殺人ゲーム2.0』だな。で、前の事件の時は、その続編が出たところだったから、出版記念に被ったんだよ」

「今回は乱歩の仮面で乗り込むわけですか」

「依頼主のところへ届いた脅迫状に書いてあったのさ。最初は乱歩で、その次は正史にまつわるものを被るようにとな」

「乱歩と正史に挑んだ密室殺人が起こるから、それに合わせろということですね」

「そうらしいな。それで昨夜は、乱歩のどの仮面をつけていこうか悩んでいてね。『吸血鬼』を試してみたのだが、やはりちょっとグロテスクかなと思い、『黄金仮面』にしたのさ。どうだ。こっちの方が断然いい男だろう」

「そうですね」

確かに、見た目は『黄金仮面』の方がいくらかマシのようだが、それも五十歩百歩の世界でしかない。

「正史は、やっぱり佐清の仮面ですか」

「いや、それはできないのさ。そのことも脅迫状に書いてあったそうだ」

「じゃあ。正史は何で――」

「それも後のお楽しみだ」

僕は、憮然となるのを必死にこらえた。機嫌を損ねられて、ワトソン役を解任されてはたまらない。

「じゃあ、そろそろ乱歩と正史の密室殺人に向かって出かけようじゃないか」

ダーク探偵が、勢いよく立ち上がる。

そのままさっさと部屋を出ていこうとしたため、僕は、慌てて呼び止めた。

「ちょ、ちょっとすいません」

「なんだね」

黄金仮面に、またかという嫌悪がはっきりと現われている。

「あなたは、ご自分でダーク探偵と名乗っているわけではないんでしょう。かつてあなたのワトソン役をつとめた作家の誰かが付けたという話を聞いたことがあります。だとすると、あなた自身は、なんと名乗っているんでしょう。僕は、どう呼べばいいんですか」

「なんだ、そんなことか。俺には、別に名前などない。それは、ワトソン役に考えてもらっている。ダーク探偵の名前で小説にするわけにはいかんのだからな」

「それはそうですね」

「たとえば、前の事件のワトソン役は、俺のことをビィと名付けた。ディのマネをしているわけではないぞ」

「ディ？　あっ、それって北山猛邦の『アルファベット荘事件』に出てくる探偵でしょう」

「そうだ。ビィという名前は、ダークが闇で黒いから、ブラックの頭文字をとって名付けたそうだ。自分の作品と共通点があるからだとも言っていたな。まあ、君もどんな名前にするか考えておくといい」

そう言うと、ダーク探偵は、金色マントを翻して部屋を出ていった。その金色が照明に映えると、とても眩しい。しかも、マントの襟を高々と立てているため、後頭部が全く見えなかった。

後に続いた僕は、廊下を歩きながら小田桐に尋ねた。

「あのう、僕の携帯は——」

「まことに申し訳ございませんが、あれは、事件が終わるまで預からせていただきます。何かお困りになることがあるでしょうか」

勿論、僕は、首を振った。友達付き合いも少ないし、出版社から原稿を催促されることもなければ、新たな注文が来ることも考えられない。しばらく連絡がとれなくなっても、乙哉のように迷惑を掛けることなどないからだ。だから、どれほど急な事件でも絶対付いていけると悔しがっていた。

すると、ダーク探偵が、クルリと振り返った。

「君を信用しないわけではないが、一応念のためだ。俺が行く館は、閉ざされていなくてはならんのでな」


空は曇り、鈍色の厚い雲が垂れ込めていた。

その下で見たダーク探偵の館は、やはり大きく立派であった。内装と同じく、いくらか古びているものの、豪邸であることは事実だ。やはり広い庭の周囲は、木々に囲まれていて、まわりの景色がほとんどわからなかった。何もかも、昨夜の印象通りである。

　僕は、ダーク探偵と共に昨日と同じ車の後部座席に座った。窓と前後の座席の間は、今日も黒いカーテンで覆われ、外を見ることができない。小田桐の運転で出発し、また長い時間をかけて走り続けた。ようやくカーテンが引かれて、外を見ることができた時、車は、山間の一般道を走っていた。途中、やはり高速に乗り、その高速を下りてからも、かなり時間が経っていた。車の時計に目をやると、探偵の館を出てから、およそ三時間が経過している。周囲に人家はなく、いかにも山深いといった感じの森林が見えるだけで、どこを走っているのかは全くわからなかった。曇っていた空は、さらに雲の厚みと暗さを増して、いつ雨が降ってきてもおかしくない様相を呈している。

「ここはどの辺りですか」

　一応、尋ねてみた。

　黄金仮面の探偵は、窓の外をゆっくりと見渡し、徐に口を開いた。

「人吉市と云っても、九州人士でない限り、おそらく知る人は少なかろう」

「はあ」

　俄かには信じられなかった。人吉は、九州の熊本にある街ではないか。いくら昨日今日と高速を使っていても、東京から熊本まで行けるわけがない。しかし、今の言葉にはなんとなく覚えがあり、僕は、しばらく頭に手を当て、

「あっ！」

と閃いた。

「鮎川哲也の『呪縛再現』。その冒頭に出てくる文章でしょう。『呪縛再現』は、『りら荘事件』の原型となった作品ですよね」

「さすがだ。よくわかったな」

探偵は、平然としている。

「訂正するよ。ここは、荒川の上流の、埼玉県と長野県の境にちかいところだ」

僕は、また頭に手を当てた。

「それは、今言った『りら荘事件』で、りら荘の場所を説明しているところじゃありませんか。本当に、ここは、埼玉と長野の県境なんですか」

「と思っていたら、実は、私鉄T線も終点になると、其処はもう神奈川県になっていてねえ」

「はいはい、『黒死館』ですね。これ以上無断で引用すると、問題になりますよ」

「そうだな。もうここらでやめておこう。俺が言いたかったのは、場所なんかどこでもいいじゃないかということだ。どうせ小説にする時は、場所も変える必要があるだろう」

「それはそうですけど――」

「小田桐は、忠誠無比な男なのだが、いかんせんミステリーをほとんど読まなくてねえ。乱歩で知っているのも少年探偵団と怪人二十面相という有様だから、話にならんのだよ。俺は、少年物をほとんど読まんのでな」

「僕も、乱歩にしろ正史にしろ少年物はほとんど読んでいません」

「そうだろう、そうだろう。だから、きちんとしたミステリーの話ができる人間に会うと、ついつい嬉しくなって、いろいろと口をついて出てしまうのさ」

「まことに申し訳ございません」

運転席から、小田桐が丁寧に頭を下げた。しかも、真っ直ぐな道ではないというのに、わざわざこちらを向いたので、

「ああっ、前を、前を！」

と、僕は叫んでしまった。曇り空で気温も余り上がっていない中、額からどっと汗が出てくる。

小田桐は、前を向き、

「まことに申し訳ございません」

と、また律儀に頭を下げた。

「もういいですから、前をしっかり見て下さいね」

「はい」

小田桐は、ようやく普通の姿勢に戻った。

僕は、噴き出た汗を拭いながら、座席の背に深々ともたれ、窓の外に目をやった。

車は、ますます山深いところへ入り、道も細くなってきていた。幻遊城へ行く時と同じような感じで、こんなところに人が住んでいるのかと思われてくる。まわりの風景が寂しくなるにつれ、それと合わせるかのように、空がより一層暗さを増し、雷鳴のようなものまで聞こえてくる。

ダーク探偵は、それに鋭く反応し、

「いいぞ、いいぞ。雰囲気が出てきたじゃないか」

と、座席から身を乗り出して喜色を露にしていた。

「本格ミステリーは、こうでなくてはな」

そう言って、僕の肩まで叩く。

道を進むにつれ、雷鳴がはっきりと轟いて、空が光り出した。

仮面の探偵は、ますます喜んでいる。

やがて、車の前方に、大きくて立派な門が見えてきた。左右に、黒々とした高い塀が続いている。

門は、しっかりと閉ざされていたが、車が近付くと、厳かに開いていった。どうやら、目的地に着いたらしい。

「よしよし、いいぞ」

車は、ゆっくりと門を通り抜け、敷地の中へと入っていった。その時、僕は、門をかえりみたが、人が開けている様子はなかった。自動で開いているようだ。

敷地に入ってからも、しばらくは左右に鬱蒼とした木々が並ぶ車道が続いた。並木道は、緩やかな登りになっていて、途中で左右に分かれた。車は左側へ入り、やがて広々とした前庭に出る。花壇が、そこここに見えた。今は冬が間近い季節なので花の数が少し寂しい。それでも、春や夏には爛漫と咲き誇って、さぞ壮観であろうと思われた。そして、前庭の奥には、こうした場所のお決まりのように噴水が見えている。

雷鳴が何度も轟き、その都度、空が光った。

　ダーク探偵が、うっとりとした感じで口を開く。

「こういう天気で、こういう場所を通っていくのは、やはり『黒死館』という感じかな」

「でも、少し違いますね。黒死館へ法水麟太郎と支倉検事が着いた時は、正門際に車を停めて前庭を歩いていたでしょう。それにあっちは雨が降った後でした」

「じゃあ、『悪霊の館』だな」

「二階堂黎人ですね」

「ああ。二階堂蘭子が、養父の二階堂警視正や義兄の黎人と一緒に悪霊館を訪れた時は、車で中へ入っていっただろう」

「あれはすっかり暗くなった夜の時間で、雷鳴ばかりかワイパーが全く役に立たないほどの豪雨がすでに降っていたでしょう。やっぱり今とは違います」

「そうか、やはり違うか。残念だ」

　何が残念かわからなかったが、話しているうちに、噴水が近付いてきた。

　大きな噴水であった。水の中から淡い照明が当たっているようで、その光にチロチロと可愛らしく噴き上がる水が浮かび上がっている。車が、噴水の左側を通っていこうとすると、照明が突然強くなり、噴水が、これまでの何倍もの高さに激しく舞い上がった。新しく噴き上がった水も多数あって、昔テレビで観た水芸を思わせる乱舞となっている。

　噴水を過ぎると、その向こうには、二階建ての瀟洒《しょうしゃ》な洋館が建っていた。暗いのではっきりと見定めることはできないが、白い色をしているようだ。黒死館のように真ん中に尖塔を聳えさせ、建物が両翼に長く伸びている。

あいにくの天気のせいか、洋館の窓は、ほとんどがシャッターのようなものを下ろすか、カーテンを閉ざしていた。明かりの点っている部屋がいくつか見えるものの、淡く光が滲んでいるに過ぎない。すでに夜の眠りへ入ったかのような寂しさだなと思っていると、今度は、建物の中央――尖塔の真下に、煌々と明かりが点った。そこは、一階部分が車寄せになって前へ突き出し、その上がバルコニーになっている。明かりは、バルコニーをスポットライトが当たった舞台のように照らしていた。

そして、その舞台に人の姿があった。

僕は、身を乗り出し、眼鏡に手を掛けて、じっと目を凝らした。隣のダーク探偵も、同じ姿勢をとっている。

「あれは！」

その探偵が、大きな声を出した。僕より横幅のある身体が、こちらへのし掛かり、バルコニーの方へ向けて指を突き出している。

「停まれ！」

探偵が叫んで、車は噴水と建物の間で停まった。

僕と探偵は、小田桐がドアを開けるのも待たずに車から降りた。僕は、バルコニーを見上げた。その横に探偵も並んでくる。

バルコニーには、二人の人間がいた。煌びやかな着物をまとった女性が手摺りの近くに立っていて、こちらへ向かって手を振っている。その後ろに、やはり女性が控えていた。どういう格好をしているのかは、よくわからない。前にいる女性の背後でほとんど隠れているせいもあるが、そもそも、僕が、そちらへ注意を払おうとしなかったからでもある。

僕は、眼鏡をさらに強く摑んで、手前の女性を食い入るように見つめていた。互いの距離は十メートルほどか。決して見間違えるような距離ではない。それでも、僕は、容易には信じられなかった。必死に目を凝らし、眼鏡を何度も掛け直すが、奇蹟か幻を目の当たりにしているかのような気分になっている。

なぜなら――。

女性が、手を下ろした。

「ダーク探偵様に三神先生！」

陰鬱な空を吹き飛ばすような明るい声が響き渡る。

それは、聞き違える筈もない幻遊城の女王蜂――天綬麗火の声であった。着物姿であるが、髪は結い上げずに肩へ垂らし、大輪の花を思わせる艶やかな髪飾りが揺れている。そして、声だけではなく、その美しい顔も見間違える筈はなかった。どれほどの空想力を振りしぼっても及ばないような凄絶な美貌。

ゾクゾクっと、戦慄が僕の背中を駆け抜けていく。

雷鳴と共に空が何度も瞬き、麗火の姿をまるでフラッシュを浴びているかのように浮かび上がらせた。

その中で、麗火は、手を下ろし、恭しく頭を下げる。

「お二人とも、わざわざお越しいただき、本当にありがとうございます」

「れ、麗火さん――」

僕は、しばし茫然となっていたが、無意識のうちにバルコニーのすぐ下まで駆け付け、何を思ったのか、手を高々と掲げて、首に掛けていた布製の懐中時計を誇らしげに示した。

すると、麗火は、ニッコリと微笑んでくれた。

「まあ、それを身に付けていて下さったのですね。嬉しいですわ。先生の三作目も読ませていただきました。他の作家の方とトリックがかぶってしまいましたが、私は、先生の方がおもしろいと思いました」

僕は、陶然となる。しかし、この時、とうとう雨が降り出してきた。

「あらっ」

麗火も、戸惑ったような声を上げ、

「濡れてしまいますから、早く車の中へお入りになって下さい」

と、こちらへ労わりに満ちた言葉を掛けてくる。

「麗火さんこそ早く中へ、せっかくのお着物がダイナシになります」

僕も、ようやくはっきりと声を出すことができた。

「はい、ありがとうございます。しかし、お客様より早く入るわけにはいきませんので、お二人がお入りになったのを見届けさせていただいてからにします。ですから早く――」

「いえ、麗火さんこそ――」

「三神先生もダーク探偵様も、またお会いできて嬉しく思います。後ほど、ゆっくりとお話をさせていただきますので、今は早く――」

そこへ、ダーク探偵が近付いてきた。

「美しい御婦人をいつまでも雨に晒しておくわけにはいくまい。ここは、御婦人の顔を立てて、客としての分を弁《わきま》えようではないか」

そう言って、黄金仮面の探偵は、金色マントを翻し、車に戻った。

僕も、名残り惜しく麗火を見つめながら乗り込む。

それと同時に車は動き出し、玄関の車寄せに着いた。そこには、男性と女性が待っていた。いかにも、執事とメイドだという格好をしている。僕は、ドアを開けてもらうのももどかしく、バルコニーが見えるところまで走った。しかし、そこには、すでに誰の姿もなかった。

黄金仮面の探偵も、近寄ってきて、

「いなくなったか」

と、いかにも残念といった感じで呟く。

僕は、探偵の方を振り返って尋ねた。

「今回の依頼主というのは――」

ダーク探偵が黄金仮面の細い目の奥から、鋭い眼差しを向けてきたように感じた。そして、はっきりと告げる。

「天綬在正氏だよ」

【第三章】赤い乱歩の密室

深山木の胸深く、かの短刀を突き立てたのは、
人間の眼には見ることのできぬ
妖怪の仕業であったのだろうか。

——江戸川乱歩『孤島の鬼』

1

僕は、天綬在正の館の玄関ホールに足を踏み入れていた。

黄金仮面のダーク探偵も一緒だ。探偵の秘書である小田桐は、僕たちが降りると、そのまま車を運転して帰っていった。そのため、僕と探偵の二人を執事が先導し、メイドが後ろから慎ましく付いてきている。荷物も、この二人が持ってくれていた。

玄関ホールは、吹き抜けになっていた。床には、淡いベージュの絨毯が敷き詰められ、正面に、二階へ行くための大階段がある。階段の左右には、お決まりのように西洋の甲冑が立っていた。法水麟太郎や二階堂蘭子なら、すぐさま甲冑についての蘊蓄《うんちく》を披露するところだが、ダーク探偵に、そうした気配はない。

僕も、甲冑より大階段の方へ目を奪われていた。

途中に広い踊り場があり、そこから階段が左右に分かれて二階へ上がるようになっているのだが、その踊り場の壁の真ん中に絵が掛かっているのである。

僕は、大階段の真下まで進み、銀縁眼鏡に手を添えて、しげしげと見つめた。隣にダーク探偵も並

び、

「仁礼《にれ》の文子だな」

と話し掛けてくる。

その通りであった。その絵には、『悪魔の手毬唄』で殺される文子が描かれていた。勿論、幻城戯賀の作品に他ならない。画集で散々見ているため、間近にまで行かなくても、構図はすっかり頭に入っている。

喪服姿の文子が、ぶどう酒樽のかげで、うつ伏せに倒れていた。文子の帯には竿秤が差し込まれ、竿秤の皿には、作り物の大判小判を付けたマユ玉が乗っている。絵の中で、大判小判が星のように煌めき、酒樽の前では、コップを持った作業服の男が、目を剝いて突っ立っていた。男は、鼻の頭が赤い。ぶどう酒工場の責任者で、死体の発見者となったのんだくれの辰蔵である。

「ふん」

と、仮面の探偵は鼻を鳴らした。

「文子の死体は、泰子や里子と違って、ちょっとインパクトに欠けるな。そうは思わないか」

「確かに、うつ伏せになった背中へ見立ての道具を差し込んでいるだけですからね。滝に打たれていた泰子や、痣が剝き出しになっていた里子に比べると、地味に見えます」

「だから映画では、文子の死体を酒樽の中に入れて、竿秤と大判小判は、その上に吊るしていたんだろう。映画を作ったヤツも、この場面を原作通りにするとインパクトに欠けると思ったようだな。そして、幻城戯賀も同じように思った。それで、文子の絵は、泰子や里子より小さくしてあるんだ」

探偵が言う通り、文子の絵は、以前見た他の二人の絵よりも小さかった。しかも、今の言葉で、ダーク探偵が幻遊城へ行っていることもわかる。

僕は、絵に近付き、

「模写かな」

と呟いた。

幻城戯賀は、自分の作品を決して売らないと聞いているから、そう思ったのだが、ダーク探偵は、あっさりと否定した。

「本物だよ。ここの主《あるじ》が幻城戯賀のパトロンなのは知っているだろう」

「そういう噂だと聞きましたけど――」

「噂じゃない、本当にパトロンなのだ。だから、絵を借りることができるのだよ」

「へえ、さすがによく知っているんですね。そういうあなたも、幻城戯賀とはかなり親しいんでしょう。あなたが絡んだ事件をいくつも描いているそうじゃありませんか。まあ、これも噂ですけど――」

しかし、ダーク探偵は、何も答えずに執事を促して先へ進んでいった。僕たちは、大階段の前を右に曲がり、建物の右翼棟に入って、食堂へ連れて行かれた。

食堂は、清潔感に満ち、八人ぐらいは座れそうな中央のテーブルに、染みひとつない真っ白なクロスが掛けられていた。そこで、遅めのランチを提供されたのである。ダーク探偵の館を出て以来、どこへも停まらなかったので、この配慮はありがたかった。昨夜の探偵とは大違いだ。しかも、待たされた挙げ句に小田桐が持ってきたのは、レトルトのカレーライスであった。

それに比べると、今日のランチは、立派な館に相応しいもので、高級レストランへ来たかのような料理が、やはり艶やかに光る食器に盛られて運ばれてきた。しかし、慣れないフォークとナイフを手にした僕は、料理を口へ入れる前に、別の理由から、その口をぽかんと開けてしまった。

僕の向かいには、ダーク探偵が座っていた。屋内へ入っても帽子やマントを取ろうとはせず、仮面もつけたままである。料理が置かれると、探偵は、懐から何かを取り出した。最初は、小さな折り畳み傘かと思った。ハンカチより大きめの黒い布のようなものが、ちょうどそのような形に畳まれていたからだ。探偵は、それを広げて、顔の鼻の辺りに取り付けた。

それは、折り畳み傘というよりも、子供が頭を洗う時に使うシャンプーハットに似たものといった方が正しいかもしれない。傘状に出っ張った部分の先端がベールのように垂れ下がっていて、鼻のところに取り付けられると、顔の下半分を覆うことになった。布は真っ黒なので、当然、その中は見えない。但し、その覆いは、顔の前と横だけで、後ろにまで及んでいなかった。もともと顔の後ろは、立てた襟に隠れているので問題はなさそうである。黒い布の中には細い柄のようなものが仕込まれていて、それによって畳んだり広げたりすることができるらしい。

これだけでも充分に驚かされたのだが、ダーク探偵は、なおも動きを止めなかった。両手をベールの中に入れて、何やらゴソゴソしていると、そこから黄金仮面の下半分が出てきたのである。なんと、あの仮面は、下半分だけを取り外せるようになっているのだ。そして、探偵は、ベールの中へフォークを運んで口を動かし始めたではないか。

僕は、正しく開いた口がふさがらない状態になってしまった。自分のナイフとフォークを持ったまま、食い入るように見つめた。探偵が、チラッとこちらを向いたが、特に反応を示すことはなく、平然と食べ続けている。執事とメイドも、ごく普通の態度で給仕をしていた。彼らは、玄関で出迎えた時から、ダーク探偵の異様な姿にも眉ひとつ動かさず、平静な態度をとり続けていたのである。さすがというべきであろう。

僕は、唖然茫然を通り越し、プッと吹き出したくなるような衝動に駆られた。それをなんとか抑え、慌てて食事にいそしむ。そうなると、昨夜のレトルトとは比較にならないおいしさに夢中となり、探偵の奇妙な姿をしばし忘れることができた。

食事を終えると、今度は、中央の大階段の前を通り過ぎて、建物の左翼棟へ行き、そこの一室に案内された。余りにも広過ぎる応接室といった感じの部屋である。黒檀《こくたん》と思われるテーブルの左右に、これまた高級そうなソファが置かれている。僕たちは、そこに座った。僕にいわせれば、ふかふか過ぎて、座り心地が悪いくらいだ。

カーテンで覆われた窓の向こうは、すっかり暗くなっていて、そこが、時折、瞬くように光っていた。それに合わせて雷鳴が轟き、雨音も、断続的に聞こえている。但し、外にいた時と比べれば、どちらもかなり小さな音にしか聞こえてこない。防音がしっかりとなされているようだ。

メイドがテーブルの上に珈琲を置き、執事が、

「しばらくお待ち下さい」

と言って、二人とも出ていく。

それで、珈琲を啜っていると、探偵が、話し掛けてきた。

「さっき君は、麗火さんの方へ首に掛けているものを誇らしげに見せつけ、麗火さんも喜んでいたようだったが、それはいったいなんだね」

と言って、身体を乗り出してくる。

僕は、二年前に幻遊城へ行き、そこで、麗火に初めて会ってもらったのだと話した。すると、探偵は、自分も首に掛けているものを誇らしげに取り出した。それも、布で作られていたが、花でも時計でもなく、紋付姿に仮面をつけた『犬神家』の佐清になっている。

「俺は、天綬夫妻が結婚したすぐ後に会ってもらったよ」

探偵は、しばらくの間、佐清人形を僕の目の前で、こっちの方がいいだろうというように振っていた。しかし、突然、僕の時計に見入ると、

「いやあ、もしかしたら、そっちの方がいいのかな。でも、これは麗火さんが俺のために作ってくれたんだし、俺にとっては、やっぱりこっちがいい」

そうブツブツ言いながら、佐清人形を抱き締めている。なんだか気持ち悪い。

僕は、溜め息をつきながら席を立ち、部屋の中を見まわした。そして、

「凄いなあ」

と、改めて感嘆の声を上げる。

小説の中では、これまでに数えきれないほど豪華な館に出入りして、自分も、そうした場所を舞台に書いているのだが、本物を目の当たりにするのは、昨夜行った探偵の館が初めてであった。しかし、

この館は、今まで見たところだけでも、明らかに向こうを凌駕《りょうが》している。

「それに、まだ新しそうだ」

僕が、そう呟いて艶々と光り輝いている壁や柱に手を触れていると、ここでも、ダーク探偵が教えてくれた。

「ここには、黒死館みたいな館が二つあってな。壁が白いこっちの方は、天綬氏が麗火さんと結婚する時、大々的に改築したそうだ。だから、完成して四、五年ぐらいにしかならないのさ。しかも、この館は、単に新婚用というだけではなく、天綬氏の老後にも備えているらしい」

僕が振り返ると、探偵は、シャンプーハットの出来損ないをつけたままの姿で、珈琲をチビチビと啜っていた。僕は、そんな探偵を見つめながら、

「へえ、よく知っていますね。麗火さんに人形をもらっていることといい、あなたは、天綬夫妻ともかなりの親交をもっているんですね。これも、幻城戯賀つながりですか」

と言ってやったが、ダーク探偵は、やはり何も答えなかった。僕も、答えを期待していなかったので、すぐさま別の質問に切り替えた。

「それにしても、これだけの館にミステリー好きが住んでいるわけですから、当然、それに相応しい名前が付けられているんでしょうねえ。それも、知っているんじゃありませんか」

しかし、これに対する答えは、意外な方向から聞こえてきた。執事が閉めていったドアのところだ。

「あいにくと名前は付けていないのですよ」

落ち着いた男の声であった。

ドアが開けられ、そこに声の主《ぬし》が立っていた。髪の毛に白いものが目立つ、五十代ぐらいの男性。この館の主《あるじ》――天綬在正であった。

高そうなダブルの背広が、いかにもサマになっていて、僕のような庶民とは明らかに異なる貴族の風格とでもいうべきものが、その全身から隠しようもなくかもし出されている。

「お呼びしておきながら、お待たせすることになってしまい、申し訳ありません」

天綬在正は、部屋の中へ入ってくると、まず非礼を詫びた。

それから、ダーク探偵に近付いて左手で握手を交わし、僕のところへもやって来て、左手を差し出してきた。右手には、やはり探偵と同じ黒い手袋をして、こちらはほとんど動かない。

僕も、左手を出して握手をした。

「お忙しいところをお越しいただいてありがとうございます」

「とんでもありません。僕のことを知っていらっしゃるのかどうかわかりませんけど、まだまだ筆だけでは食えない作家モドキに過ぎませんので、時間の都合なんていくらでもつきます」

「そんなことでご自分を卑下なさる必要はありません。苦労する時代は、誰にでもあるのですから――」

「はあ」

「それに今回、三神先生をワトソン役にさせていただいたのは、麗火の希望なのです。勿論、私も喜んで同意させていただき、ダーク探偵にお願いしました」

探偵の方を見ると、黄金仮面がしっかりと頷いている。

「そうでしたか。麗火さんとは、館の中へ入る前にバルコニーにいらっしゃるところを見まして、少し話もさせていただきました。それで、僕が来ることを知っておられたんですね。今度会う時にはお礼を言わなくては――」

「礼など不要です。麗火は、先生と会うのを楽しみにしていたのですよ」

「そ、そうですか。ところで、そのう、先生と呼んでいただくのはちょっと――」

僕は、頭を掻きながら必死に申し出たが、あっさりと一蹴された。

「いいではありませんか。麗火もそう呼んでいますし――」

「はあ」

と、引き下がらざるを得ない。

それから天綬在正は、自分でも部屋の中を見まわし、改めて繰り返した。

「とにかく、この館に名前はありません」

これに、ダーク探偵が応じる。

「どうせ名前があったところで、そのまま書くわけにはいかないだろう。館の名前も一緒に考えておくがいい」

「はあ」

僕は、呆けたように同じ言葉を繰り返した。そして、その間も、館の主の右手へチラチラと目をやっていたら、

「これが気になりますか」

と、天綬在正が、その手を上げた。

「あっ、いえ――」

僕は、うろたえてしまったが、館の主は、気分を害することなく、穏やかに説明した。

「もう二十年近くになりますか。事故に遭って、肘から先をなくしてしまったのです。ですから、義手を付け、こうして手袋をしています。右利きですので何かと不自由をするのですが、片手でできることは随分と慣れました。しかし、両手が必要なことは、やはり何年経っても難しいですね」

「そうでしたか。申し訳ありません」

僕は、恥ずかしさで顔が火照ってくるのを感じていた。

「いえいえ。かまいませんよ」

天綬在正は、丁寧な口調と落ち着いた物腰をどこまでも崩さなかった。同じような大富豪でありながら、『悪霊の館』の志摩沼征一朗や、同じ作者の『魔術王事件』に出てくる宝生一族とは大違いである。彼らのように尊大なところが微塵もなく、洗練された紳士という印象を受ける。

天綬は、僕がダーク探偵の隣に座るのを待ってから、向かいのソファに腰を下ろした。そして、探偵の仮面にじっと見入っている。探偵は、奇妙なベールを外し、黄金仮面を元に戻していた。館の主は、その姿に全く動じた様子を見せず、却って相好を崩した。

「なるほど。乱歩の仮面は、それでこられたわけですか。なんとも奇遇ですね」

「ほう。奇遇とは――」

探偵も、何のことかわからなかったようで、訝しげに聞き返している。

「私と麗火の間では、この部屋を《ルージェール伯爵の部屋》と呼んでおりましてね」

「ルージェール伯爵とは、『黄金仮面』の登場人物ですな」

「はい。なぜそう呼ぶのかといいますと――」

館の主は、突然、床の上に屈むと、何かを押すような仕草をした。すると、部屋が動き出した。モーター音のような唸りが小さく聞こえ、震動もして、動いていることがわかる。エレベーターに乗っている感じだ。

僕は、ふと窓へ目をやり、その目を見張った。窓が下の方から黒いもので覆われていく。稲妻の光は、窓の上へと追いやられていった。つまり部屋が下へ降りているということか。エレベーターに乗っている感じではなく、正しくエレベーターではないか。

僕は、驚いていたが、ダーク探偵は、むしろ楽しんでいた。

「なるほど。それで《ルージェール伯爵の部屋》ですか。実におもしろい」

僕にも、この仕掛けの意味がわかる。

『黄金仮面』に、これと同じ仕掛けが出てくるのだ。床のスイッチを押すと、部屋がエレベーターとなって昇降するという仕掛けである。その部屋がF国大使として赴任したルージェール伯爵の官邸にあり、確か黒ビロードの部屋と呼ばれていた筈だ。その名の通り部屋が黒ビロードに覆われているのだが、天綬邸の《ルージェール伯爵の部屋》は、そうした意匠がなく、見た目は、あくまでも豪華な応接室といった感じしかない。

天綬在正も、実に楽しそうであった。

「この部屋は上下に何もありませんので、地下から二階まで動かすことができます」

わざわざ同じ仕掛けを作るとは、聞きしに勝るマニアではないか。僕は、感動しながら、天綬在正を見た。向こうも穏和な笑みでこちらを見つめていたが、一旦止まった部屋がまた上昇して元の位置へ戻ると、その笑顔が俄かに曇った。

「では、そろそろ本題に入らせていただきましょう」

と、声のトーンも落とす。

そして、上着のポケットから封筒を取り出し、その中から紙も出してテーブルの上に広げた。それが、ダーク探偵を呼ぶきっかけになった脅迫状だと告げる。

紙は、今時どこから調達したのかと思われる粗悪な便箋で、そこに新聞や雑誌などの印刷物から切り抜いた文字が貼り付けられていた。文字は、大きさが全く揃っておらず、その並びも、わざとであるかのように歪められている。

「このハイテク時代に、何とも古風で手間のかかる脅迫状を作ったものだな。昭和四十年代が舞台の魔王ラビリンスだって、和文タイプで打った手紙を二階堂蘭子へ送っていたというのに――」

ダーク探偵が、嘲《あざけ》るように言った。

「それだけ乱歩や正史にこだわっているんじゃありませんか。この趣向は、どうも『女王蜂』じゃないかと思うんですが」

と、僕は指摘した。

それは、脅迫状が、『通告』の二文字で始まり、さらに最後の方で、『再び通告』の文字が入っていたからだ。『女王蜂』では、智子の義父欣造に脅迫状が送られてくるが、それは、『警告』で始まり、最後の方で『再び警告』としていた。しかし、こちらの脅迫状は、警告の段階など通り越して、決定事項を冷徹に通告するという意味なのであろう。

文章は、次のようにつづられていた。

通告

天綬在正と、そのもとに集いし者どもよ。

汝らはミステリーを愛すと称して同じ館に住みながら、実際は、退廃と淫蕩の日々を送っている。

これはミステリーを冒瀆・愚弄する行為であり、その罪は万死に値する。

よって我は、汝らに天罰を与える。

ミステリーマニアである汝らに相応しい死を与えよう。

乱歩と正史に挑んだ密室の中で、この館の誰かが死ぬのだ。

ミステリーマニアとして、これ以上名誉なことはあるまい。

しかし、我もミステリーを愛する者である。

ここは、本格ミステリーの要といっていいフェアプレイの精神に則り、ダーク探偵を呼ぶ猶予を与えよう。

探偵には、まず乱歩の仮面で現われ、

次に正史にまつわるもので顔を隠すように言っておけ。

正史は仮面でないものにせよ。

理由はいずれわかる。

再び通告。

従って、天罰は探偵の到着を待って下すことにする。

その時、汝らの前には黒い死神が現われることであろう。

黒死卿

「黒い死神で黒死卿か」

僕は、唸るように呟いたが、ダーク探偵は、特に反応を示さなかった。

「麗火がミステリー好きになったのは、『黒死館』がきっかけになっていますので、このことも意識しているのでしょう。ここの館も、外観は黒死館に似ていなくもないですからね」

と、天綬在正が応じる。

「つまり黒死卿なる人物は、麗火に執着しているということです」

「『黒死館』のエピソードを知っていることからしても、麗火さんのごく身近にいる人物が考えられるわけですね」

「そのことは、脅迫状が見つかった経緯からも明らかです。これは、三日前の朝、この館の裏手にある庭で見つかりました。庭師の者が掃除をするために入ったところ、四阿《あづまや》のベンチに置いてあったのです。そして、これが見つかった庭というのは、麗火の許しがない限り、私でさえも出入りを憚《はばか》っている麗火だけの庭といっていいところでして、そうした場所まで知っているのですから、私たちの身近にいる人物であることは間違いありません」

「――」

「この際ですから、正直に話をさせていただきます。三神先生もご存知のことと思いますが、ここには、ミステリーを――その中でも、乱歩・正史の系譜に連なる本格ミステリーをこよなく愛する仲間が、何人もやって来られます。中には、ここに滞在していただいている方もおられます。私としては、ミステリーを愛する同志としてお迎えしているつもりですが、現実は、ミステリーに劣らず、麗火に興味を持っておられる方が少なくありません。いえ、みなさん程度の差こそあれ、麗火に惹かれて集まっておられることは間違いないといえるでしょう。ですが、麗火は、なんといっても私の妻。そうした感情が度を過ぎれば、そこから歪んだ思いが生まれてくるのは、ある意味仕方がないといえるかもしれません。しかも、麗火については、このところ、そうした歪んだ思いを助長しかねないようなことが起こっておりまして。これも、お聞き及びと思いますが、麗火は、ここ一年余りというもの、幻遊城に姿を見せておりません」

　知っていますという意味を込め、僕は、無言で頷いた。

「しかも、姿を見せないのは幻遊城だけでなく、外出をすること自体がなくなり、ここへ来た方々とも会わなくなったのです。それについて、私が詳しい説明をしないものですから、ここで暮らしている者たちだけで麗火を独占していると思い込み、それが、退廃と淫蕩の日々を送っているように見えているのではないでしょうか。あるいは、ここに滞在していただいている方々も同じような頃から、麗火と会うことが稀になりまして、それについても私は詳しい説明をしていないものですから、私が麗火を独占しているという不満を抱いている人が出たのかもしれません」

僕も、ちょっと麗火と会っただけで、彼女が人妻であることに嫉妬めいた感情を覚えたのだ。無理もないといえるであろう。

「その麗火さんですが――」

僕は、気になっていることを尋ねた。

「どうして姿を見せなくなったんですか」

天綬在正の歯切れは、一転して悪くなった。

「ちょっと身体の具合を悪くしまして――」

と、曇っていた表情をさらに曇らせる。

「さきほど会われたのなら、麗火に女性が付いているのもご覧になったでしょう。彼女は、麗火の看護をお願いしている方なのです」

「そうなんですか。僕には、とても元気そうに見えましたけど。後でゆっくり話ができるようなことも言っておられましたが――」

「今日は、かなり具合がいいようです」

「どこが悪いんでしょう」

「それは、お会いになればわかります」

かなり辛そうに答える。

しつこく問い質すわけにもいかず、僕は、やはり引き下がらざるを得なかった。

その代わりといってはなんだが、僕は、ずっと黙っている探偵のことが気になった。そちらへ目をやると、探偵は、なにやらムスッとしているように思われた。

「どうかしたんですか。何か気に入らないことでも――」

「ああ。大いに不満だ」

ダーク探偵が、ようやく口を開いた。

「だってそうだろう。まず乱歩の仮面で現われろと書いておきながら、正史の見立てから始めるなんて、実にけしからん」

探偵は、本気で憤慨しているように見えた。

2

僕とダーク探偵は、中央の大階段を右側へ上がった二階の右翼棟に隣り合わせの部屋をあてがわれた。

そして、夜の七時近くになると、再び一階へ降りた。二人のために、ちょっとした晩餐会をしてくれるというのである。

探偵は、昼間と同じ格好をしていた。正装に金色マントを羽織り、やはりソフト帽を被って黄金仮面をつけている。僕も、正装に着替えていた。勿論、自分で用意したものではない。帰る際の小田桐から、必要になる筈だと渡されていたのだ。幻遊城から、そのまま探偵の館へ向かった僕は、作家というよりもいかにもオタクっぽい服を着ていた。

窓の外には、すっかり夜の帳が下りていた。雷鳴こそ聞こえていなかったものの、雨はまだ降っているらしい。

僕たちは、メイドの案内で一階の右翼棟へ入ったが、連れて行かれたのは、ランチを食べた食堂ではなかった。そこよりももっと広い場所で、正餐室と呼ばれているそうである。二十人を超える人数でも悠々と座れるほどの長大なテーブルが、部屋の中央を占めていて、やはり真っ白なクロスが掛けられ、天井では、豪華なシャンデリアが輝いている。

僕とダーク探偵は、テーブルの片側に並んで座らされた。反対側の席には、すでに人が座っていた。人数は五人。男は正装で、一人だけいた女性は、イブニング・ドレスと思われる衣装を身に着けていた。僕たちが入ってくると、視線が一斉にこちらへ向けられ、その中から小さなざわめきがいくつか上がった。

「あれがダーク探偵」

「眩しいなあ」

といった囁きが聞こえる。

どうやら、この館に滞在している天綬夫妻の取り巻きたちと思われた。二年前の幻遊城では、天綬夫妻にくっ付いている四人を見ていたが、その時の顔はなさそうであった。僕と探偵が席に着くと、次に廊下側とは別のドアが開いて、そこからゾロゾロと人が入ってきた。新しい面々は、そのまま取り巻きたちの背後に整列し、今度は、また廊下側のドアが開いて、執事が入ってきた。執事は、ドアを開けたまま恭しく頭を下げ、館の主が悠然と姿を現わす。

正装に着替えた天綬在正は、昼間会った時よりも、さらに風格が増していた。正に貴族の香気を芬々と発散させながら、ゆっくりと上座に腰を下ろす。しかし、隣の席が空いたままなのを見て、取り巻きたちの中からまたざわめきが起こった。さっきよりも大きく、明らかに困惑と落胆の響きが感じられる。

「夫人は、麗火さんはどうされました」

上座に最も近い席の男が尋ねた。この男が、取り巻きの中では最年長と思われた。といっても、三十代の後半にしか見えない。

館の主は、すまなそうな表情を浮かべた。

「それが少し具合を悪くしまして――」

「えー」

今度は、はっきりとした落胆の声が、上座に最も遠い席から上がった。そこに座っているのは、若者というよりも、少年と表現した方がよさそうな童顔をしている。

「さっきは、あれほど元気そうでしたのに――」

僕も、思わず反応してしまった。

向かい側の視線が、一斉にこちらへ注がれる。それで、ここへ着いた時のことを話すはめとなり、少年は、すっかり落ち込んでしまった。

「がっかりだなあ。麗火さんと食事ができるなんて、本当に久し振りなんだよ」

「そうよ。だから、あたしも楽しみにしていたのに――」

と、隣の女性が続き、さらに、その隣の若者からも声が上がる。

「なにしろ僕たちは、麗火さんと会うことさえ滅多にないし、会えたとしても、身体の具合が悪くてベッドにいる時ばかりなんだ。それなのに、今日初めて来た人間が、麗火さんに手を振ってもらい、言葉まで交わすなんて――」

若者は、悔しがっていた。いや、彼だけではなく、五人の取り巻き全員が、羨望というよりは嫉妬に近いような目で、僕を睨んでくる。

僕は、悪いことでもしたかのように、スゴスゴと顔を伏せてしまう。

すると、天綬在正が執り成すように言った。

「ご心配されなくとも、それほど重くはありませんので、食後の歓談には、必ずご挨拶に伺うと申しております。ですから、晩餐だけは、ご容赦いただいて、料理の方をたっぷりと楽しんでいって下さい。今宵は、いつにも増して腕によりをかけて作らせておりますので。なにしろミステリー界の闇のヒーローというべきダーク探偵と、これからの本格ミステリーを背負って立つ三神悠也先生をお迎えしているのですから――」

取り巻きたちは、なかなか納得できない様子であったが、天綬在正は、かまわずに話を進めた。

「では、晩餐の前にここにいる人たちを紹介しておきましょう」

そう言って、館の主は、まず自分に近い席の男へ目を向ける。

「本間広敏《ほんまひろとし》さんです」

三十代後半と思われる男は、引き締まった身体に精悍な顔が載っていた。バリバリと働くビジネスマンという感じだ。事実、大手出版社でミステリー担当の編集者をしていて、敏腕を謳われていたらしい。そのため、天綬在正のサロンに参加を許され、今は会社を辞めて、ここに滞在しているという。

「次が、狩瀬光明《かりせみつあき》さん」

本間よりは少し年下に見えた。しかし、その風貌からすると、僕をやや年上にした人物といった方がいいかもしれない。なにしろ冴えない眼鏡を掛け、全然イケてない顔をして、おまけに身体は太めときているのだ。根暗なオタクといった感じが丸出しで、僕の方がもう少し明るい筈だと思うのだが、自信はない。しかも、この狩瀬は、学生の頃からミステリーの新人賞に応募して、卒業後もフリーターをしながら応募をし続け、落選ばかりを繰り返していたそうだ。

ペンネームを聞いても、僕には、覚えがなかった。バイト代を貯めては幻遊城へ足繁く通い、鷹地勝彦と知り合って、ここへ来ることになったらしい。

本間も狩瀬も独身だということで、そうした点においてもしがらみは少なかったようである。

その次は、自分で海藤武史《かいとうたけし》と名乗った。

現役の大学生で、ミス研に属しているという。しかも、彼の大学は、鷹地勝彦と同じで、鷹地以来の天才と呼ばれていたらしい。ここへ来るきっかけも、その鷹地に呼ばれたのだと、自分で誇らしげに言った。

　なかなかのイケメンであった。身長は、この中で一番高いように思われ、スタイルもいい。キャンパスでは、さぞモテているのではないか。但し、決して人当たりがいいタイプではなく、いかにもプライドの高そうな感じが、はっきりと滲み出ている。

　それから、ただ一人の女性が紹介された。

「新里綾子《にいざとあやこ》さんです」

　やはり大学生だという。彼女が通っている女子大にはミス研がなく、ネット上のミステリーサイトへよくアクセスしていて、そこで麗火と知り合ったのがきっかけになったらしい。麗火と話をするのに、その手があったのかと、僕は悔しがったが、あとの祭でしかない。

　女性に対して、こういう表現は余りお勧めできないが、新里綾子は、メタボといっていいくらいの明らかな肥満体型をしていた。ショートカットで色黒の顔には、一応化粧をしていたが、これも効果を上げているとはいい難く、ドレスも似合っていなかった。

　尤も、他の男たちでさえ、服装がキマッているとはとてもいえず、僕などは、その最たるものであるに違いない。天綬在正の風格とは、比べることさえおこがましいのだ。

　さて、これで、残りは少年だけになった。

「一条顕《いちじょうあきら》でーす」

　少年は、自ら名乗った。

　彼の方が、新里綾子よりも遥かに女性っぽく、そして美しかった。華奢な身体付きで、顔も新里より小さい。しかも、その顔は、色が透けるように白く、耳が隠れるほどの髪の毛はサラサラとしていた。学校の制服といっても通用しそうなブレザーにズボン姿だったので、取り敢えず男だと思ったのだが、男装をした少女といわれても充分に信じられる。いや、そういう疑いが紹介されるまでは拭えなかった。

顔立ちも体型も幼いので、中学生かと思っていたら、高校生だと、天綬在正が話した。それも、毎年東大に多数の合格者を出している超有名な私立高校に入り、しかし、すぐ不登校になり、自宅でも引き籠りになったそうだ。それで、パソコンばかりをしていて、やはりミステリーサイトで麗火と知り合ったのだという。

三人の若者は、学校にも家族にも告げず、家出同然でここへ来ているため、果たして今でも学籍があるのか、はなはだ怪しいということであったが、取り敢えずは、まだ学生ということにしているそうだ。

顕の紹介が終わると、館の主は、改めて全員を見渡した。

「現在ここに滞在しているのは、この方々だけです。若い人が多いですが、ミステリーについては、私でも感心させられるほどの知識と見識を持っておられます」

「へへ。それほどでも――」

と言いながら、一条顕が、満更ではなさそうな表情を浮かべる。

そこへ、海藤武史が、プライドの高そうな顔をこちらへ突き出してきた。

「確かにダーク探偵は、ミステリー界の闇のヒーローですけど、三神悠也という人は、本当に天綬さんが讃えるほどの逸材なんですか。あいにくと、僕は、この人の本を一作も読んでないからわかりませんけど――」

なかなか辛辣な言葉を放ってくる。

そこへ新里綾子が、気だるげに口を挟んできた。

「あたしはデビュー作しか読んでないんだけど、トリック以外はほんとに見るところがなかったわね」

僕は、へこんでいた。

今度は、一条顕が割り込んでくる。

「僕は、あのとんでもないトリックにすごく感心したし、あれを活かすためには、あのストーリーでよかったんじゃないかと思ったよ」

僕の頬は、思わず緩みかけた。しかし――。

「でも、最近出たヤツは、トリックが前の人と完全にカブッてたね。それで、前のヤツをすでに読んでたから、トリックには全然驚けなくて――。トリックに見どころがないと、この人のは全然ダメだね」

と言われて、また猛烈にへこんでしまう。

天綬在正は、若者たちの傍若無人な物言いを鷹揚に受け止めていた。穏やかな笑みを浮かべて、それでも、諭すように言ってくれた。

「今回、三神先生がダーク探偵と一緒に来られたのは、麗火の希望なのです。麗火は、それだけ三神先生に大きな期待を寄せています」

すると、若者たちの態度が一変した。

「麗火さんがそう言っているのなら、見どころがあるんでしょうねえ」

「これは読んでみないといけないな」

麗火の影響は大きかった。正に女王様の力恐るべしで、僕は、なんとかへこみから立ち直ることができた。館の主へ感謝の視線を向けると、天綬在正は、穏やかな笑みを絶やさず、

「三神先生とは、二年前に幻遊城でお会いしましたね。私のまわりにいる人が、その時と変わっていることに気付かれましたか」

と聞いてきた。

「あの時は四人いましたね。僕は、天綬ご夫妻と《白鳥と人魚の間》でお会いした時に、その中の三人だけを間近で見たんですが、そこには、さっきも名前が出た鷹地勝彦氏がいました」

「ええ。あの時は鷹地先生がいました。しかし、その後で、ここを出ていかれたのです。他の二人もそうです。ですから、今ここにいらっしゃる人たちは、みなさん、あの時の三人と入れ替わるようにして、ここへ滞在することになった方々ばかりです」

「どうして出ていかれたんでしょう」

この問いには、天綬在正が、表情を曇らせた。察して下さいという感じで、こちらを見つめてくる。脅迫状が指摘していた麗火をめぐる複雑な感情が原因になっているのではと思い、僕は、それ以上尋ねなかった。

それから、天綬在正は、取り巻きたちの背後に並んでいる人たちを紹介した。彼らは、ここの使用

人であった。

主の近くにいる者から、料理人をしている寺崎達夫《てらさきたつお》・恵美《めぐみ》夫妻、庭師と雑用係を兼ねる郷田《ごうだ》――つまり彼が脅迫状の発見者だ――、そして、メイドの篠塚八重子《しのづかやえこ》・上島理恵《うえしまりえ》といった。

中年の料理人夫妻は、白いコック帽を被って、白いエプロンを掛け、郷田は、作業着姿とでもいえばいいだろうか。二人のメイドは、メイド服を身に着けている。玄関で僕とダーク探偵を執事と共に迎え、さっきも正餐室まで案内してくれたのは、年長の篠塚の方であった。

館の主は、最後に自分の傍らで控えている執事を紹介した。

「秦野《はたの》といいます」

主よりも、いくつか年上に見える。髪はすっかり白くなり、身体が鶴のように痩せていた。

「他に麗火の世話をお願いしている成海塔子《なるみとうこ》先生という方がおられます。私が昔から懇意にしていた医者の娘さんで、実は、二年前に三神先生とお会いした時にも、彼女がいたのです。三神先生が間近でご覧にならなかったもう一人が成海先生ですよ」

「えっ、そうだったんですか」

僕は、記憶力をフル稼働させて、その時のことを思い出そうとした。なにしろあの時の四人は、全員男だと思っていたのだ。みんなズボン姿だったし、麗火にばかり注目していたせいもあるのだが、そういえば、髪の毛の少し長い人物が一人いたような気がするものの、顔までは思い出せない。

「二年前にも麗火さんの世話をしている人がいたということは、その頃から麗火さんの具合が悪かったんですか」

「いえいえ。成海先生も相当なミステリーマニアでしてね。それで、ここに滞在しておられたのです。ただ彼女も一旦は親の跡を継いで医者になっておられましたので、麗火の具合が悪くなった時に、世話の方をお願いしまして――」

とにかく、これで館の者の紹介は終わった。

天綬夫妻と、五人の取り巻き、麗火の世話人が一人に使用人が六人で、合計十四人ということになる。

使用人たちが持ち場へ下がり、いよいよ晩餐が始まった。女性が、料理を盛った皿を運んできて、秦野と寺崎が、飲み物を持ってくる。顕だけがジュースで、他は、ワインを注がれていた。

用意が整ったところで、天綬在正が、グラスを掲げ、

「では、ダーク探偵と三神先生をお迎えできたことに乾杯しましょう」

と告げる。

「乾杯！」

と、唱和する声があちこちで上がり、一同は、グラスを傾けた。

ダーク探偵は、料理や飲み物が置かれている間に、出来損ないのシャンプーハットのようなベールをつけていた。

「へえ。ああやって食べるのか」

と、感心とも嘲りともとれるような声を上げたのは、海藤武史であった。

新里綾子も呆れている。

「あんまりかっこよくはないわね」

これに対し、一条顕だけは、目を丸くして、

「すごーい」

と感心していた。

しかし、探偵は、どんな表情や言葉にも全く動じず、すぐさまナイフとフォークを手に取って料理に食らい付いた。取り巻きたちからは、脅迫状についての質問が二、三飛んだが、探偵は、素っ気無く答えるにとどまり、ひたすら口を動かし続けている。

「愛想がないのね」

新里綾子が、また呆れたように言ったが、そうした彼女自身も、すぐに探偵から興味をなくし、猛然と食べ始めた。他の取り巻きたちも、勿論、僕も、ナイフとフォークに手を伸ばす。両手が使えない天綬在正の料理は、ナイフが必要なものは最初から手頃なサイズにカットされているようであった。ディナーは、ランチ以上においしかった。さぞかし高価な食材が使われているのであろう。ワインも、高級なものに違いない。しかし、僕は、アルコールが余り飲めないので、乾杯が終わると、すぐに水を持ってきてもらった。僕の他には、天綬在正と海藤武史が水を飲んでいる。

ここでの会話によって、取り巻きたちは、敷地内のもうひとつの館に住んでいることがわかった。向こうは壁の色が黒く、建っている位置から、こちらを西館、向こうを東館と呼んでいるらしい。

「麗火さんが元気な頃から、この西館は、天綬夫妻の許可がないと入れないことになっていてね。ここへ来ることは、僕たちにとって、聖地へ足を踏み入れるような感覚なんだよ」

と、本間が言った。そんなところに、彼らの不満が垣間見えなくもない。

僕は、へえと応じながら、館の名前を白鳥館と黒鳥館にしようかと考え、前例があることに気付いた。倉阪鬼一郎の『三崎黒鳥館白鳥館連続密室殺人』だ。そこで、ゼブラ館という名前が浮かんだものの、なんだかパッとしない感じがする。

「どうしました」

館の主が、怪訝そうな表情でこちらを見ていた。

「いえ」

僕は、慌てて取り繕い、

「あっ。そういえば、ここには図書館もあるんですよね」

と、麗火から聞いていたことを思い出した。

これには、顕が答える。

「マニア垂涎《すいぜん》の蔵書が一杯あるから、見ておくといいよ。他にも、ここはちょっとしたミステリーのテーマパークみたいなものにもなっていて、それもおもしろいと思うよ」

「横溝正史村とか、ハルキ・ワールドみたいなものかい」

横溝正史村は、二階堂黎人の『「本陣殺人事件」の殺人』に出てきて、岡山県の田舎に横溝作品の舞台が再現されていた。一方、ハルキ・ワールドは、篠田秀幸の『幻影城の殺人』に出てきて、角川映画をモチーフとしたテーマパークが、やはり岡山県の無人島に造られ、そこに横溝正史ワールドがあるという設定である。

「そうそう。あんな感じかもしれないよ」

「いったい、ここはどれだけ広いんだろう」

僕は、目を丸くしていた。

「でも、蒼月宮には負けるけどね」

と、顕は、ウィンクのように片目を瞑ってみせる。最初、何のことかわからなかったが、

「ああ」

と、思わず声を上げ、亜城白人の『蒼月宮殺人事件』を指していることに思い至った。

紫の古城や月の宮殿があって、いくつもの塔が聳え、薔薇園や魔の森も存在して、敷地の中を大河が横断しているという途轍もない豪邸が舞台となっている。

「さっすが、わかったんだ」

顕は、ニッコリと笑い、その笑みを、天綬在正にも向ける。

「だって、そうでしょう」

「確かに、あれにはかなわないねえ」

館の主も、鷹揚に笑っていた。

こうして晩餐会は、一応、和やかな雰囲気で進んだ。取り巻きたちは、あのような脅迫状をもらいながら、余り恐がっているようには見えない。そのことを僕が尋ねると、

「乱歩と正史に挑む密室、どうぞ見せてちょうだい。お手並み拝見って気分だな」

本間が、ワインに顔を赤くしながら言った。これに、新里綾子が続ける。

「それと天綬夫妻は何度か会っているみたいだけど、私たちは、ダーク探偵と一度も会ったことがないから、誰かさんが本物を見たさにあんな脅迫状を作ったんじゃないかと思っているのよ。ねえ、この推理はどう――」

女子大生は、挑発的な顔を探偵に向けたが、ダーク探偵は、やはり何の反応も示さずに食べ続けていた。ワインもがんがん飲んでいる。

「もう」

と、頰を膨らませて新里も、また負けじと食べ始めた。

そして、メインディッシュも終わり、デザートが運ばれてきて、ディナーも、いよいよ終わりに差し掛かってきた時、大きな音がして、廊下側のドアが乱暴に開けられた。

僕は、そちらへ目をやり、その目を見張ることとなった。

そこに、異形の人物が姿を現わしたからである。何者なのかは全くわからない。全身に、カトリックの神父が着るようなダブダブの黒い衣装をまとい、頭にも、すっぽりと黒いフードを被って、顔には、白い仮面をつけている。

正に黒い死神ではないか。

しかも、黒い手袋を嵌めた両手には、拳銃を持っていた。すると、異形の怪人は、誰もいない方の壁に向かって、そいつを一発ぶっ放した。

パンッ！

乾いた音がして、花瓶が割れる。

僕は、凍り付いたかのように固まってしまった。他の者たちも同じで、誰もが動きを止めている。

そうした人々の様子を悠然と見渡しながら、異形の怪人は、ゆっくりと部屋の中へ入ってきた。

「ふふふふふ」

黒いフードと白い仮面の頭が微かに揺れて、不気味な笑い声が聞こえてくる。声は、低くくぐもって、かすれていた。それから、凍り付いた状態の室内を見渡し、

「では、これから天罰を下そう」

と言った。

やはり低くくぐもったかすれ声で、耳をそばだてていないと聞き取り難い。こんな場合でも、僕は、映画の『犬神家の一族』で仮面の男が出していた声を連想してしまった。

「お前が黒死卿か」

天綬在正が、なんとか言葉を発し、

「そうだ」

と、相手が答える。

それから、黒死卿は、館の主へ向かって、厨房に残っている者もここへ連れて来いと命じた。主は、仕方がないという感じで、執事に目配せをし、麗火と成海を除く全員が正餐室に集められた。

黒死卿は、がっちりとした体格の郷田に顎をしゃくり、

「おかしなマネはするなよ。もしおかしなことをしたら——」

と言って、探偵の方へ拳銃を向けてきた。黄金仮面の探偵からは、ゴクリと唾を呑み込む音が、は

っきりと聞こえてくる。

すると、黒死卿は、

「おっと、探偵を殺しては、俺との対決ができなくなるな」

と、方針を変え、なんと僕の方へ向けてきたではないか。

探偵からは露骨にホッとする気配が伝わっていたが、僕は、思いっきりビビってしまった。身体が震え出すのを抑えることができない。

黒死卿は、そうした僕の様子をひとしきり楽しみ、今度は、取り巻きたちの方へ拳銃を向ける。取り巻きたちも、さすがにうろたえ、狩瀬などは、椅子から転がり落ちて、

「あっ、あっ」

と呻いている。狩瀬の声を初めて聞いた。

天綬在正が、とうとう腰を浮かせ、

「わかった」

と、宥めるように言った。

「おかしなマネはさせないから、いったい何をしようというのだ」

黒死卿は、懐の中から掌よりやや大きいぐらいの箱を取り出した。

「こいつを飲んでもらう」

そして、僕の方へまた拳銃を突きつけ、

「おい。お前がみんなのコップへ入れろ」

と命じてくる。

「えー、僕があ」

情けない声を出してしまったが、天綬在正を見ると、お願いしますというように見返してくるので、仕方なく応じる。

黒死卿は、メイドに命じて全員のコップに水を入れさせた。晩餐をしていた者は、すでに使っていたコップを、使用人たちは、厨房から新しいコップを持ってきて、僕は、黒死卿から箱を渡された。

箱の中には、いくつもの包みが入っていて、どうやら顆粒状の薬ではないかと思われる。僕が不安を露にしていると、黒死卿は、

「大丈夫だ。毒ではない」

と言った。

とても信じられる気分ではなかったが、包みを破り、一人一人のコップへ薬を入れていく。勿論、僕のコップにも入れた。それから、みんなで一斉に飲むんだと黒死卿に言われた通り、全員が同時にコップを傾ける。

「南無……」

獄門島を去る時の金田一耕助と同じように、僕は、祈った。すると、段々眠気を覚え、隣でダーク探偵がテーブルに突っ伏していく様子を見ながら、僕も、意識をなくしていった。

3

顔に何か冷たいものが当たるのを感じて、僕は、意識を取り戻した。

冷たいものは連続して顔に当たり、それと共にピチャピチャという音が聞こえる。顔が濡れていくのもわかって、水が掛かっているのだと気付いた。思わず首を振ると、水は止まった。

それから、僕は、目を開けようとした。

重たい瞼を、気力を振り絞って押し上げていく。僅かに開いた隙間から眩《まばゆ》い光が射し込み、その中にうっすらと影のようなものが浮かび上がった。隙間が広がるにつれ、最初は靄《もや》のように揺らめいていたのが、次第にはっきりと姿を現わしてくる。それは、上から下まで黒いダブダブとしたものに覆われていた。但し、上のところにだけ白いものが見えている。そこには、目や鼻があるようだ。しかし、それには生気がない。白い仮面ではないのか。

黒い死神！

そう気付いて、僕は、パッチリと目を開いた。

顔を二、三回動かして、周囲を見まわすと、状況が少しだけはっきりとする。

僕は、床の上に倒れていた。その側に、頭から足先までを黒いダブダブの衣装に身を包んだものが立って、こちらを見下ろしている。黒い手袋を嵌めた手の片方にはコップを持っていて、そこに水が入っていた。さっきは、それを掛けていたのであろう。僕の顔は、確かに濡れている。

しかし、僕は、顔を拭おうともしなかった。記憶が徐々に蘇ってくる。晩餐の席に、黒死卿が乱入して銃で脅され、薬を飲まされたのではなかったか。

僕は、相手のコップを持っていない方の手に視線を移した。

銃は持っていなかった。その代わり、大きな刀を持っていた。しかも、刃の幅が広い。ダンビラと呼ばれているものではないか。

僕は、起き上がろうとした。

とにかく逃げなければと思ったのだ。しかし、頭がクラクラとして気分が悪く、なかなか思い通りに身体が動いてくれない。

すると、白い仮面から、また不気味な笑い声が聞こえてきた。

「ふふふふふ」

僕の無様な姿を見て、嘲笑っているのであろうか。それに続けて、

「気が付いたか」

とも言った。意識を失う前に聞いた映画の仮面の男を思わせる低くくぐもったかすれ声だ。

僕は、歯を食いしばり、なおも起き上がろうとしたが、やはり思うようにいかず、再び床の上に倒れた。眼鏡がずれたので、慌てて直す。

黒死卿は、そうした僕の姿をじっと見下ろしていた。そして、背後のテーブルにコップを置き、代わりにそこから風呂敷包みを取り上げた。それは、ダンビラよりもやや短かったが、ダンビラと同じような細長い形をしていた。

（なんだろう）

まだぼんやりする頭で考えていると、黒死卿は、どういうわけか風呂敷を床の上に落とした。僕の顔のすぐ近くだ。

僕は、思わず目を見張った。

「ひいっ！」

という悲鳴まで上げて、身体を引いてしまう。

風呂敷の端が少しだけほどけて、中味が覗いていたのだが、それは、なんと蒼白い人間の手首だったのである。風呂敷の中には、切断された人間の腕が入っているのだ。しかも、華奢な指をしている。

「ふふふふ」

と、黒死卿は笑い、

「人形ではない。触ってみろ」

と言った。手首は、肌のきめが細かく、そこに産毛のようなものまで見えている。

「ほら、触ってみろ」

再度促されて、ふらふらと手を伸ばした。指の先が皮膚に当たり、その部分がへこむ。

「うわあっ！」

手をすぐに引っ込めた。その柔らかな肌触りは、本物であることを確信させる。しかも、まだ微かに温もりが感じられた。切断されてから余り時間が経っていないのであろう。

悪寒が背筋を走り、身体をブルッと震わせる。

それを見て、黒死卿は、また笑い声を上げ、今度は、懐の中へ手を入れた。そこからは、見覚えのある粗悪な紙を取り出してくる。黒死卿は、それもすぐに手放した。紙が、ヒラヒラと宙を舞って、僕の胸の上に落ちる。

「見ろ」

と言われ、僕は、紙を取った。やはり脅迫状と同じ便箋であった。印刷物から切り取ったさまざまな大きさと形の文字が貼り付けられている。そして、そこには、異様なことが記されていた。

最初の天罰は下った。
この腕が証拠だ。
《大暗幕》の土蔵へ行くがいい。
汝らは、我の予言通り、
乱歩に挑んだ密室を目の当たりにして、
天罰の恐ろしさにおののくであろう。

ハッとして、黒死卿に視線を移す。

黒い衣装なのでわかり難いが、そこには、ところどころに何かが付いているようであった。そして、ダンビラの刃は、明らかに赤いような、どす黒いような染みで汚れている。そのせいであろうか。今になって、なにやら鉄が錆びたような匂いが漂っていることに気付いた。

僕が思わず鼻を摘むと、黒死卿は、今までよりもさらに大きな声で笑った。そして、笑い続けたまま風呂敷を拾い上げ、徐々に離れていって視界から消える。バタンとドアを乱暴に閉める音が聞こえた後は、不気味なまでの静寂だけが残った。

その静寂に包まれながら、僕は、しばらく茫然としていた。長い時間であったような気もするし、ほんの僅かな間だけであったようにも思える。しかし、いつまでもそうしているわけにいかないので、僕は、意を決して近くにあった椅子のところまで這っていき、それにすがりながらなんとか起き上がった。

椅子に腰を下ろし、改めてまわりを見渡す。そこは、意識を失う前と同じ正餐室の中であった。だが、人の姿はない。そこで、腰を屈め、テーブルの下を覗き込むと、上座のところに二人倒れている。

僕は、テーブルに手をつきながら、近寄っていった。倒れていたのは、天綬在正と執事の秦野であった。

まず館の主を、次に執事の身体を揺すった。二人とも、僕と同じようにゆっくりと瞼を上げ、開ききった後も、ぼんやりとまわりを見ている。

やがて、天綬在正が、僕に気付き、

「三神先生」

と、声を掛けてきた。

「大丈夫ですか」

僕は、天綬在正が起き上がるのを助け、それから秦野にも手を貸す。

「ありがとうございます」

執事は、律儀に頭を下げた。

「ここは正餐室ですね」

館の主は、部屋を見渡し、

「そうだ。黒死卿が入ってきて、睡眠薬を飲まされたのだ」

と、意識を失う前のことを思い出した。

僕は、顎に手をやり、肌触りを確かめてから、下座の壁に掛かっている時計を見た。時計の針は、三時過ぎを指していた。一日近く経過して、午後ということはなさそうなので、午前に違いない。七時過ぎに始まった晩餐は、デザートが出るまで一時間以上は経っていたと思われるから、黒死卿が入ってきたのは、八時半頃ではなかったか。それから薬を飲まされるのに三十分以上掛かったとして、六時間くらい眠っていたことになる。

「しかし、他の人たちはどうしたのでしょう」

立ち上がった天綬在正が、改めて部屋を見まわし、心配そうに言った。主が言う通り、正餐室には、三人以外の姿がなかった。それから僕たちは、下座側のドアを開けて配膳室と厨房を調べ、正餐室に戻って廊下も覗いた。どこにも人の姿はない。

取り巻きたちが座っていた席の後ろにもドアがあり、そこも開けてみた。ドアの向こうはサロンであったが、やはり誰もいなかった。

「もしかして、みんなやられてしまったんじゃあ」

サロンのソファにぐったりと座り込みながら、僕は、呻くように言った。六時間もあれば、たいていのことはできる。

しかし、向かいに座った天綬在正は、沈痛の色を濃くしながらも首を振った。こんな場合でも、秦野は、主の傍らに立っている。

「それはないと思います。殺すのであれば、睡眠薬ではなく、最初から毒を飲ませていた筈です。それにダーク探偵もいません。正餐室でも言っていたように黒死卿は、ダーク探偵との対決を望んでいるのですから、探偵まで殺すわけがありません」

「それじゃあ」

と言いかけて、僕は、上着のポケットに手を突っ込んだ。

さっき黒死卿が落とした便箋をポケットの中にしまっていた。そのことを思い出したのである。

僕は、それを天綬在正に見せ、目が覚めてからのことを話した。

「切断された腕を持っていたのですか」

天綬の表情が、ますます沈痛の色を深めていく。

「《大暗幕》の土蔵って何ですか」

「行ってみましょう」

天綬在正は、そう言って黒死卿の便箋を強く握り締めた。

それから僕たち三人は、右翼棟の裏口から西館を出た。

裏口の外にも、庭が広がっていた。間隔をおいて庭園灯が設置され、それが点されているため、暗闇に沈んでいるようなことはなかった。裏口からは、舗装された遊歩道が伸びている。道幅は、三人が充分に並んで歩けるほど広い。

雨は、いつの間にか上がっていた。それでも、遊歩道は、まだ充分に濡れている。庭に繋っている草木も、水気を含んでいることがはっきりとわかった。

「黒死卿も、ここを通ったようですね」

僕は、裏口の方を振り返りながら言った。

実は、西館の床に濡れたり汚れたりしているところがあって、それが裏口のところでも見られたのである。

「そうらしいですね」

と、天綬在正も頷いた。

そして、遊歩道へ足を踏み出す。裏庭は、右側に高い木々が鬱蒼と繋って視界を遮り、左側も、やはり高い生垣が視界を遮って、どちらも前の方へかなり長く続いていた。左側の生垣は、西館の真ん中辺りにあって、その向こうへ——西館の左翼側へ人が行くのを拒んでいるようである。

僕が、そちらへ目をやり、首を傾げていると、館の主が教えてくれた。

「西館の左翼側は、私たち夫妻の居住スペースになっていまして、あの生垣の向こうに麗火の庭があるのです」

「脅迫状が見つかったところですか」

「そうです。麗火の庭は全部あのような生垣に囲まれていまして、左翼側の裏口から入れるようになっています。普段は鍵が掛けられ、勿論、鍵を持っているのは麗火です。黒死卿は、生垣に穴を開けて侵入していました」

僕たちは、そのまま遊歩道を進んだ。遊歩道は、緩やかなカーブを描きながら、少しずつ下っていた。そのため、西館と麗火の庭が段々と高くなっていく。そして、西館から三百メートル近くも離れた時、生垣が途切れて、その向こうに、真っ黒なものが現われた。

「これが、《大暗幕》です」

と、天綬在正が言った。

巨大な生き物が闇の中に蹲《うずくま》っているかのような不気味さを漂わせているが、確かに、それは黒い建物であった。外観がテントを張ったサーカス小屋のような形をしていて、素材も、テントというか黒い幕といっていいもので建物を覆っている。正に《大暗幕》だ。

「建物の形は、乱歩の小説によく出てくる見世物小屋を模したつもりでして――」

その言葉に、僕は、すぐさま反応した。

「すると、《大暗幕》という名前は、『大暗室』からとっているわけですね」

『大暗室』も、乱歩の作品である。正義と悪の化身ともいうべき二人の美青年が対決する大時代な冒険活劇で、悪玉の方が東京の地下にパノラマ島を彷彿《ほうふつ》させる魔界の王国を築く。それが『大暗室』だ。

「そうです」

と、天綬在正は答え、秦野に扉を開けさせた。扉のところに、鍵が付いたままになっていた。

「《大暗幕》には、夜になると郷田が鍵を掛け、所定の場所に戻しておきます。それを黒死卿が持ち出して開けたものと思われます」

と、執事が言った。

暗幕をめくると、その中は、コンクリートの壁になっていた。暗幕は、コンクリートの建物を覆うように掛けてあるらしい。

《大暗幕》にも照明が点っていた。しかし、照明の数が少ないのか、あるいは光度の差なのか、ここまで歩いてきた裏庭より暗い。

僕たちは、《大暗幕》の中に入った。

内部も見世物小屋風の趣向を凝らし、周囲が竹藪に覆われ、その間を道がうねうねと曲がりながら続いていた。いわゆる八幡の藪知らずになっているのだ。

「この藪の中に乱歩の名場面を模したものがいくつも作ってありまして、それもなかなか見ごたえがあると思うのですが、今は土蔵に向かいましょう」

天綬在正は、こんな場合でも少し残念そうであった。

『魔術師』に出てくる獄門舟、『人間豹』で虎と戦わされる文代、『吸血鬼』の人間花氷に、『暗黒星』の磔刑などなど、さまざまなものが作ってあるという。

道は相変わらず舗装されていたが、二人が並んで歩けるかどうかというほど細くなり、途中でいくつにも分かれていた。正に迷路のようだ。しかし、館の主は、少しも迷うことなく、どんどん進んでいく。藪はしばしば途切れて、そこに天綬が言った通りの名場面が何度か現われたものの、勿論、立ち止まるようなことはしない。

そうしていったいどれくらい進んだろうか。随分と進んだような気がして、《大暗幕》はなんて広いのかと驚かされてしまうが、道が曲がりくねっているので、実際はたいしたことがないのであろう。そう思っていると、天綬が不意に立ち止まった。そして、指差す方へ目をやれば、ぽっかりと薮が開いた空間に、土蔵が建っている。薄暗い照明の中で、土蔵も黒々と蹲っていた。

僕は、土蔵を見上げ、それからゆっくりと視線を下ろして、

「あっ」

と、声を上げていた。

土蔵の正面には扉が見えていて、その傍ら——地面の上に、なにやら白いものが倒れているのである。明らかに人間であった。それも、服を着ていない全裸の女性ではないか。全裸の女性が、こちらへ背中を向けて倒れている。

「あれ、あれ——」

今度は、僕が指差しながら、すっかりうろたえてしまったが、天綬在正からは、意外に平静な声が返ってきた。

「あれは人形です」

「えっ、人形？」

これまでも乱歩の名場面を模した場所には、本物かと見紛うほどの精巧な蠟人形が展示されていた。それと同じものだという。

「但し、本来なら土蔵の中になければいけません。それが持ち出されているようです」

「土蔵の中に、全裸の女性——」

僕には、それで思い当たるものがあった。

「もしかして、あの土蔵は『悪霊』ですか」

これに天綬在正は、しっかりと頷いていた。

乱歩の『悪霊』は、乱歩にしては珍しいというべきであろう、密室殺人に真正面から取り組んだ作品であった。物語の冒頭で密室となった土蔵の中から、全裸の女性死体が出てくるのである。しかも、その死体は、いかにも乱歩らしい無惨絵を思わせる美しい死体であった。ここは、その場面を再現しているようである。

「土蔵の中から人形を出したということは、代わりに——」

「本物を入れたのでしょう」

天綬在正の声は、さすがに暗く沈んでいた。

「でも、『悪霊』は未完ですよね」

「ええ」

『悪霊』は、昭和八年の『新青年』で連載が始まり、初回で増刷を出すほどの大反響を巻き起こしたが、年をまたいだ僅か三回だけで止まり、そのまま終わってしまった。密室殺人の謎も解かれないままとなってしまったのである。

「黒死卿が乱歩の密室に挑むと書いていたのは、未完のままで終わった『悪霊』の密室を自分が完成させるということだったわけですか」

「そうらしいですね」

僕は、ゴクリと唾を飲み込んでから、土蔵へ向かって歩き出そうとした。すると、天綬に止められ、地面の上に注意を向けさせられた。

土蔵がある空間は、ほぼ円形をなしていて、僕たちが立ち止まっている道から正面の扉まで、およそ十メートル。左右の間隔も同じくらいで、おそらく背後もそうなっているのであろう。土蔵は、そうした空間の中に建っていて、周囲の地面が、舗装された道とは違って、土が剝き出しになっているのである。その土の上に、舗装路から土蔵の扉まで足跡が付いている。

僕は、足跡にじっと目を凝らしていた。

黒死卿が雨上がりの外を歩いてきたせいであろう。足跡がまだ濡れていた。それは、土蔵と舗装路の間を一度だけ往復している。

僕たちは、足跡を避けながら、ゆっくりと足を踏み出していった。土の地面は、随分と軟らかかった。僕たちの足跡もしっかりと印され、衣装と一緒に借りた僕の革靴――いつも履いているのは薄汚いスニーカーだ――は土にめり込み、ズボンの裾が汚れていく。これで、濡れた裏庭を歩き、西館へ戻ったのであれば、床を汚すのも当然だと思われた。

途中、片手の不自由な天綬が足を滑らせ、

「うわっ！」

と、大きな声を上げて、秦野に抱き止められる一幕があったものの、僕たちは、土蔵の前までやって来た。

『悪霊』では、土蔵の大きさや外観について、余り詳しく描写していなかったと記憶している。古風なと書いてあった程度で、他は、扉に大きな鉄の錠前が掛かっていたことぐらいであった筈だ。従って、ここの土蔵そのものは、想像によっているのであろう。

外壁は幅が五メートルぐらい、高さは、屋根が載っている分、それよりもいくらかあると思われる二階建てだ。上半分が白漆喰になり、下が板張りで、正面に土扉がついている。原作の印象では、土蔵がある家は古い家のようで——古風という記述もそれを表わしているのであろう——そのため、この土蔵も、外壁に染みや汚れ、瑕などを付け、古びた感じを出していた。

しかし、僕は、土蔵の形状よりも、扉の傍らにあるものへ目を向けずにいられなかった。右側には、確かに人形が倒れていた。原作によれば、死体は、

水に溺れた人が死にもの狂いに藻掻いている恰好

とあるのだが、それを表わすかのように伸ばされた手足と身体が、苦しくも妖しげな曲線を描いてうねっている。しかも、縞模様のような血の跡までが描かれ、痛めつけられたような瑕まで付いている。

「人形を二階から出す時、階段を落とすようなことをして瑕が付いてしまったようですね」

と、館の主が言う。

そして、人形の傍らには、斧が置かれていた。

「斧なんか原作に出てきましたっけ」

「はっきりとは出てきません。ですから、普段こんなものはここに置いていないのですが、原作に錠前を壊す場面があって、それに使ったと見ることができます。その斧が置いてあるということは、それを使って錠前を壊せと、黒死卿が言っているのではありませんか。わざわざ取りに行く手間を省いてくれているのでしょう」

僕は、扉の方に視線を移した。原作通りの大きな鉄の錠前がしっかりと掛かっている。

「親切ですね」

「親切なんかではないと思いますよ。密室を早く確かめて欲しいだけではないですか。それだけ密室に自信があるのでしょう」

不気味に笑っていた黒死卿を思い出してしまう。

それから、僕は、扉の左側へと視線を移した。ここへ来てから気が付いたのだが、そちらにもおかしなものが置いてあったのだ。それは、黒い布のようなものであった。丸められているのを、

「何ですか、これは――」

と、少し広げてみる。至るところに染みのようなものが付着していて、なにやら肉片のようなものもこびり付き、嫌な臭いがムッと漂ってきた。

「わっ」

と叫んで、僕が手放すと、天綬在正が、顔をしかめながら僕の続きをやった。すると、布の中から

白い仮面が転がり出てくる。黒死卿がしていたのと同じものだ。

「これは黒死卿の衣装ですね」

そのようであった。つまり黒死卿は、衣装を二つ用意していたことになる。どうしてなのかは、勿論、今の段階でわかるわけがなかった。

僕は、土蔵の扉に触れ、押しても引いても開かないことを確かめると、斧を拾い上げようとした。

「悔しいですけど、これで扉を壊してしまいましょうか」

しかし、天綬在正に、また止められてしまった。

「その前に、土蔵の中を確認しておく必要があるのではないですか」

「あっ」

そうであった。原作では、錠前を壊す前に窓から中を確認するのだ。

「窓はこちらにあります」

天綬は、土蔵の右側へ案内した。そちらの方には何の足跡もなく、土蔵の角を曲がると、右側面に二階の窓が開いていて、そこに梯子が立て掛けてあった。

「原作では梯子を持ってきたように受け取れますが、ここでは、最初から梯子を掛けています。実は、扉の錠前も普段からあのように掛けてあって、見学者は、梯子に昇って中にある人形の死体を見る趣向になっているのです」

「錠前の鍵も、《大暗幕》の鍵と同じところに保管しているのですが――」

と、秦野が補足をする。これも持ち出されたようである。勿論、元の場所へ戻しているとは考えられない。

梯子の下には、分厚いマットが置かれてあった。転落した場合の備えだという。

「どうします。あなたが行きますか」

天綬が、僕を見つめる。

窓に掛かっている梯子は、四メートル以上はありそうだ。片手が不自由な天綬に昇らせることは、マットが置かれているとはいえ危なく、天綬より年上の秦野にやらせるわけにもいかない。ここは若い僕の出番であろう。僕は、ワトソン役である。探偵が不在な時こそ全てを見ておかねばならない。

「ええ、行きます」

僕は、しっかりと頷き、二人に支えてもらった梯子を昇っていった。それでも、梯子を握る手が微かに震えるのを抑えることはできなかった。中に誰の死体があるのか。黒死卿が僕に触れさせた腕は、肌のきめが細かく、華奢な指をしていた。普通に考えれば、原作通り全裸の女性死体があると思われるのだが、そうと断定するわけにもいかない。華奢な美少年の一条顕なら、そんな指や肌をしていそうだ。なにしろ黒死卿は、全てを原作通りに行っているわけではないのである。あの人形が示している通り、『悪霊』では、死体の腕など切断されていなかったのだ。

そんなことを考えているうちに、僕は、窓のところへ着いた。窓には、原作通りに鉄棒がはまっていた。ここから人間が出入りすることはできない。僕は、その鉄棒を握って、土蔵の中を覗き込んだ。

中は暗かった。これも原作通りだ。それでも、じっと目を凝らしているうちに、《大暗幕》の淡い照明と慣れのせいで、だんだんと形がわかるようになってくる。

僕は、息を呑み、目を大きく見開いていた。

土蔵の中にも人が倒れていた。『悪霊』と同じように女性が倒れている。やはり全裸であるが、『悪霊』とは違って、身体を切断されていた。しかも、片腕だけではなく、もう片方の手と両足までもがなかったのである。手は肘からやや上の部分、足も膝からやや上の部分で切断されている。切断面からは、生々しい傷口が覗き、身体には、血と思われる跡が縦横に付いていた。首と胴体だけの血に塗れた無惨な姿。これだけでも、たいへんな衝撃である。

しかし、しかし——。

衝撃は、それだけにとどまらなかった。

僕は、鉄棒をあらん限りの力で掴んでいた。その手が震え、身体も震えて、額からは、汗が伝い落ちてくる。それなのに、目をそこから逸らすことができない。

女性は、頭を扉側にして、仰向けに倒れていた。頭は、僅かに窓側へ傾いている。だから、顔をしっかりと見ることができた。女性は、目を開けたままだ。

それは、予想だにしなかった人物であった。片手で眼鏡を掛け直してみたが、その顔が変わることはなかった。決して見誤ることのない、絶対に見間違うことのない顔だ。なんとしたことか！　再び鉄棒を両手で強く強く握り締める。

土蔵の中にいたのは——。

「麗火」

僕の口から、悲痛な声が絞り出された。

【第四章】夜歩く怪人

私の内に、ひとつのイメージがある。
背に翼の生えた人間が、
深い霧の中をゆっくりと飛んでくるイメージだ。

——島田荘司『山高帽のイカロス』

1

僕は、衝撃の余り、頭がクラクラとしてきた。

窓の鉄棒を握っていた手の力が、今度は緩んできて、目も瞑ってしまう。そのため、身体がグラリと揺れかけたところで、

「大丈夫ですか」

と、声を掛けられていた。

執事の秦野であった。梯子を昇ってきて、下から僕の身体を支えてくれている。

僕は、なんとか立ち直り、

「大丈夫です」

と答えた。

そこへ天綬在正の声が、もっと下から聞こえてきた。

「何かあったのですか」

館の主は、地面のところにいた。僕は、しばらくためらった後で、中にいるのが麗火であることを

告げる。

「なんですって！」

麗火の夫からも、悲痛な叫びが返ってきた。僕を支え続けている執事の手も震え、呻くような息を洩らす。

「とにかく下へ降りましょう」

と、秦野は言ってくれたが、僕は、必死に首を振っていた。

「もう少し、もう少し現場を確かめさせて下さい」

それから僕は、秦野に支えてもらったまま再び窓の向こうを覗き込んだ。

原作では、土蔵の中に箪笥や長持ち、木箱なんかが、ゴチャゴチャと置かれていた。ここにも、同じようなものが置かれていて、しかも、原作にはない異様なものまであった。ギロチンである。人の首を斬り落とす断頭台が、麗火の近く――切断された足の側で、麗火を見下ろす物の怪のように鎮座しているのだ。そして、置かれているものを含め、壁や床など土蔵の中の至るところに、なにやら染みのようなものが付いている。おそらく血痕であろう。

僕は、ゴクンと唾を飲み込んでいた。

それ以外で目につくものといえば、麗火の頭の近くにナイフが落ちていた。他には、犯人もいなければ、密室トリックに使えそうなものも見当たらない。勿論、箪笥や長持ちなどがあるので、そこに何かが隠され、あるいは何者かが潜んでいる可能性は否定できなかった。また窓からは見えない死角もあるし、そのうえ現場が二階にあるため、一階がどうなっているかは全くわからない。

ここから見るのは、これが限界であった。血の臭いにも、いささか耐え難くなってきた。

「降りましょう」

僕は、声を震わせながら秦野に言った。梯子を降りると、今度は、天綬在正が、なんとか昇ろうとして、僕と秦野で押しとどめ、僕たちは、正面の扉のところへ戻った。

「本当に麗火でしたか」

館の主が、息せき切って尋ねてくる。

「ええ。麗火さんでした」

「人形ということはありませんか」

「――」

そう言われると、《大暗幕》の中で真に迫った蠟人形を見てきただけに、いまひとつ自信を失ってしまう。

「中へ入りましょう」

原作では中へ入らずに警察を呼ぶのだが、ダーク探偵を呼んでいるからには、そういうわけにはいかない。しかも、その探偵は、他の者たちと一緒に行方不明であった。

天綬在正は、いても立ってもいられないように片手で斧を拾い上げようとしたが、やはり片手では無理だ。

「僕がやります」

と言って、手を出そうとすると、それを秦野が遮った。

「手慣れた者の方がよろしいかと存じます」

鶴のように痩せた執事が、主から斧を受け取った。それも軽々と持ち、やはり軽々と斧を構える。

そういえば、僕と探偵がここへ着いた時、僕たちの荷物——それも自分の小さなショルダーバッグと小田桐から預かった衣装だけだった僕のはメイドが持ち、それよりも大きかった探偵の荷物は執事が持って、たいしたことがなさそうに運んでいた。若くて肉付きも僕の方が遥かにいいのだが、腕っ節には全く自信のない僕より、秦野の方が力はありそうに感じる。

「よろしいですか」

執事に言われて、主が頷いた。

「原作では指紋に注意して慎重に壊している。手袋をしていた黒死卿がそんなヘマをやるとは思えないが、密室トリックを解く痕跡があるかもしれないから、やはり慎重に壊しなさい」

主の指示通り、執事は、慎重に錠前を壊した。ところが、それでも扉は開かなかった。

「中に閂があります。それが掛かっているようです」

天綬は、沈痛の色を濃くした。

「そ、そんなの原作にはなかったのに——」

僕は、困惑していた。

「手足を切断したことといい、黒死卿は、原作以上の密室を作り上げようとしているのでしょう。とにかく扉も壊してしまいましょう。これも閂を壊すと、密室の仕掛けがわからなくなる恐れがあるから——」

天綬は、そう言って、今度も閂の場所を避けて壊すよう秦野に指示をした。秦野が、これも忠実に守って、一ヵ所だけ腕が通るほどの穴を開ける。

「閂は三神先生が確かめて外して下さい」

と、天綬に言われて、僕は、穴の中に手を差し入れた。閂は、短くて細い木の棒を口の字型の金具へ通すようになっているらしい。従って、左右のどちらかへ閂棒を動かさなければならないという。

僕の手は、その閂棒に触れていた。細くて短く、そして軽かった。太さは手の指くらい、長さは三十センチほどであろうか。しかし、それは、しっかりと確かに掛かっていて、言われた通りに横へずらしていく。閂棒が外れ、これも教えられた通りに、外側へ引いて観音開きの扉を開ける。すると、そこからも鉄錆めいた臭いが押し寄せてきた。

僕たち三人は、鼻と口を覆って、しばらく立ち尽くした。それから、土蔵の中にゆっくりと足を踏み入れる。

入ってすぐのところに、また粗悪な便箋が落ちていて、そこに、やはり文字が貼り付けられていた。

乱歩の『悪霊』に挑んだ密室はどうだ。
死体の恐ろしさ、美しさ、二重となった密室、
『悪霊』を超えていると思わないか。
しかも、お前たちにとって、これほど恐ろしい天罰はない筈だ。
ダーク探偵は、俺の『悪霊』を未完にさせず、

解き明かすことができるかな。

しかし、ここでもフェアプレイの精神に則り、大事なことを教えておいてやろう。

天綬麗火殺しの犯人は、未知の人物ではない。

事件が起こった段階で誰も知らないような人物が、犯人になっていることは決してないと約束しておこう。

そして、この密室を解く鍵は二年前、
ワトソン役が幻遊城を訪れた時にしっかりと見ている。


僕は、拾い上げた便箋を天綬在正に渡そうとしたが、館の主は、持っていて欲しいというように手を振った。仕方なくポケットに入れ、改めて土蔵の中へと目を凝らす。

土蔵の一階も暗かった。天綬在正が、明かりを点けるように指示して、執事が、扉の近くのスイッチに触れ、パッと明るくなった。

すると、僕の目に赤いものが一斉に飛び込んできた。一階にも、箪笥や長持ちなどが置かれていたが、その至るところに、また床や壁や天井にも赤いものが付着していたのである。

正に赤い密室！

僕は、しゃがみ込みたくなるのを必死にこらえながら、気になっていたことを尋ねた。

「もしかして箱とかの中に犯人が潜んでいるのでは――」

「いえ、その心配は無用です。ここにある箱とか箪笥などは、木でそういう形に作ってあるだけで、開けることはできないのです。従って、中に入ることもできません」

僕は、試しに手近にあった箱のひとつを開けてみようとした。天綬が言った通り、外見をそういう形にしてあるだけで、蓋は全く動かなかった。しかも、中が空洞になっていないので、どっしりと重い。一階を見渡したが、物陰に不審なものは見当たらなかった。

「とにかく二階の麗火を確かめましょう」

天綬に言われて、僕は、

「そうですね」

と頷く。

階段にも、赤いものが点々と滴り、肉片めいたものまで落ちていた。しかし、一人ずつしか昇れないほどの広さしかないため、これを避けて通ることは不可能であった。

「仕方がありません。今は現場を確かめることが必要です」

そう言って、天綬在正が、まず上がっていった。僕が、その後に続き、秦野は、階段の下にとどまっている。天綬が、階段を上がったところで立ち止まったため、僕は、顔だけを出して二階を覗いた。

二階も、至るところが真っ赤に彩られていた。不審なものは、やはり見当たらない。その中で、倒れている麗火の頭が見え、近くにナイフも見える。サバイバルナイフのようで、それも赤く染まっていた。

天綬在正は、麗火に近付き、名前を呼びながら頭の傍らに跪くと、片手で背中から抱き起こした。

だらりとする身体で、人形ではないことがわかる。しかも、その身体の下から何かが現われた。それは、鍵のようであった。『悪霊』では、死体の下から錠前の鍵が出てくる。

「麗火さんの身体の下に――」

僕に言われて、天綬も、鍵の存在に気付いたが、それどころではない様子で取り敢えず拾い上げ、僕に渡した。僕は、一応ハンカチで包み、ポケットの中に入れる。

麗火の夫は、妻の身体をひしと抱き締めると、嗚咽を洩らし始めた。肩が震え、背中が震え、その顔は、麗火の顔にぴったりとくっ付けられている。しかも、声が止まったと思ったら、二人の唇が合わさっているように見え、天綬の手も妖しく蠢《うごめ》いて、麗火の身体をまさぐっているではないか。

僕は、いたたまれない思いに駆られ、それと同時に、頭のクラクラがひどくなるのを覚えた。これだけ凄惨な光景を見ていながら、今まで持ちこたえていた方が、むしろ奇蹟といえたであろう。変わり果てた麗火を見たことの衝撃で、他の感覚が麻痺していたのかもしれない。

僕は、急速に気分が悪くなり、階段を這うように降りて、その場にどっかりと座り込んだ。

それを見て、秦野が、二階に声を掛けてくれる。

「三神先生の具合が、かなりお悪いようです」

少しして、館の主が降りてきた。

「三神先生には、ご無理ばかりをお願いして申し訳ありませんでした。秦野と一緒に西館へお戻り下さい」

そして、秦野には、他の者たち――とりわけダーク探偵を捜して、ここへ連れて来るように命じる。

「天綬さんは――」

と、僕は尋ねた。

そういう館の主も、顔が蒼褪め、いつ倒れてもおかしくないように見えるのである。

しかし、天綬在正は、きっぱりと告げた。

「私は麗火の側にいます」


こうして、僕は、執事に支えられて西館へ戻った。

正餐室の隣にあったサロンへ入り、長いソファへ身体を横たえる。秦野が水を持ってきて、濡れたタオルも額に当ててくれた。それから、秦野は、

「わたくしは、旦那様に言われた通り、他の方々を捜してまいりますので、しばらくここでお待ち下さい」

と言って出ていった。

本当なら僕も手伝わなければいけないところであった。情けない気持ちになるが、これだけはどうにもならない。

秦野が、なかなか戻ってこなかったので、悶々としていると、ようやく廊下側のドアから姿を現わした。身体を起こそうとしたが、まだクラクラと目眩がして頭を押さえてしまう。

「無理をなさらないで下さい」

と気遣われ、すいませんと謝った僕は、捜索の結果を尋ねた。

「この地下室に全員が閉じ込められているのをなんとか見つけることができました。幸いなことに怪我人もおられません」

「それはよかった」

「しかし、成海先生はおられるのに奥様の姿だけが見えないことで、何が起こったのかを誰もが察してしまったようでございます。それで仕方なく土蔵のことをお伝えしました」

「そうですか。でも、今は早く出してあげないと――」

「はい。では、鍵を取ってまいります」

そう言って、秦野は出ていった。

今度も、なかなか戻ってこなかった。そのうち隣の正餐室から物音が聞こえ、そちら側のドアから秦野が入ってきた。

「わたくしがあさはかでございました」

秦野は、うなだれていた。

「大勢の人間を閉じ込めた黒死卿が、鍵を元の場所へ返していくような親切をする筈がなかったのでございます」

「鍵がなかったんですか」

「厨房の向かいには、わたくしども使用人の控え室がございまして、普段は、そこに鍵が置いてあります。《大暗幕》や土蔵の鍵もそうです。しかし、いつもの場所にはなく、一応、控え室の中と、厨房・配膳室・正餐室を捜してみましたが、どこにもありませんでした」

「土蔵でやったように斧か何かで打ち破ることはできないんですか」

「地下室の扉は、とても頑丈にできております。扉の中から男の人が束になって体当たりをしても無理で、斧も役には立ちません。なにしろ地下室は、災害避難用のシェルターを兼ねておりまして――」

「シェルターですって！」

僕は、岡嶋二人の『そして扉が閉ざされた』を思い浮かべてしまった。富豪の地下シェルターの中に四人の男女が閉じ込められる話だ。人数では、こちらの方が勝っている。しかし、そんなことは今どうでもいい。

「手伝いましょう」

僕は、少しふらついたが、なんとか立ち上がった。

「大丈夫ですか」

「いつまでも寝てはいられないでしょう。とにかく鍵を捜さなければ――」

「しかし、西館だけでもかなり広うございます。もし西館になく、東館や他の場所まで捜すとなれば、二人だけの手に負えるものではございません。黒死卿が持ち去っている可能性もありますし、闇雲にあちこちを捜していいものかどうか」

「時間が掛かりそうですね」

僕は、ヘナヘナとソファに倒れ込んだ。

「しばらくお待ち下さい」

秦野が、また同じことを言って出ていき、今度は、本当にしばらくして戻ってきた。

「地下室の方々に鍵がないことをお伝えいたしました。すると、ダーク探偵様が目を覚まされまして——」

「えっ。彼は、今まで眠っていたんですか」

「はい。大きな鼾《いびき》をおかきになられてぐっすりと——。揺すっても叩いても起きられなかったそうでございます」

こんな時にのうのうと眠り続けるなんて——。僕は、呆れてしまった。

「しかし、目を覚まされますと、さすがにダーク探偵様でございます。黒死卿は、俺に密室を見せたいのだから、鍵を持ち去るようなことなどしていない、どこか近くに隠している筈だとおっしゃいまして」

「どこか近くって言われてもねえ」

「はい。それについては、密室殺人を乱歩の『悪霊』に擬えているなら、鍵の隠し場所もそうではないかと——」

『悪霊』では、土蔵の鍵が死体の下から見つかり、今回もそうなっています。いや、まさか、これがシェルターの鍵なんてことは——」

僕は、ポケットに入れていた鍵を取り出した。

「いいえ。それは間違いなく土蔵のものでございます」

「それ以外に『悪霊』で何かを隠していただろうか」

「被害者の着物で隠れていた土蔵の隅に、符号のようなものを記した紙切れが落ちていたそうです」

「ああ。そういう場面がありましたね」

「しかも、もう昨日になりますが、ダーク探偵様と三神先生がここへお着きになった時、奥様は、着物を着ておられたということで――。ですから、その着物の中に鍵が隠されている筈だと、ダーク探偵様はおっしゃっておられます」

「そうは言っても、土蔵の中に着物なんかなかった。箪笥や長持ちは開けられないんでしょう」

「それで、他の場所を調べろと、ダーク探偵様がおっしゃっておられます。旦那様や奥様のお部屋はまだ調べておりませんので――」

　僕たちは、二階へ上がることにした。天綬夫妻の居住スペースだという左翼棟に向かう。中央の大階段からではなく、その前を通り過ぎると、エレベーターが設置されていた。

「まだ具合がよくないでしょうから」

　秦野が、乗るように勧めてくれる。僕は、西館が主の老後にも備えていると探偵が言っていたことを思い出した。さすがに《ルージェール伯爵の部屋》は、エレベーター代わりにしていないようだ。

　エレベーターの扉が開くと、目当てのものは、あっけなく見つかった。なんとその中に、着物が置かれていたのである。

「わたくしがエレベーターを使うことなど決してありません。盲点でございました」

　そう言いながら、秦野が着物の周囲を探ると、鍵が出てきた。

「ダーク探偵様は、さすがでございます」

と、秦野が喜び、僕も、仮面の探偵を少しは見直す気分になった。

僕たちは、そのままエレベーターで地下へ行った。勿論、中央の大階段とは別に地下へ下りる階段もあるそうだ。地下室は、エレベーターを出た正面にあり、執事の言葉は誇張ではなく、頑丈そのものといった扉が取り付けられていて、南京錠ががっちりと掛かっていた。近代的なシェルターには似合わない感じだが、これも、『そして扉が閉ざされた』と同じ設定だ。扉の前には、荷物を運ぶための台車が置かれている。

秦野は、扉の横に付いている受話器を取って、鍵が見つかったことを報告している。それで中と話ができるようになっているらしい。

受話器を置くと、秦野は、鍵を外した。重々しい音と共に扉が開けられる。開ききるのが待ちきれないように、次々と人が出てきた。ダーク探偵と取り巻きや使用人たちである。

その中で、一人だけ見知らぬ顔があった。麗火の看護をしているという成海塔子だ。バルコニーで麗火と一緒にいたそうだが、あの時はよく見えなかったし、注意も払わなかった。二年前も同じだ。

成海は、四十代と思われ、肩の下まである髪を後ろで束ね、僕よりも度の強い眼鏡を掛けている。決して美人とはいえないものの、いかにも女医というに相応しい知的で厳格そうな顔立ちをしていた。

誰もが憔悴した表情を浮かべていたが、三人だけ、そうではないように見える者がいた。

一人は、ダーク探偵だ。勿論、表情はわからないものの、元気そうであった。どういうわけか、怒りを露にしている。眠らされた時につけていたシャンプーハットの出来損ないは取り外されていて、元の黄金仮面に戻っていた。目覚めてから取り替えたそうだが、どうやら自分が眠っている間に仮面の中を覗かれたのではないかということで、怒っているようだ。

それを、料理人の寺崎が宥めていた。郷田が、一番早く目覚めていて、探偵の仮面には指一本触れさせなかったという。頑丈そうな身体付きの郷田は、寺崎の説明も他人事のように、じっと突っ立っていた。茫洋としたとらえどころのない表情は、余り疲れているような感じがしない。

これにもう一人、新里綾子が、どういうわけかスナック菓子をぱくついている。彼女も、それほどやつれた感じはしなかった。シェルターには、食糧倉庫があって、そこに備蓄されているのだという。シェルターと同じ地下には、冷凍庫まで完備しているそうだ。

仮面の中を見ただろうというダーク探偵の疑念は、なかなかおさまらなかったが、秦野が割り込み、鍵が見つかった経緯を伝えると、満足そうな態度に一変した。

「やはり推理通りだったな。どうだ。俺の手に掛かれば黒死卿のやることなど一目瞭然だろう」

と、僕に向かって自慢してくる。

「はあ」

僕は、力なく応じるしかなかった。

「なんだ、なんだ、その体たらくは。そんなことで俺のワトソン役がつとまると思っているのか。まずは何が起こったのかを聞かせてくれ」

執事は、おおまかなことしか伝えていなかったので、僕は、目覚めてからのことを詳しく話した。他の者たちも熱心に聞き入っていた。麗火の無惨な姿に話が及ぶと、女性たちの中から小さな悲鳴がいくつも上がり、男たちは呻くような声を出した。今度は、誰もが顔を強張らせている。

ダーク探偵も、さすがにショックを隠しきれない様子で、

「そうか」

と呟いた。

「麗火さんを失ったのは、たいへん悲しい。きれいな人だったのに残念だ。それだけに、密室の謎は必ず解いて、黒死卿の正体を暴いてやるぞ。だから今回だけは、どんなに簡単な密室でも帰らない」

と、仮面の上から目を拭っている。しかし、立ち直るのも早く、

「さあ、現場へ案内してくれ」

金色マントを翻して、すぐさま急かしてきた。

僕は、眩しさに顔をしかめる。

館内の時計は、午前の八時近くになっていた。そのため、外へ出ると、すっかり夜が明けていた。裏庭を突っ切って、再び《大暗幕》へ足を踏み入れる。そこで、海藤武史が、僕に話し掛けてきた。

「黒死卿から風呂敷に入った腕を見せられたそうですけど、その意味はわかっているんでしょう」

「意味ですか」

僕は、首を傾げた。

すると、海藤は、呆れたように目を見張った。

「乱歩に見立てた事件が起こっていながら、気付いていないんですか。それでよく乱歩や正史に似た作品を書いていますね」

嘲るような表情で睨んでくる。

「乱歩の見立て――」

僕は、しばらく考え、あっと気付いた。

「『一寸法師』！」

と、声を上げる。

「遅い、遅いわよ」

そう言ってきたのは、新里綾子であった。

『一寸法師』は、その冒頭で小林紋三が夜の浅草公園をさまよい、怪人物の懐中から風呂敷に包まれた細長い品物が落ちるのを目撃する。この時、やはり風呂敷の一方がめくれて、華奢な指を持つ蒼白い手首が覗くのである。

同じであった。腕を風呂敷で包んでいたのも、それを床に落としたのも、『一寸法師』のこの場面をなぞっていたのだ。但し、『一寸法師』では、腕を触らせたりしなかった。

「結構鈍いのね」

新里綾子も、辛辣な言葉を浴びせてくる。

「――」

僕が、またへこんだところで、『悪霊』の土蔵に着いた。

まず足跡を見て、海藤武史が呟く。

「行きの足跡が四つに、帰りの足跡が三つか」

僕と秦野、それに黒死卿が一度ずつ往復して、天綬がとどまったままなのだから勘定は合う。僕と秦野が出ていってから、変化がないということだ。

その天綬在正は、扉のところに座り込んでいた。ぐったりとした様子は、明らかにさっきよりも憔悴している。無惨な姿となった麗火の側にいることがどれほど辛かったか、その苦しみが察せられるというものである。

土蔵の前まで来ると、天綬在正は、放心した状態のままなんとか立ち上がり、探偵を迎えた。探偵は、まず壊れた錠前を取り上げ、僕に鍵を求めた。ポケットから出して鍵を渡すと、それは、錠前にピッタリと合った。間違いなく錠前の鍵であった。

それから、ダーク探偵は、窓があるところへ向かった。こちらにも、足跡は三人が往復しただけで、変化はない。探偵は、梯子を昇り、中を覗き込んだ。

驚愕とも歓声ともつかない叫びを上げ、梯子が揺れて倒れそうになったので、寺崎と郷田が、慌てて飛び付き、梯子を支える。

「わああ！　うおお！」

探偵は、なかなか降りてこなかった。しげしげと見た後、中の電気を消させて、また、わああとか、うおおとか言いながら、もう一度見入り、落ちてしまうのではないかと何度もハラハラさせて、ようやく降りてきた。

そして、今度は、人形や黒死卿の衣装を検め、扉の具合を調べている。その間、梯子のところでは、取り巻きたちが代わる代わる昇って、中を覗いていた。誰もが驚き、衝撃を受けたことはいうまでもないが、新里綾子だけは、とうとう梯子を昇らなかった。体重や下から覗かれることを気にしたのではなく、高いところがダメらしい。

その後、探偵が土蔵の中へ入り、これに取り巻きも続いた。それだけ入ると、立っている場所を見つけるのさえたいへんであろうから、僕は、入らなかった。僕は、成海塔子と入れ替わりに梯子を昇っていた。せっかくよくなってきた気分がまた悪くなるだろうとわかっていながら、麗火の姿をどうしてももう一度見ずにはいられなかったのだ。そういう衝動を抑えられなかった。

成海と使用人たちも扉の方へ行ったので、そこにはもう僕以外にいなかった。鉄棒に手を掛け、覗き込む。ムッとする臭いが押し寄せ、それだけでクラクラとしてきた。それでも、目は麗火に吸い寄せられてしまう。

ダーク探偵が死体を調べていた。手袋をはめた手で、身体のあちこちを触っている。なんだかいやらしい手付きだ。それに、さっきの天綬の姿も重なり、僕は、乱歩のある作品を連想していた。

『虫』だ。思いを寄せていながら振り向いてくれない女性を男が殺し、死体で己の欲望をかなえる。しかし、死体には異変が起こってきて——という話だ。『虫、虫、虫』という活字の羅列が、旧字体の頃は、『蟲、蟲、蟲』となっていて、凄まじい迫力を出していたという。

僕は、そんなことを考えながら、麗火の死体を見ていて、

「！」

何かしら違和感を覚えた。

しかし、それを確かめることはできなかった。『虫』を連想したことがいけなかったのかもしれない。

僕は、予想した通りに気分が悪くなり、思わず手を離し、バランスを崩して、梯子から落ちてしまっ

たのである。

2

ノックの音と呼び掛ける声で、目を覚ました。

僕は、西館の二階右翼棟にあてがわれた客室にいた。

《大暗幕》の土蔵でまた気分が悪くなり、梯子から落ちてしまった僕は、何事かと駆け付けた人々に取り囲まれた。マットのせいで落下による負傷はほとんどなかったものの、気分の悪さから自力では立ち上がれない状態となり、庭師兼雑用係の郷田に背負われて戻ってきたのである。

ダーク探偵からは、散々に罵られた。

「探偵が検証をしている時にどこへ行ったのかと思っていたら、覗き見なんぞをしおった挙げ句に、落ちて俺の助手ができんとは、なんというワトソン役だ。こんなワトソン役は初めてだ。この役立たず！」

あんたが変なことをしていたからだろうと言いたかったが、勿論、言い返せる筈はなく、その元気もなかった。

郷田の他に料理人の寺崎も付いてきて、二階の客室まで運んでもらい、ベッドに入った。それからしばらくは、悶々としていたが、いつの間にか眠ってしまったようである。

僕は、起き上がって眼鏡を取り、ドアスコープから外を覗いた。寺崎から、念のため鍵を掛けておいた方がいいと言われていたのである。ドアの向こうには、その寺崎の妻である恵美が立っていた。ドアを開けると、寺崎夫人の横に成海塔子がいて、二人の背後には、若い方のメイド――上島理恵が控えている。

彼女たちを中へ入れると、寺崎恵美が、

「ご気分は如何ですか」

と聞いてきた。こうして女性たちがしっかりしているというのに、僕は、顔を赤らめながら頭を下げた。

「ご心配をお掛けして申し訳ありません。もう大丈夫です」

「いえいえ、お気遣いはご無用に願います。よくなられたのなら、それでいいのでございますが、一応、成海先生に診ていただいた方がよろしいかと思いまして――」

土蔵でも診てもらっていたが、ここでもう一度診察を受けた。上島理恵が持っていたバッグには、診察用の道具が入っていた。

「先生もお疲れなのにすいません」

ここでも頭を下げると、

「これが仕事だから」

成海塔子は、素っ気ない返事しかしなかった。診察の手順も、ひどく事務的に思われ、あっさりと断を下す。

「たいした異常はなさそうね。一時的な貧血と精神的なものだったのでしょう。動いても大丈夫」

「では、朝から何も召し上がっておられないので、食事をお持ちします」

と、理恵が言い、僕が、

「いえ。余り食欲が――」

そう断ろうとしたのを、成海は、ぴしゃりと遮った。

「ダメよ。どこにも異常はないのだから、食事はちゃんと摂りなさい。そうでないと、せっかくよくなってきた身体に障るわ」

それから三人は出ていき、しばらくして、理恵がトレイを持って戻ってきた。トレイには、軽食と珈琲が載っている。室内の時計を見ると、二時近くになっていた。正直、食欲はなかったが、少しずつ口に運びながら、

「他の人たちは何をしているんですか」

と尋ねた。

「一旦はそれぞれの部屋へ下がっておられましたが、今は、サロンに集まっておられます」

「じゃあ、僕も食べ終わってから行きます」

「では、ご案内させていただきます」

「そこまでしてもらわなくていいですよ。サロンぐらい一人で行けます」

「いえ。ここのサロンではなく、東館におられるものですから」

「そうなんですか」

西館は、昨夜のままで片付けや掃除ができておらず、ダーク探偵も、まだこっちの調査をしていならしい。そのため、他の者たちは、食事も東館ですませたという。

僕は、上島理恵の案内で東館へ行った。

右翼棟の端にも出入口が設けられていて、そこから屋根が付き、壁で囲まれた渡り廊下が伸びていた。百五十メートルぐらいは続いたであろうか。東館は、その先に建っていた。数年前に改築したという西館より少し古びていたものの、物凄く立派な洋館であることに変わりなかった。但し、西館と違って黒い色をしているという東館の外観を見ることはできなかった。

東館のサロンも、西館と同じような構造であった。豪華な応接セットが複数置かれ、隅の方にはバーカウンターが備えられている。応接セットのひとつに、ダーク探偵と取り巻きたち、それに成海塔子が座っていた。意外と人数が少ない。天綬在正の姿がないばかりか、取り巻きたちも随分と欠けている。相変わらず黄金仮面のままの探偵を除くと、館の者たちは、みな普段着に着替えていた。僕も同じだ。

「もういいんですか」

海藤武史が、どことなく嘲るような感じで尋ねてくる。

「ええ。ご心配をおかけしてすいませんでした」

悔しいが、同じ言葉を繰り返さざるを得ない。

僕は、ダーク探偵の隣に座った。テーブルの上には、カップがいくつか置かれていて、僕の前にも理恵が紅茶を持ってきてくれる。それを口にしながら、周囲を見渡し、誰が欠けているかを確かめた。

「天綬さんの他に、狩瀬さんと新里さん、それに顕君がいませんねえ」

これに、本間広敏が答える。

「天綬さんはわかるだろう。他の三人もショックが大きかったみたいで、休んでいるよ。一応、成海先生に診てもらったがね」

「天綬さんはなんとも言えないけど、若い二人は、夕方になれば起きてくるでしょう。でも、狩瀬君はどうかしら――」

そう女医が言った。

「まあ、誰だって、あんな死体を、それも、麗火さんの変わり果てた姿を見せられて、平静でいられるわけがないさ」

本間が、ソファにぐったりともたれかかった。その本間も暗い表情をして、それは、成海や海藤も同じだ。

無理もないであろう。晩餐会での取り巻きたちは、黒死卿の脅迫状を本気に受け取っていなかったような気配があった。僕は、そこまで楽観していなかったが、まさか麗火が殺されるとは想像すらしていなかった。黒死卿は、麗火に惹かれ、その麗火と退廃・淫蕩な生活を送っている人物に天罰を下そうとしていた筈である。だとすれば、天綬在正か取り巻きの誰かが、その対象となるに違いないと思っていた。

しかし、よく考えてみれば、土蔵に落ちていた便箋が指摘していた通り、彼らにとって、これほど恐ろしい天罰はなかったであろう。麗火に惹かれていた彼らが、その麗火を失ったのだ。

特に麗火の夫である天綬在正からすれば、これに優る罰、苦しみ、地獄はないとさえいえるのではないか。だからこそ、黒死卿は、天綬を現場の発見者に選んだのであろう。少しでも早く地獄を見せつけて、苦しみをより強いものとするために——。執事の秦野は、片手が不自由な天綬の介添役として指名されたに違いない。

僕の場合は、ダーク探偵の代わりということになるのであろう。天綬在正に比べれば、いくらかマシなのかもしれないが、僕にとっても、あれは地獄の光景であった。美しくて聡明で気高かった麗火が、手足を切断された死体となって密室の中で発見される。僕にとって、あの密室は、『悪霊』ならぬ悪夢の密室といえた。

（悪夢か）

などと思っていると、僕は、これが乱歩の作品にあることに気付いた。

『芋虫』だ。この作品は、『改造』という雑誌に発表するつもりであったが、軍部に睨まれるような描写があったことから忌避され、『新青年』で発表された。その時の題名が『悪夢』であったのだ。そして、その後、『芋虫』という元の題名に戻されたのである。

しかも、『芋虫』には、手足を切断された人間が出てくるではないか。

——と、そこまで考えて、僕は、慌ててポケットを探った。土蔵で拾った黒死卿の便箋のことをようやく思い出したのだ。しかし、着替えてしまったので、今のポケットに入っている筈はなかった。それに気付いて赤面する僕を、ダーク探偵の黄金仮面がじっと見つめていた。仮面の下に冷ややかな表情があることをはっきりと感じさせる。

「どうした」

探偵の声も冷ややかであった。

「あっ、いや」

僕がうろたえていると、探偵は、

「これか」

と、便箋をヒラヒラさせた。

「便箋が落ちていてポケットにしまったことは聞いていたから、お前が運ばれる時に抜いておいた。それにも気付かなかったとはますますもって情けない限りだ」

「――」

「こんなワトソン役なら、ろくなものが書けないのじゃないかと思い、帰ってもらって別のヤツを呼ぼうかと考えたのだが、亡くなった麗火さんの頼みだ。グッとこらえることにしたよ。だから、絶対いいのを書くんだ」

「はいっ。書きます、書きます」

僕は、最敬礼をする。

「しかし、書くためには、捜査の結果を知っておく必要があるな。海藤君、ちょっと教えてやってくれないか」

「はいはい、わかりました」

名門ミス研で幻の作家鷹地勝彦以来の天才といわれていた若者は、露骨にいやそうな顔をしながら、説明を始める。

麗火は、刺殺であった。胸をひと突きにされていて、それが心臓にまで達しているものと思われ、即死であったろうと考えられた。凶器は、落ちていたサバイバルナイフと見て、まず間違いがなし。しかし、手足の切断については、ナイフだと無理があるので、ギロチンが使われたものと考えられた。切断は死後と思われ、ナイフは血に塗れ、ギロチンの刃には、そのうえに肉片のようなものまでこびり付いていたという。

また苦いものが、腹の底から込み上げてきそうになり、顔をしかめながら、疑問点を質した。

「ギロチンは、もとからあそこにあったんですか。でも、『悪霊』にギロチンは出てきませんよね。乱歩の他の作品にも出てきたような記憶がないんですけど――」

「僕も、『魔術師』の時計台ギロチンか、『大暗室』の振り子ギロチンぐらいしか思い付きませんね」

と、海藤も応じる。

少年向けの作品がほとんど未読なので、そこにあるのかもしれないが、少なくとも大人向けの長編では記憶にない。

「だから、あのギロチンは、『人形はなぜ殺される』なんだよ」

と、本間が教えてくれた。

「《大暗幕》の後方には、ここに出てくる『ガラスの塔』を模した建物があってね。普段は、そこに置いてあるんだ」

『人形はなぜ殺される』は、高木彬光の作品で、確かにギロチンが出てくる。それは、魔術の小道具として使われていたものであった。『ガラスの塔』というのは、元魔術師がマスターをしている喫茶店の名前であった筈だ。

「あの喫茶店に模してあるんですか」

「いや。『ガラスの塔』という魔術があったとも説明されていて、その魔術の模型が店内にあるという設定になっているだろう」

「ああ。ガラスケースの中に人形が逆さ吊りになった塔があるんですよね」

「ここでは、《ガラスの家》と呼ばれていて、外側が強化ガラスになった家を建て、その中に彬光の名場面をいくつか配置して、外から見られるようにしてあるんだ。半年ほど前にできたんだが、なにしろ透明なガラスだから、汚れが目立ってねえ。業者を呼んで大々的に掃除をさせようとして、一旦中のものを持ち出し、《大暗幕》のあちこちに取り敢えず置いたところで黒死卿の騒ぎが持ち上がってしまった。それで、ギロチンは、土蔵に置いてあったというわけさ。分解して一階に置いてあったのだが、二階へ運び、組み立てたようだ。あれも、もともとは魔術の小道具用だよ」

これに、海藤が補足をする。

「《ガラスの家》は考えものですね。これからしょっちゅうあんなことになるならたいへんだ。まあ、それはともかく、邸内の展示品は、郷田さんが大切にしていて、ギロチンの刃も定期的に研いでいました。だから使えた筈なんです」

「しかし、どうして乱歩の見立てをしている現場に、彬光の小道具を持ってきたんですか」

「本当は、ダンビラで切断したかったんだろうな。『魔術師』のようにね。だから、三神君の目を覚まさせた時にはダンビラを持っていたんだろう」

また本間が言った。その場面の絵を、僕は、ここへ来る前に訪れた幻遊城で見ている。

「まあ、『魔術師』では、手足どころか首までスパッスパッと簡単に切っていたが、実際にやってみると、ああうまくはいかなかったんだろう。そこで、ギロチンを組み立て、それを使ったというのが、ダーク探偵の考えだ。おかげで、探偵は、だいぶおかんむりだよ。乱歩になっていないじゃないか。最後までダンビラでやれとね」

僕は、探偵を見た。探偵は、ふんぞり返って、ふんふんと頷いている。

犯行の時刻については、僕が黒死卿から触るよう強要された腕に、まだ温もりがあったことと、死体の状況が矛盾しないということしかいえないそうだ。解剖をしたわけではないので、詳しい死亡推定時刻を出すことができず、時間に幅があることは否定できないという。

なにしろ死因や死亡時刻の推定については、ダーク探偵が一人でやったらしい。成海女史は、これまで世話をしてきた麗火の死に激しいショックを受け、まともに診ることができなかったそうだ。

「それに、私は、法医学の専門家ではないし、検死をした経験もないから――」

麗火の姿を思い出したのか、成海の手は、ハンカチをギュッと握り締め、よく見ると細かく震えている。

扉の外側にあった黒い布は、やはり黒死卿の衣装を丸めたものであった。白い仮面だけでなく、黒い手袋まで入っていたらしい。

「黒死卿の衣装が二つあった点については、最初は丸めてあった方の衣装を着ていたんですが、麗火さんを殺して手足を切断している間に血や肉片が一杯付いたんで、着替えをしたんだろうと、これもダーク探偵の見解です」

と、海藤武史が説明を続けた。

「それを見越して、着替えを用意していたわけですね。三神さんが見た時の衣装にも血糊のようなものが付いていたのは、切断した手足を持ち運んで付いたものと考えられます」

僕が見た片腕だけではなく、もうひとつの腕と二本の足も現場には残っていなかった。そうしたものを一緒に持って出たのであろう。残りの手足は、まだ見つかっていないらしい。

「それと土蔵の中に、かなりの血や肉片が飛び散っていたように見えましたけど、どうも贋物が結構混じっているらしいというのが、ダーク探偵の見解です。警察を呼んでないので、赤いもの全てを調べるのは不可能ですけどね」

「贋物ですか」

「麗火さんは、死後に切断されているんですから、あれだけたくさんの血が出るわけはないんですよ」

「それなのに、どうして一階まで撒き散らし、現場を赤い密室にしてしまったんでしょう」

「はっきりとしたことはまだわかっていません。乱歩の作品には、残虐性を強調した場面がよく出てきますから、それに擬えているんじゃないかと、僕は考えているんですけどね」

密室についてであるが、扉の内側には、口の字型の金具が中央付近の二ヵ所――つまり観音開きの扉の両方に取り付けられていて、その中に閂棒を通す仕組みになっていたという。しかし、おかしなところは見当たらなかった。

床に落ちた閂も単なる木の棒で、中に何かが仕込まれていることもなかったらしい。新品ではないので、傷のように見えるものや擦れた跡らしきもの、あるいは汚れなんかがところどころに付いていたが、今回の事件に関係あるのかどうかはわからなかったようだ。

「扉を閉めてしまえば隙間はできませんので、外から糸を操作したり、何かを引っ掛けたりするようなトリックは使えないんです」

海藤の後に、本間も続く。

「ロの字型の金具だから、閂と金具との間に氷を挟んでおいてという方法も無理だしな」

土蔵の錠前と鍵についても、特に不審なところはなかったらしい。土蔵にあった箪笥や長持ち、木箱なんかは、天綬在正が言った通り、外見をそういう形にしてあるだけで、中に物を隠すことは不可能。僕が目撃した印象と一緒で、物陰などに何かが隠されていたり、落ちていたりということもなかった。勿論、秘密の抜け穴のようなものは見つかっていないし、館の主も、そのようなものはないと断言しているという。

これは、当然であろう。そんなものがあれば、密室の名に値《あたい》しない。

黒死卿が付けた往復の足跡は一回だけのもので、巧妙に重複させているようなことはなかった。一度足跡を付けて、消したような痕跡もなし。《ガラスの家》のものを納めて以来、《大暗幕》に入る者はいなかったそうである。

「現場の写真は、ダーク探偵にも言われて一応僕がデジタルカメラに撮ってありますが、後で見ますか。それとも、現場を確かめますか。麗火さんの死体はもうありませんよ」

館の主に命じられて、郷田と寺崎の二人が、麗火の寝室まで運んだという。

「今は、どちらもやめておきます」

と、僕は答えた。海藤の顔が、嘲るかのように歪んだ。

僕は、それから顔を逸らして、女医に尋ねた。

「成海先生は、どうやって地下室に監禁されたんですか」

「ああ、そのこと――」

成海は、髪の毛を掻き上げた後、気だるげな口調で説明した。

体調を崩した麗火が自分の寝室のベッドで眠っていて、その傍らに成海が付き添っていた時、突然、ドアが開けられて黒死卿が入ってきたそうだ。時間は、九時を過ぎていた。つまり正餐室で僕たちが眠らされた後に、二階へ向かったと思われるのだ。

黒死卿が入ってきても麗火が目を覚ますことはなく、成海だけが茫然として動けずにいると、黒死卿は、あっという間に近付いてきて、成海に薬を染み込ませたハンカチを当てたらしい。気が付いた時は、地下室の中だったという。

僕は、麗火のどこが悪かったのかも尋ねたが、それは、医師の守秘義務を理由に一蹴された。

「つまりはこういうことだったんですね」

と、海藤が話を引き取る。

「黒死卿は、三神さんたち三人だけを残して、他の人間を地下室へ運びました。それには、地下室の前に置いてあった台車を使ったと考えられています。あれに一人ずつ載せて、エレベーターで地下へ下りた。十二人も運んだのですから、時間も掛かった筈です。その間、麗火さんだけが二階にいたわけですが、途中で起きられては困るでしょうから、麗火さんにも薬を嗅がせたか、拘束しておいたのかもしれません」

「――」

「僕たちを地下室へ運び終えると、黒死卿は、麗火さんを土蔵へ運びました。それから麗火さんを殺し、手足を切断して土蔵を密室にした。そして、西館へ戻り、三神さんを起こして、片腕だけを触らせたというわけです」

本間が、身を乗り出し、黄金仮面の探偵を睨んだ。

「で、あの密室を打ち破ることができたんですか。三神君がいいものを書くためには、解決してもらう必要があるでしょう」

それはそうだ。

探偵は、ふんぞり返ったまま、自信満々に言い放った。

「まだだ」

3

西館が片付けられないため、夕食も、東館で摂ることになった。

勿論、昨夜のような一同が打ち揃っての晩餐というわけにはいかない。東館にも大人数がテーブルを囲める正餐室と、少人数用の食堂があって、その夜は、食堂で各自が好きな時間に食べた。

僕は、ダーク探偵と一緒に食堂へ行った。他には誰もいなかった。昨夜より落ちるとはいえ、まだ完全に回復していない僕からすれば、充分過ぎるほどのディナーであったが、探偵は、大いに不満そうであった。それなら、自分の家でレトルトを出すなと言ってやりたい。しかも、探偵は、不満タラタラなのに、何度もお代わりをして、おまけにワインまで飲んでいた。

食事の後にサロンへ顔を出すと、昼間の面々の他に、新里綾子と一条顕が顔を出していた。いうまでもないことだが、新里も顕も、顔色は非常に悪かった。しかし、顕は、その蒼白さが凄絶な美少年ぶりを一層際立たせている。一方、新里は、テーブルに置かれたスナック菓子を頬張り、今日はジュースをガブガブ飲んでいた。完全にカロリーオーバー。

僕とダーク探偵が、ソファに腰を下ろすと、海藤武史が、早速顔を向けてきた。

「さっきの捜査報告では、黒死卿が残していった紙片についての検討を忘れていましたね」

「ああ、そうでしたね」

「あれには、麗火さんを殺した犯人は未知の人物ではなく、すでに知られている人物だと書いてありました。どういうことでしょう」

僕には全くわからなかった。

黒死卿が、現在、館にいる人間でないことは明らかである。二階にいた成海塔子を除いて、使用人も含めた全員が正餐室で睡眠薬を飲まされているのだ。成海塔子も、結局は地下室に監禁されてしまった。

それなのに、黒死卿が、未知の人物ではないというのである。

「僕の考えによれば――」

と、海藤が続ける。

「いくつもの鍵を持ち出し、麗火さんの庭や《大暗幕》の土蔵、地下室まで知っていることからして、黒死卿が、この館のことに詳しいのは間違いないんです。しかも、黒死卿は、易々と邸内への侵入を果たしています。ここは、その気になれば正面の塀を越えて敷地内へ入れますし、長く歩くことを厭わなければ裏山を抜けてくる方法もあります。それに、西館や東館はセキュリティーシステムを備えていますが、それを執事が稼働させるのは就寝時です。黒死卿は、そうしたことまで知っていたんでしょう。だとすれば、何度かこの館へ出入りしている者よりも、かつてここに滞在していた者――僕は、僕たちが滞在する前にいたという二人の若者に注目しますね。彼らは、当然、未知の人物ではない」

「――」

「しかも、その若者二人は、麗火さんに変なことをしようとして、天綬さんにここから叩き出されたという噂があります」

「叩き出された？」

「西館へは天綬夫妻の許可がない限り、たとえ同じ敷地内に寝泊まりしている僕たちでさえ勝手に入れないことは聞いているでしょう」

「ええ」

「二人の若者は、その禁をしばしば破り、麗火さんに近付こうとして叩き出されたそうです。違いますか、成海先生」

「まあ、そんなところね」

「これで動機も充分。その時の怨みで麗火さんをあんなひどい姿にして殺し、天綬さんを苦しめようとしたんだ。となると、後は密室ですね。あの便箋には、密室を解く鍵は三神さんが二年前の幻遊城で見ていると書いてありました」

そうだ、そんなことが書いてあった。便箋を見つけた時は、麗火の無惨な姿を見た衝撃で、それほど気にならなかったが、おかしなことである。僕がいったい何を見たというのだろうか。

「話してもらえませんか」

海藤に言われて、僕は、戸惑いながらも、その時のことを話した。幻遊城へ着いたところから、天綬夫妻が《天上宮殿》に泊まったことを知って引き上げるまで。すでに記憶が薄れているところもあるが、パソコンに文章を残しているので、天綬夫妻と会った前後の出来事は、昨日観た映画のように詳しく話すことができる。

「やっぱり、その二人が出てきますね。僕の目のつけどころは間違っていないようです」

海藤は、自画自賛していた。出てきたといっても、ほんの少し。それに、名前さえわからないんだぞと、僕は思ったが、何も言わなかった。一方、顕は、

「へえ。三神さんも麗火さんから手作りのものをもらっているんだ」

と、そのことに感心していた。

僕は、布製の懐中時計をまたしても見せることになった。誰もが、あの成海女史までもが近寄ってきて、興味津々に見入っている。

すると、その時計がいきなり引っ張られた。本間広敏であった。本間は、一人だけバーカウンターに腰掛け、チビリチビリと飲んでいたのだが、わざわざこちらへ来て、やはり熱心に見入っている。

僕は、紐を引っ張られて、

「痛い、痛いですよ」

と訴えたが、おかまいなしで、時計を摑んでいた。目が異様な光を帯びているように見える。酔っているのかもしれないが、いい大人が、女性の作った小物にそこまで執着している姿は不気味だ。僕も人のことはいえないかもしれないが、本間は、僕よりも年上ではないか。

紐がちぎれそうになってきたので、

「やめて下さい」

と、僕は、本間の手から時計をもぎ取った。

本間は、ふんと僕をひと睨みしてから、バーカウンターへ戻り、上島理恵から、空のグラスにまた注いでもらっている。

顕が口を開いた。

「麗火さんは、時々、手作りのものを外部の人にあげているんだよ。だから、僕たちは、もらったことがないんだ。僕たちは、麗火さんと一緒に暮らせていることが贈り物代わりのご褒美になっているみたいでね。それで、もらっている人のことがとてもうらやましくなるんだ」

「でも、今の話を聞いても何が密室を解く鍵になっているのかはさっぱりわからないなあ」

と、海藤は、ソファに深々ともたれかかった。

僕にもわからない。

「探偵さんは、どうなの。もうわかったの」

新里綾子が、菓子を頬張りながら尋ねる。

「まだ昨日の今日だぞ。わかるわけがないだろう」

ダーク探偵は、偉そうにふんぞり返って、偉そうに答えた。

「それに二年前のことを詳しく聞いたのも、今が初めてだからな」

確かに、《ルージェール伯爵の部屋》では、時計をもらったことしか話していない。

「随分とのんびりしているのね」

「『犬神家の一族』で、金田一耕助は事件を解決するのに最初の殺人から二ヵ月も掛かっているんだぞ。探偵が事件を解決するにはそれなりの時間が必要なんだ。明智小五郎だって、そうじゃないか」

すると、バーカウンターの方からドンという大きな音が聞こえてきた。本間が、グラスをテーブルに叩き付けたようである。

「それでは困るんだよ。さっさと解決してくれないと、第二の事件が起こるだろう。犠牲者がまたこの中から出てしまうじゃないか」

本間は、明らかにイライラしていた。いや、脅えているようだといった方が正解かもしれない。

するに、そんな本間に冷ややかな声が掛かった。

「なら警察を呼びますか」

海藤であった。

「警察を呼べば身辺警護もしてくれるでしょう。しかし、そうなるとダーク探偵は帰ってしまうでしょうね。そして、こともあろうに天綏在正という筋金入りのミステリーマニアと彼のもとに集まったやはり筋金入りのマニアが、ダーク探偵を呼びながら警察に頼ったという噂がミステリーの世界に広まります。マニアでもない富豪の家でもダーク探偵を呼べば警察を介入させてこなかったのに、マニアである我々が呼んだ。これは、大いなる恥辱ではありませんか」

「――――」

「尤も、警察を呼ぶと言っても、ダーク探偵を呼ぶと決めた時点で、電話線を切り、各自のパソコンも回収されていますから、自分で車を運転して最寄りの交番に駆け込む必要があるでしょうね。でも、最寄りの交番って、どれだけ離れていましたっけ――――」

海藤の毒舌を聞いて、本間が、今度は手でテーブルを叩いた。

「誰が呼ぶか！　探偵がアテにならないなら、俺がこの手で謎を解き、黒死卿をふんづかまえてやる」

そう言って、本間は、憤然と席を立ち、サロンを出ていった。

「本間さんはいったいどうしてしまったんです」

と、僕は尋ねた。

「黒死卿が次の犠牲者に今度こそここで退廃と淫蕩の日々を送っている輩《やから》を選ぼうとしているのな

ら、本間さんと狩瀬さんが一番危ないといえるからですよ。狩瀬さんの引き籠りもそのへんに理由があると、僕は睨んでいます」

「どうしてです」

「あの二人も、さっきの若者と同じようにここでの禁を破って、麗火さんに近付こうとしていたんです。麗火さんの庭に忍び込もうとしたこともあったとか。それで、天綬さんからは、今度破ると出ていってもらうと宣言されているという噂なんですが、どうですか、成海先生」

「これもまあ、そういうことね」

「本間さんと狩瀬さんは、こう言っちゃあなんだけど、正史の『女王蜂』に出てくる九十九龍馬なんだよ。麗火さんに邪な気持ちを抱いていたんだ」

と、顕も辛辣なことを言う。

海藤が、話を引き取る。

「黒死卿にしてみれば、自分と同じことをしていながら、まだ叩き出されずにのうのうとここで暮らしている彼らが許せないのかもしれません」

「でも、もしここから叩き出された人間が黒死卿なら、次は天綬さんを犠牲者にして復讐を果たすんじゃないですか」

「あるいは、いつも麗火さんの身近にいた人間に嫉妬を覚えているとか――」

海藤は、また成海の方へ目をやった。

「先生は、恐くないんですか」

「麗火さんを失ったことに比べれば大したことはないわね」

成海は、平然と答える。

「そういう君はどうなんです。次の犠牲者になる確率がゼロとはいえないでしょう」

僕は、海藤へ矛先を向けてやった。

「そうです。といって、勿論殺されたくはありません。だから、犯人の目星はつけましたので——まだ二人の若者の共犯かどちらかの単独犯かという問題はありますけど——次は、探偵より先にあの密室を打ち破り、麗火さんの仇をとってやるつもりです」

イケメン大学生は、握った拳に力を入れていた。

そこへ、新里から水を差すような言葉が掛かる。

「力が入るのはいいんだけど、密室の謎を解けば次の犯行が止まるの。犯人は、ここにいるんじゃなくて、外からやって来てるんでしょう。密室より山狩りでもして、犯人を捜し出した方がいいんじゃないの」

「確かに地方の田舎をよく舞台にしている正史の作品には、山狩りの場面が何度も出てくるよな。しかし、ここにいる人数では、敷地の中を隅々まで調べるだけでもたいへんだし、ましてや裏山となると、それこそ警察の力を借りなければダメだ」

「じゃあ、呼ぶわけ——」

「呼ぶわけないだろう。交番へ駆け込むような情ないことをしてられるか。密室を解けば、黒死卿も次の犯行をやめるに違いないんだ」

「本当かなあ」

新里が首をひねっていると、ダーク探偵が、のっそりと肥満した身体を起こしてきた。

「俺も、そう思う。黒死卿は俺との対決を望んでいる。その俺に負ければ、無益な血は流さんだろう」

「じゃあ、早く密室を解いてよ」

「ああ、任せておけ」

そう自信満々に言って、ダーク探偵は、またふんぞり返った。

この時、僕は、

「あのう」

と言いながら、口を挟んだ。

「さっき本間さんに、電話線を切ったとか、パソコンを回収したとか言ってましたね」

「その件ですか」

海藤は、苦笑めいたものを浮かべた。

「僕たちは携帯を持っていないんです。ここに滞在すると決めた時に携帯を捨てました。浮き世のしがらみをバッサリと絶つ意味でね」

「ここで携帯を持っているのは天綬さんぐらいよ」

と、これは成海女史だ。

「天綬さんは仕事で必要だからだけど、ここにいる時は、秦野さんに預けているわ。別に携帯がなくとも、ここには固定電話が引いてあるから――」

「幻遊城と一緒で大時代な電話室があるんだ」

と、顕が言う。

そして、海藤が引き継いだ。

「それでダーク探偵を呼ぶと決めた時には、その電話線を切って、各自が持っているパソコンも回収し、外部と連絡がとれないよう念には念を入れたわけです」

「そういえば、昨日、みなさんを紹介してもらった時に、ここへ来るきっかけがネットのサイトだった人が何人かいましたね」

「だから、僕たちは、携帯を捨てたからといって、外との接触を完全に絶ち、ここに引き籠っているわけでもないんです。パソコンで自分のミステリーサイトを立ち上げている者もいるし、メールは誰もがやっています。ここは街まで遠いですから、物を買ったりするのはネットがほとんどですよ」

「あたし、この前、『水晶のピラミッド』のダミートリック完全再現模型を買ったわ」

『水晶のピラミッド』は、島田荘司の作品だ。この大食漢女子大生は、御手洗フリークなのか。

「またパソコン以外でも、邸内には車が何台かあって、免許がある人はそれを運転して出ていったり、天綬さんの会社の人に運転手を頼んだりすることもありますからね」

「天綬さん夫妻も結構出掛けていたものね。モグモグ」

新里の口は、別のことでも相変わらず忙しかった。

「そういえば、僕が初めて幻遊城へ行った時も、鷹地さんたちを帰らせて、そこに泊まっていましたね」

「あたしたちの時にも、そんなことがあったし、どこへ行ったか教えてもらえないでいなくなっていたことも結構あったわ。麗火さんが人前へ姿を見せなくなってからも出かけることがあって、病院じゃないかって噂してたけど――。あれ、もうなくなっちゃった」

そこで、ようやく空になった菓子袋を新里が名残り惜しそうに見つめていたら、廊下側のドアが開いて、執事の秦野が顔を出した。

「ダーク探偵様も三神先生も、ご不自由をお掛けして申し訳ありません。実は、主から仰せつかりまして、西館は、片付けがまだできませんし、昨夜のこともありますので、今後は、東館でお寝《やす》み下さいとのことであります。それで、部屋の用意をメイドにさせ、荷物の方は私と寺崎で持ってまいりますので、いま少しここでお待ち下さい」

「天綬さんと成海先生は――」

と聞いたのは、顕であった。

「旦那様は、奥様の側にいると申しております。成海先生の方は――」

「私もそうするわ」

と言って、成海塔子は立ち上がり、サロンを出ていこうとした。

僕も、麗火の少しでも近くにいたいという思いがないではなかったが、あの無惨な姿を思い起こすと、身震いがしたし、昨夜襲われた場所の近くにいるのも気味が悪い。だから、部屋を移すことに異存はなかった。

僕とダーク探偵は、新しい部屋が用意されてから、秦野に案内されて二階へ上がった。東館では、二階に取り巻きたちの部屋もあるらしい。新しい部屋に入り、少しの間、放心状態になっていると、ドアがコンコンとノックされた。こんな時間に誰だと思い、ドアスコープを覗くと、そこには、異形の人物が立っている。

頭からすっぽりと何かを被っているではないか。黒い衣装ではなかったものの、僕は、黒死卿の新コスチュームかと思い、背筋が震えた。しかし、仮面はつけていないようで、よく確かめれば、被り物の奥に顔が見えている。それは、狩瀬光明であった。

僕は、仕方なくドアを開けた。狩瀬が被っていたのは毛布であった。

「なんですか、その格好は――」

そう言うと、狩瀬は、辺りをキョロキョロと見て、部屋の中に押し入ってきた。

「だって、いつ黒死卿が襲ってくるかわからないだろう」

と、声を震わせながら答える。ボソボソとした口調であった。海藤の指摘通り、彼にも自覚があるようだ。部屋の中で毛布にくるまって脅え、その格好のまま出てきたというわけか。

「で、何の用です」

僕は、自分と似ている狩瀬を見ていると、なんとなくイライラしてくるのを抑えることができなかった。つい口調が険しくなってしまう。

狩瀬は、何度もつまりながら答えた。

「ほ、本間さんから、に、二年前のことを聞いたよ。麗火さんに、て、手作りの、と、時計をもらったんだって――。そ、それを俺にくれないか」

「ええっ！」

僕は、勿論、あげる気なんかなかったが、狩瀬は、金は出すからと結構な値段を言ってきて、それでも首を振ると、

「くれよー、くれよー」

と、力ずくで奪おうとした。しかも、鈍そうな外見とは異なり、かなり力が強い。

「や、やめてくれ！」

僕は、必死に逃れ、自室からも飛び出した。すると、廊下の先から、秦野がやって来た。後ろに、郷田を引き連れている。

「どうなさいました」

「狩瀬さんが、狩瀬さんが――」

と、僕は呻いた。それでも、状況を察することはできたようである。なにしろ摑み掛かっているのが狩瀬で、僕は、それから逃げようとしているのだ。

「狩瀬様、おやめ下さい」

と、秦野が間に入り、そこへ、郷田が、無言のままのっそりと進み出て狩瀬を取り押さえた。

「わあ、わあ、欲しいよ」

羽交い絞めにされた狩瀬は、とうとう喚き出したが、

「さあ、あちらにまいりましょう」

と、秦野に言われて連れ去られていく。

「なんだよ、全く――」

僕は、うんざりしながら部屋に戻り、今度はノックをされても寝ているふりをして出ないぞと固く誓って、ベッドに潜り込んだ。そのうち、ウトウトとしてしまったようだ。何か音がしているのに気付いて、目が覚めた。

ピッ、ピッ、ピッ!

と、変な音がして、それがだんだんと大きくなってくる。目覚まし時計の音だと気付いた。それも、僕の荷物である小さなショルダーバッグの中から聞こえてくる。しかし、僕は、そんなものを入れた覚えがない。

僕が、バッグを開けてみると、やはり覚えのない目覚まし時計が入っていて、しかも、時計に例の便箋が貼り付けてあった。広げてみると、やはり切り貼りをした文字で、

今宵一時、窓から外を見てみろ。
探偵も一緒にといいたいところだが、
無理だろうな。

と書かれている。

黒死卿だ。僕が部屋を空けている時に忍び込んだのであろう。部屋を出るのに、いちいち鍵など掛けなかった。上島理恵の案内で東館へ行った時には、天綬在正が自室へ戻っていたようだが、西館は

広い。忍び込む機会は、いくらでもあったに違いない。セキュリティーシステムも稼働してなかった筈だ。そして、僕がバッグを開けないかもしれないと考え、目覚まし時計を入れておいたのだ。

僕は、時間を見た。十二時前だ。あと一時間ほどある。僕は、一応、ダーク探偵の部屋へ行ってみた。二人の部屋は、東館でも隣同士になっている。しかし、ノックをして呼び掛けても反応はなかった。ドアに耳を当てると、鼾が聞こえてくる。防音のことを考えれば、もっと大きいに違いない。しかも、監禁されていた地下室での証言からして、滅多なことでは起きないのであろう。悔しいが、黒死卿が書いていることは当たっていた。

僕は、トボトボと自室へ戻った。

探偵が熟睡しているとなると、一人で見るしかないだろう。疲れている天綬在正に相談するのは気が引けるし、クールな女医先生も敬遠したい。かといって、取り巻きの誰かに声を掛ける気もしなかった。

僕は、眠気をこらえ、一時になるのを待った。

まさか窓を見た途端に黒死卿が飛び込んできたり、どこかから銃で狙い撃ちにされることはないと思うが、やはり落ち着かない。銃口を向けられた時の恐怖が蘇ってくるのだ。紙の上で書かれただけの事件とは違う。

しかし、それが、ある種の充実感を伴っていることも、確かであった。本物の探偵がいて、本物の怪人がいて、本物の密室殺人に遭遇している事実が、なんともいえない興奮を誘ってくる。ここにはリアリティーがあり、きちんと人間が存在しているのだ。

三十分ぐらい前になると、僕は、いても立ってもいられなくなってきた。

窓のカーテンを開けて、外を見る。こちらは、館の裏手に当たっていた。左側に目をやれば、西館の裏庭や《大暗幕》がある筈だ。しかし、今は闇が覆っている。正確にいえば、庭園灯がポツリポツリと点っているのだが、淡い光であるため、全体的には闇が優っていた。尤も、たとえ昼間であっても鬱蒼とした木々に覆われているため、麗火の庭も《大暗幕》も見えなかったであろう。東館の裏手にも、やはり庭があるのだが、建物に向き合う位置と左右の両側が、西館と同じような高い木々に囲まれている。それは、森といっていいようなもので、そのため、こちらの裏庭は、ほぼ正方形に区切られていた。

一時になった。

すると、正面に明かりが点った。正面といっても、東館裏庭の後方を遮っている木々の向こう側である。森のシルエットの上が、周囲よりも明らかに強い光を放ち、白く輝いている。

僕は、眼鏡を掛け直して、目を凝らした。そして、その目を大きく見張る。

光の中に何かが浮かび上がったのだ。黒いものであった。それが、点った光の左端に現われ、ゆっくりと右へ移動していく。

僕は、窓を開け、身体を乗り出して、さらに目を凝らした。夜風は寒い筈だが、ほとんど気にならない。一心に見つめる。

やや遠目になるが、黒いものは、何かが立っているように見えた。ダブダブとした感じで、それが風にはためき、スーッと滑るかのように左から右へ動いている。しかも、単に真横へ動いているだけではない。途中からは、横へ移動しながらも、明らかにこちらへ近付いてくるような感じがした。それと共に、黒いものの上の部分が、クルリとこちらを向いた。そこだけ、黒の中に白いものが見えたのだ。まるで顔のように――。

「黒死卿だ」

と、僕は呻いていた。

黒死卿が夜空に浮かんで、空中を移動している。皮膚に鳥肌が立ち、ゾワゾワとした不快なものが身体の下の方から這い上がってくる悪寒に襲われた。

僕は、不快なものを振り落とそうとして身体を震わせ、眼鏡まで落としそうになって慌てた。それが向こうでもわかったのであろうか。まるで笑っているかのように、黒いもの全体が揺れている。そんな筈はないのだが、低くかすれたあの笑い声が、聞こえてくるように思われた。それから、黒いものはだんだんと遠ざかっていき、また真横へ動き始めた。そして、光の右端まで来ると、光が消え、後には闇だけが残ったのである。黒いものは、ちょうど裏庭の端から端までを移動した感じであった。

僕は、部屋を飛び出し、再び探偵の部屋の前に立った。しかし、諦めた。どうせ無駄だ。スゴスゴと部屋に引き上げ、そのまま悶々として、とうとう一睡もできないまま朝を迎えた。これで、いくらなんでも起きるだろうと思い、今度こそという願いを込めて、ドアを叩く。すると、ドアが開いた。

「こんなに朝早くから、なんだ。事件でも起きたのか」

あれほど寝ていながら、ダーク探偵は、不機嫌であった。しかも、もう黄金仮面の格好をしている。慌てて着替えたのか、そのままで寝ていたのかはわからない。そして、僕の顔を見て、不思議そうに尋ねてくる。

「おや、目が腫れているな。昨夜寝てないのか」

あんたのせいだろうという言葉をグッと呑み込み、僕は、昨夜の出来事を話した。それには、寝起きの悪い探偵も、さすがに興味を示した。

「ほう。黒死卿が空を飛んだか」

二人で僕の部屋に行き、窓から朝の景色を見て、もう一度説明した。

「なるほど。いよいよ次の事件に向けて動き出したな。これは、我々に対する宣戦布告だ。今度の謎も解けるかと挑発、挑戦をしているんだよ」

ダーク探偵は、さあこいとでもいうように胸を傲然と反らせた。それから、僕の方へ仮面を向ける。

「しかし、それほど大事な場面を、なぜお前が一人だけで見たんだ。どうして俺に知らせなかった」

「なんですって！」

僕は、黒死卿の便箋を見て、すぐ起こしに行ったことを話した。さらには、空の怪異を見た後も、実際は諦めたのだが、ドアを叩いたのに起きなかったと嘘をついてやった。そして、トドメに黒死卿の便箋を示す。

「くそっ。怪人風情が俺を馬鹿にしやがって――」

怒りの矛先は、僕にも向けられた。

「お前も起こし方が悪い。もっと心を込めて起こしていれば、俺は気付いていたぞ」

なんて理不尽なと思いながら、僕は、必死に耐えた。探偵は、とうとう大事な証拠品である便箋を

ビリビリに引き裂き、床に投げ捨てて、

「このヤロウ、このヤロウ」

と踏み付けている。ところが、途中で急におとなしくなり、

「あっ」

と、声を上げ、焦っているような手付きで黄金仮面を撫でまわすと、ダッシュで駆け出し、自室へ戻っていった。

【第五章】ミステリーのある風景

彼はその一角に、正史の作品世界に出てくる
村や家や殺人現場を忠実に再現しようと考えたのだ。
――二階堂黎人『「本陣殺人事件」の殺人』

1

「あれー。どうしてそんなところでボサーッと突っ立ってるの」

僕は、背後から声を掛けられ、ビクッとしてしまった。振り返ると、白皙《はくせき》の美少年が立っていて、僕をうさんくさそうにジィーッと見つめている。

「ああー、いやあー、そのうー」

と、意味不明の言葉を繰り返しながら、苦笑を浮かべるしかなかった。

僕は、ダーク探偵の部屋の前に立っていた。探偵がダッシュで部屋へ戻ったので、何事かと思い、後を追い掛けた。しかし、僕の鼻先でドアはバタンと閉められ、鍵もしっかりと掛けられてしまった。ノックをしても呼び掛けても反応はなく、僕は、そのまま突っ立っていたのだ。一、二分とか四、五分とかいうのではなく、結構な時間が経っているような気がする。

「なんだか怪しい――」

一条顕が、ますますうさんくさそうに僕の顔を覗き込んでくると、
バタン！

と、大きな音を響かせて、扉が開いた。

そこに立っているものを見て、僕と顕は、唖然となった。僕は、眼鏡を外し、汚れを拭き取ってから掛け直して、しげしげと見入る。そこには、なんとも異様なものが立っていた。

それは、ミイラ男であった。真っ黒なガウンを着て、顔に白い繃帯《ほうたい》をグルグルと巻いている。

「いったい何のつもりですか」

僕は、呆気にとられながら尋ねた。

ダーク探偵は、怒声を上げた。

「何を言っている。乱歩の仮面が終われば、次は正史ということになっていたではないか。うっかりして忘れていたぞ」

「えっ。正史に着替えたわけですか。でも、それって――」

「これを見て、何かわからんのか」

探偵は、繃帯を指差している。

僕が、なおも首を捻っていると、顕が呟いた。

「もしかして『幽霊男』？」

「そうか、『幽霊男』か」

僕も、思わず手を叩いていた。

横溝正史の『幽霊男』は、ヌードモデルが次々に殺されるという乱歩を彷彿させるような作品で、そこに、繃帯で顔を隠した男が出てくる。どうやら探偵の大きな荷物には、替えの衣装が入っていたようだ。

「三神さん、黒死卿の格好が正史の『鬼火』だってことに気付いてた？」

「オニビー！」

顕の指摘に、僕は、大きな声を上げていた。それも全く気付いていなかった。

『鬼火』は、横溝正史戦前の作品である。ミステリー的な趣向はあるものの、画家を志す従兄弟同士の壮絶な宿命がメインの話になっている。従兄弟の片方が事故に遭って顔を負傷し、仮面をつけて不気味な黒い衣装を着るようになるのである。確かに、黒死卿の黒い死神姿は、あれと一緒だ。

「脅迫状に正史は仮面でないものにしろとあったのは、仮面だとカブる恐れがあったんじゃないかな。佐清の仮面とも似ているし——」

僕は、脱力してしまった。

しかし、ダーク探偵は、傲然と胸を反らしていた。

「どうだ。これで黒死卿も畏れ入っただろう」


三人で食堂へ降りていくと、そこには誰もいなかった。いや、正確にいうと、二人のメイドがいて、上島理恵が、

「お早いですね」

と微笑んだ。

「じゃあ、僕たちが一番？」

と、顕が尋ね、これには、篠塚八重子が、重々しい口調で応じる。

「はい。まだどなたも起きてこられません」

やはり疲れがとれないのであろう。しかし、メイドはいて、厨房では、料理人の寺崎夫妻が、すでに朝食の用意を始めているらしい。そういえば、階段を降りる時に窓の外へ目をやると、郷田が、なにやら庭仕事をしていたではないか。執事の秦野は、主のところへいるのに違いない。よく働く使用人たちである。しかも、メイドは勿論のこと、後から顔を出した寺崎夫妻も、コスチュームを変えた探偵に、全く驚いた素振りを見せなかった。なんの扮装ですかと尋ねるようなこともしない。

これに対し、さらに後からやって来た取り巻きたちは、みな一様にギョッとして、目を剝いていた。なにしろ探偵は、幽霊男になっただけでも充分不気味なのに、そのうえ、やはりシャンプーハットの出来損ないをつけて、食事をしていたのである。黄金仮面は、下半分が取れるようになっていたが、幽霊男の繃帯も、下半分が外せるようになっていたのだ。しかも、いちいち巻いたりほどいたりするのではなく、最初から巻いた状態での着脱が可能となっていた。

そして、誰もが顕から説明を受けると、唖然としたり、呆れたりしていた。中でも、本間広敏は、

「ふん、眩しくなくなっただけマシか」

と、露骨に嘲るような笑みを浮かべて、探偵を睨んでいた。

その本間と一緒に、狩瀬光明も姿を現わしていた。さすがに毛布は被っておらず、こっちは、きつい目で僕を睨んでいる。まだ昨夜のことをネに持っているようだ。

僕たちは、朝食の後、またまたサロンへ移動して、珈琲を飲んだ。すると、海藤武史が、早速、ダ

ーク探偵に挑んできた。

「どうです。『悪霊』の密室は解けましたか」

幽霊男の探偵は、やはり偉そうにふんぞり返って、

「まだだ」

と、偉そうに答えた。

それを聞いて、海藤は、ニンマリと笑った。

「そうですか、まだですか。僕は解きましたよ」

真っ先に反応したのは、新里綾子である。

「えー、ほんとー」

今日も朝から、スナック菓子に手を伸ばしている。

「本当さ。今日、朝一番に図書館へ行って、『悪霊』を読んできた」

「黒死卿がどこに潜んでいるかもわからないのに、よく一人で行ったわね」

「郷田さんに付いてきてもらったんだ」

「あっ。それなら心強いわね」

「でも、出てくるまでは待っていてくれと言っておいたのに、出てきたら郷田さんがいなくて、ここの裏庭で作業していたんだぜ。その間に黒死卿が来たらどうするんだよ」

イケメン大学生が、ちょっと泣きっ面になっている。それでも、すぐに立ち直り、

「だけど、行っただけの成果はあった」

と、髪の毛を掻き上げてみせる。

「そうなの。早く聞かせて――」

「いいんですか、探偵さん。いいんですね。おっと、ワトソン役は誰が解決しようと、作品さえ書ければいいんでしょう」

「はあ」

探偵は、無反応で、僕は、ポカンと口を開けることしかできない。海藤は、意気揚々とサロンの中央に立ち、得々と説明を始めた。

「まず土蔵の扉に付いていた錠前の鍵ですけど、『悪霊』の中でも合鍵の可能性に言及していて、未完に終わっていますから、合鍵の有無についてもわからないままとなっています。ですから、錠前の鍵には合鍵があったと考えていいでしょう。本物を麗火さんの身体の下に置き、合鍵で錠前を掛け、立ち去ったんです」

「アイカギー！　それじゃあ、密室トリックにならないわ」

「だから、『悪霊』をなぞりながら、内側の閂も掛けたんだよ。扉の錠前だけでは合鍵の可能性を完全に排除できない」

「じゃあ、あの閂はどうやって掛けたの。糸を使う手とか、氷を噛ませるトリックは使えないんでしょう」

「確かに扉に隙間はなかったから、糸や針を通すことはできない。しかし、あの土蔵が、完全に塞がっていたわけではないだろう」

「どういうこと？」

「二階の窓が開いていた」

「――」

海藤は、一同を見まわしながら話を続ける。

「ロの字型をした閂棒の受け金具は、観音開きの扉の両側――中央付近に付いていて、閂棒は、その中へ通すことになっています。そこで、閂棒に糸を結び、予め片方の金具にだけ通しておいて、その先を二階の窓まで伸ばしておくんです。そして、窓から中を覗いた時に糸を引っ張り、もう片方の金具に通して密室を完成させます」

（ん！）

と、僕は思った。何かが引っ掛かる。そのトリックをできるのは、僕しかいないではないか。なにしろ僕が梯子を昇る前に、そこまで行く足跡がなかったのだから――。

僕が、反論しようとすると、先に本間が異を唱えた。

「ちょっと待て。あの閂棒は、ただ丸いだけでストッパーのようなものなど付いていない。糸を引っ張りながら、ちょうど二つの金具を通ったところで止めるなんてことができるのか。二階の窓からだと、一階の扉が見えるわけはないんだ」

「金具を通る時に引っ掛かる感覚があるでしょうから、それでわかる筈です」

「結んだ糸はどうする。それだけ長い距離を引っ張るんだ。強く引っ張っただけでほどけるような結び方なんてできないだろう」

「後で扉に穴を開け、そこから手を差し入れた時にほどけばいいじゃないですか。それで糸も回収し、ポケットの中に隠す」

（ん！）

それも、僕しかできないではないか。

「穴からは片手しか差し入れてなかった筈だ。それで糸をほどき、回収して隠す。そんな器用なことができるようには見えないんだが——」

本間は、小馬鹿にしたような顔で僕を見ていた。傍らで、狩瀬が、うんうんと頷き、陰険そうな目を向けてくる。

「それなら、こんな方法もあります。閂棒は、もともと真ん中から二つに分かれていて、接着剤を付け、両方の受け金具にひとつずつ通しておきます。それを黒死卿が扉を閉めながらくっ付けるんです。そして、扉に穴を開けた時、手を差し入れて接着剤を使っていない一本の閂棒とすり替える。いや、手を差し入れる時は難しそうだから、扉を開けて中へ入った時に、すり替えるんです。天綬さんや秦野さんは、土蔵の中に気を取られていますから、そこまで注意して見ていないでしょう。これなら、糸を使ったヤツより簡単にできるんじゃないですか」

「——」

「それに二年前の幻遊城のことを殊更強調していたのは、そこにあの二人の若者が出てくるからではありませんか。あれは、三神さんとの出会いが、その時だったことを暗示しているんです。三神さんは、その出会いがきっかけで、彼らの共犯になったんですよ。黒死卿が、三神さんを指名してコップに薬を入れさせたことを忘れてはいけません。三神さんなら、自分に無害のものを入れることができたんです。だから、僕たちを地下室に運ぶ時、それを手伝ったのかもしれませんね。相変わらず若者二人が犯人なのか、どちらかの単独犯なのかはわかりませんけど、それは、三神さんに聞いてみればいいでしょう。どうです」

「それよりも、彼にそんな細工ができたか、土蔵でのことを天綬さんに確かめた方がいいんじゃないか」

本間が嘲るように言い、僕が、

「あのねえ――」

と、口を挟もうとした時、廊下側のドアが開いて、その天綬在正が現われた。傍らには、やはり執事が、影のようにピタリと付き添っている。

「なかなかおもしろいお話ではありませんか。思わず聞き入ってしまいましたよ」

館の主は、殊更快活そうに言った。しかし、憔悴は明らかで、疲労の色が誰よりも色濃く滲んでいるように見える。無理もないであろう。

それでも、天綬在正は、事件が起こる前と変わらないような態度で振舞い、僕たちのところへ来て、腰を下ろした。そして、ダーク探偵を見ると、

「ほう。正史は、『幽霊男』できましたか」

と、すぐさま見抜いてみせる。それから、海藤の方へ顔を向け、

「確かに見事な推理といえますが、残念ながら、真相とはいえないようです。梯子を昇った時も、扉

の穴から手を差し入れた時も、土蔵に入った時も、三神先生に不審な動きはありません。このことは、私だけでなく、秦野もきちんと見ています」

と言ってくれた。

「はい。三神様は、おかしなことなど全くなさっておられません」

と、執事も援護をしてくれる。僕は、ホッと胸を撫で下ろした。

「晩餐の時にも言いましたように、三神先生は、今回、麗火がお願いして、ここへ来ていただいたのです。その三神先生が、麗火を殺すことに手を貸す筈はないと思いますが――」

「どうやらハズレだったようだな」

本間に笑われ、海藤が、悔しそうに唇を噛み締めながら、元の席に戻った。

「そもそも密室に合鍵を持ち出すなんて、乱歩に挑むと豪語しているわりにはショボ過ぎるんじゃないか。錠前の方も、きちんとしたトリックが使われていると思うぜ。そこで、ふと思ったんだが、『悪霊』と同じように錠前で密室を作りながら、わざわざ閂まで使ったのは、『影男』と関係があるんじゃないかな」

「『影男』――」

「あれに、中から閂が掛かっているという密室が出てくるんだ」

「本当ですか」

「本当さ。しかも、『影男』の密室は、窓に梯子を掛けて中の死体を確認するところが、『悪霊』とそっくりなんだ。なんなら図書館で、次は『影男』を読んでくればいいさ。俺も、細かなところは忘れてしまったからね」

「――」

　そこへ、新里綾子が手を上げた。

「あのね。あたしは密室トリックがわからなかったんで、犯人のことを考えたんだけど、海藤君が主張している若者説は、未だに彼らの名前が出てこないことで、どうも納得がいかないのよ。なんだか通行人AとかBとかみたいな人が犯人なんて、未知の人物ではないと豪語しているわりには、これもセコイ感じがするでしょう」

　新里は、チラリチラリと海藤の方を窺いながら話を続けている。海藤は、すっかりむくれてしまったようだ。

「だから、あたしは、もっとはっきりとした人物が犯人だと思うの」

「ほう。それは誰かな」

　ここでも相手になっているのは、本間であった。

「ダーク探偵よ」

　新里は、ズバリと言い、繃帯顔の探偵にもチラリと目をやる。探偵は、全くの無反応だ。

「なかなか意外極まる推理だが、探偵は、俺たちと一緒に地下室で監禁されていたではないか」

「でも、探偵は仮面で顔を隠しているでしょう。一方、黒死卿も同じように仮面をつけている。この仮面の中で入れ替わっていたとしたらどうかしら。西館へ着いた時の探偵は本物だったけど、晩餐までの間に偽者と交替して、探偵は、黒死卿となって現われ、犯行を行った。そして、今日は、また本物に戻って、あたしたちの前に現われている」

「――」

「探偵は、トリックがまだわからないと言っているわりに、なんだか自信満々じゃない。それは、自分でやったからよ。だから、わからないわけがないの。でも、今、解き明かしてしまうと、次の正史の密室が披露できないでしょう。それで、わからないふりをしているだけ――」

「自分で犯罪を行い、それを自分で暴くわけか。確かに百パーセント謎を解くことができるだろうが、偽者っていうのはいったい誰なんだ。その人物も名無しのゴンベイじゃ、海藤君の若者説と大して変わりがないように思うが――」

「うーん。明智小五郎には、妻の文代さんや小林少年がいたでしょう。金田一耕助にも、時々相棒みたいなのが出てきたじゃない。ダーク探偵だって、一人ぼっちで暮らしているわけがないから、きっと誰かがいる筈だと思うんだけど――」

「曖昧だなあ」

と、本間が、また嘲るような笑みを浮かべた時、僕は、

「小田桐さんだ!」

と叫んで立ち上がっていた。そして、みんなの注視を浴びていることに気付き、スゴスゴと腰を下ろす。

「小田桐さんて誰?」

と、新里が聞いてきたので、探偵の秘書だと教えてやった。

「やっぱりいたんだ」

新里は喜んでいる。

「探偵と同じような体格なのかい」

と、本間に突っ込まれ、あそこまで肥っていなかったことを伝える。

「でも、肥っている人は細い人になりすませないけど、細い人は肥っている人になりすませるじゃない」

新里は、自覚しているのかどうか、自分の身体を揺すって主張していた。

「それと、二年前のことを強調しているのは、ダーク探偵が、幻城戯賀でもあるからじゃないかしら――」

「幻城戯賀と同一人物！」

頓狂な声を上げたのは、僕だ。

「幻城戯賀も仮面をつけてパーティーに現われたことがあるんでしょう。幻城戯賀・ダーク探偵・黒死卿は、仮面つながりだわ。だから、三人が同じだというヒントを二年前の幻遊城に出してあったのよ。それを三神さんは、見逃しているんだわ」

「そうかなあ。それに、ダーク探偵は、幻城戯賀ではないと僕に断言したんだけど――」

「そりゃあ、あっさりと認めはしないでしょうね。さあ、思い出して――」

「――」

僕が思案に暮れていると、また本間が身体を乗り出してきた。

「だけどな。ダーク探偵犯人説にもツッコミどころが満載だぞ。どうしてわざわざ入れ替わる必要があるんだ。最初から、その小田桐にやらせればいいだろう。しかも、肝心の密室が解けないんじゃあ、話にならない」

「うっ」

そこへ、館の主も、やんわりと追い討ちをかける。

「私は、ダーク探偵とも幻城戯賀とも付き合いがあります。それで、ダーク探偵の素顔を見たことはありませんが、幻城戯賀の顔は知っています。二人は、全くの別人ですし、ダーク探偵は、警察に内緒で事件を解決するだけで、自分で犯罪は行いません」

「ぎゃふん」

女子大生は、完全にへこんでしまった。

「それで、幻城戯賀はいったい何者なんですか」

僕は、尋ねずにいられなかった。

「申し訳ありません」

天綬在正は、頭を下げた。

「このことについては、他人に教えない約束になっていましてね。ただ、みなさんがよくご存知の人物とだけ言っておきましょう」

「やはり有名人の匿名か。もしかして、あんたも幻城の正体を知っているのか」

と言って、本間は探偵を見た。

「幻城は、あんたの事件の絵を描いているんだろう。麗火さんが殺される直前にも、幻遊城にそれが出ているという噂がネットで流れていたぞ」

「それは本当です」

僕は、その時のことも言うはめになった。メールをもらったことから始めて、原作不明の絵のことだけではなく、《大谿谷の間》にあった他の絵のことまで話した。

一方、ダーク探偵は、幻城の正体を知らないと言った。

「俺が会うのは、いつもあの上偶という秘書ばかりでな。幻城本人には一度も会ったことがないんだ」

「どうも相当な有名人のように思うな。しかも、俺が小さい頃にやっていた映画やテレビを気にしていることからして、俺よりも年上なんじゃないか。俺は、誰でも知っているミステリー界の重鎮が幻城ではないかと見ているんだが――」

本間に続いて、狩瀬までが、珍しく口を挟んでくる。

「ぼ、僕は、パーティーにしてきたという、ま、真矢胤光の格好が案外、ヒ、ヒントになっているんじゃないかと思うんだけど――」

「まさか」

と、僕は呟いたが、天綬在正は、穏やかに頷いた。

「狩瀬さんは鋭いですね。真矢胤光の扮装は、確かにヒントになっています」

狩瀬は、満面に笑みを浮かべ、それから、また僕の方へきつい目を向けてきた。本間も、ソファにふんぞり返って探偵を睨んでいる。

この時、しばらく口を噤《つぐ》んでいた海藤が割り込んできた。

「本間さんも狩瀬さんも、昨日までとは随分と態度が変わりましたけど、僕や綾子の説をけなしておいて、自分たちは、謎を解いたんですか。『影男』関係説も出しておきながら、自分で読む気はなさそうですし――」

この二人には、昨日まで見られていたような脅えの色が全くなかった。むしろふてぶてしいばかりの自信が感じられる。今も本間は、海藤に詰め寄られながら、それを軽くいなした。

「そうだな。明日になればわかるだろう」

と言って、本間は、狩瀬を連れ、天綬在正に一礼すると、サロンから出ていった。

「なんだ、偉そうに――」

海藤は、不満を露にしている。

そこへ、今度は、一条顕がサロンへ入ってから、初めて口を開いた。

「天綬さん、あのう――」

「なんですか」

天綬在正の態度は、どこまでも穏やかである。

「麗火さんを安置しているところへ行かせてもらうことはできませんか。花壇の花を摘んで、お供えでもしたいと思うんですけど――」

「それはありがたいことです。実は、懇意にしている者が午後にこっそりと棺や祭壇を届けてくれることになっていまして、それで、今夜は、仮通夜のようなことをしようと思っているのです。その時に供えていただけますか」

「はい」

美少年は、うっすらと笑みを浮かべて頷いている。

そうか。館を閉ざしているから、まだ通夜や葬式を行うことができないのだ。しかも、警察に内緒で事件を解決するからには、死因もごまかさなければならない。ここには、成海塔子という医者もいるし、天綬ぐらいの人物であれば、他にも懇意の医者がいるであろうから、それぐらいのことは難しくないのかもしれないが、館を閉ざすのも、たいへんだと、僕は思った。

2

僕とダーク探偵は、サロンを出ると、二階へ上がった。探偵は、ジロリという感じで、繃帯顔の奥から僕を睨み付け、

「お前は、俺を疑っていたのか」

と、不機嫌を露にした。

「えっ」

「俺が犯人だと言われた時、お前は、それを否定しなかったばかりか、わざわざ小田桐の名前まで挙げたではないか。俺は、お前が犯人だという説に何も口を挟まなかったというのにな。そういう風に

思われているなら、いくら麗火さんの頼みといえども、ワトソン役は考えさせてもらうぞ」

「あっ、いや。あれはちょっとしたものの弾みで、ダーク探偵が犯人だなんて、これっぽっちも思っていませんよ」

僕は、平身低頭して、探偵のご機嫌をとった。ワトソン役を解任されてはたまらない。

「あなたが必ず事件を解決すると、衷心より信じております」

「ほんとかな。お前は、昨夜も俺を起こさなかったし、どうも俺を軽んじているような気がしてならない」

「いえいえ、そのようなことは絶対にありません。あなた様を心から尊敬申し上げております」

「――」

幽霊男の探偵は、疑り深そうな目を、こちらに向けていた。

「ですから、早く事件を解決して下さいね」

僕は、揉み手までしてしまう。

ダーク探偵は、僕の部屋へ入ってきて窓辺に行き、外を覗いていた。昨夜のことを考えているように見える。僕は、ガウンの背中に向かって、

「結局、昨夜のことは誰にも――天綬さんにも言わなかったですね」

と尋ねた。

探偵は、

「不服か」

と振り返り、またジロリと睨んでくる。

「滅相もない。だって、僕も言わなかったでしょう。探偵を差し置いて、ワトソン役が出しゃばるわけにはいきませんからね」

本当は、めまぐるしく提示される諸説に眩惑されて、忘れてしまっただけだ。

「でも、どうして言わなかったんです。せめて天綬さんにだけは言った方がいいんじゃないですか。天綬さんが次の犠牲者になることだって、充分に考えられるでしょう」

「麗火さんのまわりに取り巻きたちを集め、退廃と淫蕩の原因を作った元凶だからな。大いにあり得るだろう。しかし、探偵に犯行を止める義務はない。いや、むしろ密室殺人がもうひとつ用意されているのなら、それをやってもらわないと困る」

「――」

「だって、そうだろう。金田一耕助も、『獄門島』では、本鬼頭の三姉妹が殺されると最初から知っていながら、誰一人として助けられなかった。『犬神家』でも、斧・琴・菊の殺人をむざむざと完成させてしまった。『悪魔の手毬唄』も同じだ」

「でも、次の犯行が行われないように、できるだけの手は打っていたように思うんですけど」

「さあ、果たしてそうだろうか。犯人に殺人をやり遂げさせることで、素晴らしいミステリーになるなら、探偵は、犯行を阻止しないんだよ。未然に防ぐのは、ミステリーとして大した価値がないと判断した場合だけだ。黒死卿だって、そう思っているから、お前だけに見せたのさ」

「そうなんですか」

「では聞くが、お前は、何のためにここへ来たんだ」

「何のためって――」

「ミステリーを、乱歩と正史の系譜を引き継ぐ本格ミステリーを書くためではないのか」

「そ、そうです」

だから、ダーク探偵から受ける屈辱にも、こうして耐えているのではないか。その探偵は、幽霊男の顔を、僕の方へ突き出してくる。

「だったら、正史の密室とやらを見せてもらおうではないか」

僕は、ゴクリと唾を飲み込んだ。新里の指摘は、探偵が次の犯行を待っているという点だけ当たっていたわけだ。

探偵は、また外へ目をやっていた。

「それで、ランチの後には黒死卿が浮かんでいたという現場を見に行ってみよう。しかし、誰かに案内役を頼みたいところだ。ここは、広くていろんなものがあるらしいからな。といっても、海藤は、自分で事件を解決することに燃えているし、新里は、俺を容疑者にしやがったし、本間と狩瀬は、明らかにムシが好かんし――」

そう言っているところへノックの音がして、ドアを開けると、一条顕が立っていた。美少年は、部屋の中に探偵がいるのを見て、戸惑いの表情を浮かべた。

「あっ。捜査会議中?」

「ま、まあね」

「じゃあ、また来るよ」

「何の用だったの」

「うん。さっき幻遊城に白縫乙哉の絵があったと言っていたでしょう。どんな絵か詳しく聞こうと思ってね」

するとダーク探偵が、ドカドカと床を踏み鳴らしながら近付いてきた。顕は、たじろいだ表情を見せたが、探偵は、かまうことなく美少年の間近にまで迫る。

「確か麗火さんのために花を摘みたいと言っていたな。花壇は、この建物の裏手――森の向こう側にもあるのか」

「うん。ここはあちこちにあるからね」

「だったら、裏の方へ行って、俺たちにそこを案内してくれないか。花壇以外には何があるんだ」

「晩餐会の時に言ったでしょう。ミステリーのテーマパークみたいのがあるって――。正史の密室に関係するものもあるよ」

「ほう、そういうのもあるのか」

と、探偵は、顎に手をやり、

「それも見ておく必要があるな」

と、僕に言ってきた。

「そうですね」

僕が応じると、顕は、ポンと自分の薄い胸を叩いた。

「いいよ。案内したげる」

こうして、僕とダーク探偵・顕の三人は、昼食を終えると、東館を出た。ここへ着いた日こそ雷鳴が轟き、雨が降ったものの、それ以降は、爽やかな晴天が続いている。

東館の裏口を出ると、やはり舗装された遊歩道が伸びていて、正方形の庭を突っ切り、森の中にまで続いていた。森の中の道は緩やかな下りになっていて、左側――即ち西館側へ近付いていく形をとり、しばらくすると、木々に囲まれた瀟洒な建物が見えてきた。

「あれが図書館だよ」

と、顕が指差す。

それは、急勾配の屋根を持つ建物であった。マンサード・ルーフという屋根で、緑色をしていて、灰色の四角い煙突が立っている。

僕は、この建物に覚えがあった。

「あれは、りら荘だよね」

「ピンポーン」

顕は、笑顔で頷いた。

『りら荘事件』の舞台になる建物と同じ外観をしていたのである。

「どうして、図書館がりら荘なの」

「りら荘は、学生寮になっていて、そこへ学生が来て事件が起こるでしょう。だから、学生と関係が深い建物に本を置くのがいいんじゃないかと、天綬さんは考えたみたい。しかも、図書館の中には、三神さんの本も白縫乙哉の本も、全部揃っているよ」

「へえ。見てみたいなあ」

「じゃあ、入っていこうか」

僕は、図書館へ向かいかけたが、ダーク探偵が、ゴホンと空咳をした。余計なことをしている暇はないと言いたいのであろう。

「また今度にしよう。今日は、森の向こう側と正史の密室があるところへ連れて行ってよ」

僕たちは、森の中をそのまま進んだ。

「そういえば、さっき乙哉の絵のことを聞きたいと言っていたね。もしかして、乙哉のファン？」

「うん」

顕が頷いたので、僕は、絵の内容を教えてやった。

「白縫乙哉に見せてあげたかったね」

顕が、しんみりした口調になる。二人で感傷に浸っていると、探偵が、冷ややかに聞こえるような声で言った。

「死ななければよかったんだ。自殺なんてしなければ、絵を見ることもできた。早まったことをしてくれたよ」

「——」

図書館を過ぎると、道は左右に分かれていた。左側に行けば、《大暗幕》や《ガラスの家》のところへ出るそうだが、僕たちは、右側へ進んだ。やがて森を抜け、開けた場所に出た。遊歩道は、なおも続いていて、道の右側は森に沿っていたが、そこと向き合う左側には、小高い台地があり、その上に家のようなものが見えている。

「あれが正史の密室にまつわる建物だよ。《月琴堂》っていうんだ」

顕が、また指差した。

「《月琴堂》って、『女王蜂』の――」

と、僕は応じた。

「そうだよ。あの台地はねえ、上から見ると月琴と同じ形をしていて、建物も月琴島にあった開かずの間を再現しているんだ」

月琴というのは、中国の弦楽器である。満月を思わせる丸い胴に、短い棹が付いていて、二弦ないし四弦で弾くらしい。大道寺智子が住んでいた月琴島は、島の形がその月琴に似ていることから、そう呼ばれるようになったという設定である。そして、島にある大道寺家の屋敷では、以前に中から掛け金と閂が掛けられていた部屋で人が殺され、それ以来、部屋は、開かずの間になっていたのだ。つまり、そこが密室の舞台なのである。

「でも、《月琴堂》は、開かずの間になっているわけじゃないから、入ることができるよ」

顕に先導されて、僕と探偵は、台地へ上がった。

顕の言葉通り、台地は丸い形をしていて、その一画から短い棹状の土地が遊歩道へ向かって迫り出している。《月琴堂》は、丸い方に建っていて、そちらに石段が作ってあった。石段を昇った先には、観音開きの扉があり、その扉を開けて中へ入る。顕が、スイッチをひねって明かりを点けると、そこには、なんとも華やかな色彩に満ちあふれた世界が広がっていた。

開かずの間がある大道寺家の別館は、中国風の意匠が凝らされていたという設定なので、それを再現しているようだ。部屋を二つ抜けると、奥には緋色の帳が掛けられ、帳の向こうに、また観音開きの扉があった。原作では、そこが開かずの間になっているのである。確かに鍵は掛かっていなかった。

顕が、その扉も開ける。

やはり室内は、派手に彩られていた。奥の壁際に寝台があり、中央にテーブル、そのまわりに二脚の椅子、隅の方に寝椅子が置かれている。いずれも中国風であることはいうまでもない。しかも、寝椅子の上には、編み物籠と編みかけの編み物、テーブルの上には、月琴まで用意されていた。月琴は、血を思わせる赤い色に染まり、棹が根元から折れている。

「何もかも原作通りでしょう」

と、顕は、誇らしげに言った。

「でも、全く同じってわけでもなくって、原作では、厚い埃に覆われているけど、《月琴堂》は、ほら、きれいに掃除がされているでしょう。これも、郷田さんが時々しているんだよ。このきれいさだと、最近またやったんだね。働き者だよ、あの人も――」

顕は、窓の方へツカツカと近寄っていった。

「ここも原作とは違っているんだ。開かずの間の窓は、細かい唐草模様の鉄格子がはまっていて、おまけに釘付けまでされて開けられないことになっているんだけど、ここの窓は、そういう模様が入っているだけで、釘も打ってないんだ。というのも、この景色を見るためでね」

顕が、窓を開けた。

僕と探偵も、そこへ行って窓の外を見た。二人して、

「うわぁ!」

と、大きな声を上げる。

おかしなものというか、物凄いものが、目に飛び込んできたからだ。それは、どうやら花の形をしているようであった。大きさは、ちょうど遊園地にあるコーヒーカップの遊具ぐらいではないか。素材はよくわからないが、何か金属みたいなものでできているように思われる。

それが、僕の目線とちょうど同じ高さで、窓の外、三メートルほどのところに見えているのだ。しかも、それだけではなく、その向こうにも、同じ素材で長方形の形が横になったものや、何やら旗のような形をしたものが一直線に並んでいる。

「なんだ、これは——」

さすがのダーク探偵も、呆気にとられていた。

「わからないの」

顕が嬉しそうにするので、僕も、眼鏡に手を掛け、じっと見入ってから思ったままのことを口にした。

「一番向こうのものは、旗じゃなくて、斧のように見えるね。えっ! すると、目の前の花は菊か。それじゃあ、真ん中の長方形みたいなヤツは琴——」

斧・琴・菊だ。犬神家の三種の家宝である。

「そうだよ。それを象ったオブジェなんだ。菊が邪魔してよく見えないけど、琴のオブジェの表面には、ちゃんと琴糸を張って琴柱《ことじ》で支えている形が浮き彫りというか、突起みたいな状態で作ってあるんだよ」

「凝ってるなあ」

僕は、感嘆の声を上げていた。

琴のオブジェは、菊と同じ高さになっているが、斧は、刃の部分が三、四メートルほど高い位置にまで突き出ている。しかも、《月琴堂》自体が台地の上にあるため、地面からだと、三つのオブジェ全てが結構な高さになる筈だ。

僕と探偵は、下の方へも視線を移し、

「うわあ」

と、また同時に驚いてしまった。

僕たちが立っている窓際は、台地の丸い部分から少し迫り出しているようであった。従って、目の下に台地はなく、そのまま遊歩道の横に広がっている地面が見えていた。台地の高さを含めると、地面から《月琴堂》の窓まで、七、八メートルくらいにはなりそうである。従って、菊と琴のオブジェも、同じくらいの高さになるであろう。それより突き出ている斧は、十メートルか、それを超えるような高さということになる。

しかし、驚いたのは、それだけにとどまらなかった。

眼下に、菊畑が広がっていたのである。白い花の菊ばかりが立錐の余地もないほどにびっしりと植えられ、まるで雪が降り積もったかのように、一面を白い色で埋め尽くしていた。幅は、棹状の突出部を含めた台地全体と同じだけあって、それが、斧のオブジェの向こうまで続いている。

三つのオブジェは、そうした白い菊畑の中から聳え立っているのだ。

顕も、窓から身体を乗り出した。

「いい時に来たね。今がちょうど見頃だもの」

そういえば、犬神家で菊の殺人が起こったのも、今と同じような時期であった。

「あっちも見て」

顕に言われ、今度は、菊畑の左側——遊歩道とは反対の方向へ目をやると、そこには、菊畑よりも遥かに大きな池が広がっていた。

「あの池は、《那須池》だよ」

那須というからには、これも『犬神家の一族』の見立てなのであろう。犬神家の本宅は、信州那須湖畔に建っているのだ。池の向こう岸には、建物が小さく見えていて、その下の水面からも何かが突き出ているようである。

「こっちの方が見やすいよ」

顕に促されて、さっき通ってきた開かずの間の手前の部屋へ戻った。そこにある窓からは、《那須池》を正面に見ることができた。しかも、双眼鏡まで置いてある。

「これは——」

僕が、双眼鏡を取ろうとすると、ダーク探偵が、横からかっさらっていった。そして、双眼鏡を目に当てている。

「なるほど。向こう岸には展望台とボートハウスがあって、その下の水面からは、逆さになった二本の足が出ている。しかも、パジャマのズボンばきだ。これは、金田一耕助が那須ホテルから逆立ち死体を眺める場面そのものだな」

「そう、そう」

探偵の言葉に、頸が頷いていた。

「早く見せて下さいよ」

僕は、何度も頼み、やっと双眼鏡を渡してもらった。

探偵が言った通りであった。池の対岸には他に建物がなく、鬱蒼とした森がどこまでも広がっている。あの向こうが、裏山なのであろう。

しかし、僕が双眼鏡を離した時には、探偵も頸もいなかった。《月琴堂》を出て、台地の下へ下りていたのである。

「おいてかないでよ」

僕も、慌てて後を追った。それから、僕たちは、菊畑を左側に見ながら遊歩道を進んだ。下から見上げる斧・琴・菊のオブジェも、なかなかの迫力である。壮観というよりは、奇観というべきであろうか。

菊から琴、琴から斧への間隔も、やはり三メートルほど開いていて、琴のオブジェは、電車一両分くらいの長さを持ち、斧の刃は、五、六メートル四方はあろうかと思われる正方形をしている。斧は、両刃であった。

じっと見上げていると、探偵が、おいというように肘で突ついてきた。後ろを見てみろというように指差している。そこには、今通ってきた森が、傾斜を伴って上の方へ広がっていた。

「この向こうが東館になるんじゃないか」

探偵の問いに、

「そうだよ」

と、顕が答える。

館が建っている場所は、他よりも高いところに位置していた。それが、ずっと西館の方へも続いている。正面の扉から入った時も建物までは上りになっていたから、東館も西館も、敷地内のちょっとした高台に建てられているのだとわかる。しかも、西館の方が高い。ここが城であれば、西館が本丸、東館が二の丸といったところであろうか。

「どうだ。昨夜ヤツが見えたのはこの辺りだろう」

ダーク探偵が、僕の耳元で囁いてきた。ミイラ男に息を吹きかけられるのは、余り気持ちのいいものではないが、僕は、まわりの様子を確かめてみた。

菊畑の周囲には、照明があった。それも、庭園灯のようにポツンと一個だけ点くのではなく、グラウンドにあるナイター照明と同じものが、いくつも建っている。しかも、菊畑の照明は、月琴堂のすぐ横から始まり、斧のオブジェの向こう側——菊畑が終わるところまで続いているのだ。これを東館の中から見れば、ちょうど裏庭の背後にある森の上の部分が白く輝くことになるのではないか。

つまり昨夜の黒死卿は、この辺りで空に浮かんでいたことになる。ここからだと、森の木の上まで、高さはここでも十メートルを超えそうである。斧のオブジェよりは少し高い感じなので、十二、三メートルといったところであろうか。

（そんなところに浮かんでいたなんて――）

僕が、茫然となっていると、顕が、こちらの方を細めた目でジィーッと見つめていた。

「なに話してるの」

「い、いやあ」

僕は、すっかりうろたえていた。

「べ、べつにー、な、なんでもないんだよー」

「なんか怪しい」

顕は、疑惑を深めたようであったが、ダーク探偵は、全く平然としていた。

「ところで、ここから見ると、菊畑の向こうにも台地があるようだな。あれはなんだ」

と、違う話にあっさりとすり替えている。

「やっぱり正史と関係があるものだよ。台地の向こうにも、そんなのがずっと続いてる。でも、正史の密室にまつわるものといえば、水車小屋ぐらいかな」

「離れはなくて、水車小屋だけか」

「そう。台地の向こうには、裏山から川が流れて《那須池》へ注いでいるんだけど、その川沿いに、水車小屋とか、『悪魔の手毬唄』で泰子の死体があった腰かけの滝とか、『首』に出てくる獄門岩なんかがあるんだ」

『首』も横溝正史の作品である。獄門岩に人の生首が置かれている話だ。

「それでね。腰かけの滝には、ちゃんと枡に溜まった水を漏斗で受ける泰子の人形があるんだ。勿論、獄門岩にも生首の人形があるよ。それに、あの台地にも結構おもしろいものがあるしね。行ってみる?」

「しかし、正史の密室に関わっていないのなら、見ても意味はなさそうだな。水車小屋ももうひとつだし――」

探偵は、明らかに興味がない様子で、また上を見上げ出した。

「やっぱり上になんかあったんじゃないの」

顕も、また疑惑に駆られ出したが、僕は、咄嗟に話を逸らした。

「まだ第二の事件があるっていうのに、顕君も、あんまり恐がっているようには見えないね」

「うーん、そうだね。恐がって死なずにすむんなら恐がるけど、そういうもんじゃないでしょう。どうせ人間、いつかは死んでしまうんだし、それが早いか遅いかの違いだけで、恐がることにあんまり意味があるとは思わないんだよ」

まだ少年なのに、凄い達観ではないか。子供の世界は、ある意味、大人以上に凄絶なものがあるから、不登校に引き籠りを経て、家出同然にここへ来る過程で、相当な出来事があったのではないかと想像される。

しかし、それを根掘り葉掘り聞くような無粋なことはせず、僕は、遊歩道の先に目をやった。いつの間にか、そこには、庭師兼雑用係の郷田が現われ、道の端に屈み込んで、なにやら作業を始めていた。郷田は、いつも無表情で淡々と仕事をしている。年齢も不詳だ。

　顕も、

「あっ、郷田さんだ」

　と、声を上げた
「この菊畑も、郷田さんがやってるんだ。でも、これだけ咲いちゃうと、もう畑の中へは入れないから、水を撒く装置なんかも作ってあるんだ」

　畑の中からところどころ突き出している金属の棒のようなものが散水器らしい。

「それを操作するスイッチが、確かこの辺りにあった筈なんだけど――」

　顕が、キョロキョロし出して、背後へ目をやり、今度は、

「うわぁ！」

　と叫んだ。僕たちのすぐ後ろに、篠塚八重子が立っていた。この年長のメイドも、ほとんど表情を変えない。

「ど、どうしたの、篠塚さん」

「はい。ついさきほど棺と祭壇が届きまして、わたくしと理恵で、それにお供えする花を用意しようとしているのでございます。それで、理恵が前庭の方へ、わたしくがこちらにやってまいりました。奥様は、菊畑の菊を随分と愛《め》でておられましたから、郷田さんに頼んで端の方を摘ませてもらおうかと思ったのです。顕様も如何ですか」

「あっ、それはいいかもしれない。じゃあ、僕の案内役はここまでいいね」

篠塚八重子は、こちらにも言葉を掛けてきた。

「ダーク探偵様と三神先生は、海藤様と新里様が捜しておられました。ああ、あちらに見えられたようです」

その言葉通り、海藤武史と新里綾子が森を抜けてきた。こっちへ来ると、海藤が口を開いた。

「篠塚さんから、ダーク探偵と三神さんもこっちへ向かったと聞いたんで、ちょうどよかった。ちょっと裏山を探索に行きませんか」

「裏山へ?」

と言ったのは僕で、これに応じたのは、新里であった。

「密室トリックの解明が行き詰まっちゃったんで、一度裏山を覗いてみようかということになったのよ。黒死卿が裏山から侵入していたとしたら、何かの痕跡があって、その正体を知る手掛かりになるかもしれないでしょう」

「さっき図書館へ行って、『影男』を読みました。確かに中から閂が掛かっているという密室が出ていて、梯子を昇って窓から死体を確認します。『影男』には、乱歩の過去の作品を彷彿させる場面がいくつも出てきますから、『悪霊』を意識したものだという本間さんの指摘も、あながち間違いではなさそうです。だけど、あっちの閂は、鉄だということですし、あんまり参考にはなりそうもなかったんです。それで、方針変更をすることにしました」

『影男』は、乱歩が還暦を機に書いた。同じ時期に『化人幻戯』も書いていて、こちらは本格的な要素が多いものの、『影男』は、冒険活劇といっていい作品である。

「でも、二人だけだと、やっぱり心細いじゃない。黒死卿は、銃まで持っているんだし――。それで、探偵さんとワトソンさんも誘おうかと思ったの」

「それなら、探索なんかしなけりゃいいでしょう」

「大丈夫だって、海藤君が言うから――」

「黒死卿は、まだ正史の密室を残しています。それまでに無益な殺生はしないと思いますよ。しかも探偵が一緒なら、これはもう絶対安全。黒死卿は、探偵との対決を望んでいるんですから、その相手に手を出すことはありません」

ダーク探偵や僕を犯人もしくは共犯扱いにしたことなど、すっかり忘れているか、なんとも思っていないようだ。

しかし、ダーク探偵は、さっき以上に興味がないようで、

「俺は休む」

と言って、さっさと帰ってしまった。それで、

「じゃあ、僕も――」

と言い掛けたら、

「三神さんには絶対来てもらいます」

と、強引に連れて行かれる。

「三神さんも二年前の大事な生き証人なんですから、殺す筈がありませんよ」

こうして、僕は、《月琴堂》がある台地の向こう側へまわり、《那須池》のほとりへ出た。

「裏山へは水車小屋があるところからも入っていくことができますが、僕は、あのボートハウスが怪しいと睨んでいるのです。『犬神家』では、湖を渡った先にある昔の邸宅に怪しいヤツが潜んでいたじゃありませんか。裏山には、他に建物がありませんから、潜んでいたとしたら、ボートハウスしかありません。黒死卿は、麗火さんの事件でエレベーターの中に着物を置き、その中に地下室の鍵を隠すような、一応『悪霊』に擬えたことをしていました。だから、ここでは『犬神家』に擬え、あそこに何かの痕跡が必ずあると思うんです。そういった意味で、探偵が帰ったのは幸いだったかもしれませんね。探偵の鼻を明かしてやることができるんですから――」

海藤は、いかにも自信あり気だ。

《那須池》のほとりにはボートがあり、海藤が漕いで、対岸のボートハウスに向かった。パジャマをはいた二本の足を横目に見ながら岸に上がって、ハウスの中を見てみる。しかし、海藤のアテは外れ、おかしなものなど何もなかった。

「なら、やっぱり裏山の中か。『獄門島』では、そこに怪しいヤツが潜んでいたんだからな」

海藤は、悔しそうに呟き、奥に広がる森の中へと入っていった。僕たちも、仕方なく続く。裏山には道がなく、ただ木々が生い繁っているばかりだ。しばらく進むと、そうした木々の間で、ガサゴソという音が聞こえた。見ると、そこから黒い人影が現われ、脱兎の如く駆け去っていくではないか。

「うわあ!」

僕たちは、尻餅をつき、海藤も、さっきまでの威勢のよさをすっかり失って、必死に起き上がり、ほうほうの体で引き上げることになってしまった。

それから、僕は、今の出来事を思い起こした。人影は、黒死卿が着ていたようなダブダブの衣装ではなかった。なにやらジャケットにズボンという普通のカジュアルな格好をしていて、しかも、二つの人影が確かに見えていたのである。

【第六章】白い正史の密室

枝折り戸を入ると、左側に低い四つ目垣が結《ゆわ》えてあるが、
その垣根越しに見える離家の庭にも
綿をおいたような雪が降り積もっていて、
どこにも踏み荒らされた跡はなかった。

――横溝正史『本陣殺人事件』

1

僕たちは、大慌てで館へ戻ったが、裏山での出来事に、ダーク探偵は、ほとんど興味を示さなかった。

そこで、天綬在正を捜した。館の主は、麗火の遺体を安置している部屋にいるということであった。それは、西館左翼棟の一階にあり、西館へ行ってみると、どの出入口にも中から鍵を掛けられていたため、僕たちは、前庭へまわった。窓にも鍵が掛かっていたので、カーテンの隙間から窓越しに窺ってみる。

天綬在正は、棺の前に跪いていた。しかも、そのままの姿勢で、天綬の身体は棺の上に覆いかぶさり、顔は完全に隠れてしまって、手の辺りが、ここでもなにやら妖しげに動いている。

僕たちは、やや茫然となりながら、どうしようかと顔を見合わせていたが、向こうの方で気配に気付いたようである。いつも通りの穏やかな表情で窓の側まで来ると、出入口の方へまわるように言い、それで、僕たちは入ることができた。黒死卿を侵入させないために、戸締りを幾重にしているらしい。

僕たちの報告を聞くと、天綬在正は、顔色を変え、表情を険しくさせたが、おそらくハイキングに来た人間が迷って、ここまで来てしまったのであろうと言った。

この日の夕食は、東館の正餐室で全員が揃ってすませた。その時、僕は、天綬在正の右手が肘から先のところで、ヒラヒラとしていることに気付いた。取り巻きたちも同じことに目をとめたようで、奇異な視線が向けられているのを知った館の主は、右手を示し、

「義手を麗火の棺の中へ入れてきたのですよ」

と言った。

「義手だけでも麗火と一緒にいることで、私の心も少しは休まりますので――」

寂しげな笑みを浮かべている。さっき僕たちと会った時には、まだ義手を付けていたから、その後で入れたのであろう。不審者の報告もあったせいか、憔悴の度が、さらに深まったような気がした。倒れないのが不思議なくらいである。

しかし、僕は、ヒラヒラとした袖を見ているうちに、横溝正史の『迷路荘の惨劇』に出てくる尾形静馬を連想してしいた。尤も、尾形静馬は、左腕の肩から先がなかったのだが――。

夕食を終えると、みんなで西館へ移動した。戸締りを確認し、郷田と寺崎を廊下に見張り役として立たせ、僕たちは、麗火の遺体が安置されているという部屋に入った。部屋にも、しっかりと中から鍵を掛ける。

それは、広間のような部屋であった。正面に棺と祭壇が置かれ、多くの花が飾られている。その中には、菊の白い花もあった。

僕たちは、棺と祭壇の前に並べられた椅子に座った。祭壇には、麗火の遺影があり、弾けるような

笑顔が、悲しみを一層募らせずにはいられない。しかも、遺影の左右には絵が掛けられていた。幻城戯賀の絵だ。麗火と初めて会った時にも見た『黒死館殺人事件』と『女王蜂』。『黒死館』からは、麗火がミステリーと出会うきっかけになった挿絵と同じ構図である冒頭の場面が、『女王蜂』からは、幻遊城の女王蜂と呼ばれていた麗火を象徴する大道寺智子の入浴場面の絵が掛かっているではないか。

「へえ、凄いなあ。あんなのがあると、僕が摘んできた花なんて、すっかりかすんじゃうよね」

隣に座った顕も、絵に見惚れている。

「玄関ホールに、『悪魔の手毬唄』の文子の絵があったのは知ってる？」

と、僕は尋ねた。

「うん。あったね」

「ここには、よく幻城戯賀の絵が掛かっているの」

「掛かってるよ。西館に来ることはあんまりないんだけど、だいたいは見るよね。さすがパトロンだって、みんな感心しているよ。なにしろ幻遊城へ行かなくても、実物が見れるんだからね。但し、僕たちがいる東館には掛けられたことが一度もないんだ」

そんなことを話していると、突然、大きな音がして、前庭に向いている窓ガラスが割れた。夕食の前に、僕と海藤と新里が、裏山の件を話そうかどうしようかで覗いていたところだ。

僕たちは驚き、誰もが割れたところへ視線を注いだ。外は、夜の闇に覆われていたが、広間の明かりと、庭園灯の明かりで、ぼんやりと浮かび上がっている。そして、その中にも明かりが見えていた。

それが、ゆっくりと動いている。しかも、こちらの方へ――。

「――!」

僕は、目を見張っていた。そこに異様な者の姿が現われたからだ。

黒いダブダブの衣装を着て、頭から黒いフードをかぶり、白い仮面をつけている。いうまでもなく黒死卿だ。前に見た時と同じ格好だが、違っているところもあった。頭の上と胸の辺りが光っている。懐中電燈であった。黒死卿は、頭に白鉢巻をして、その両側に、まるで鬼の角を思わせるかのように二本の懐中電燈を結び付け、胸のところにも四角い懐中電燈をぶら下げていたのだ。

しかも、以前は、拳銃やダンビラを持っていた手に、猟銃を握り締めている。それで、窓ガラスを撃ったようだ。

「なんだ、あれは――」

海藤武史の訝しげな声が聞こえ、これに、

「もしかして、要蔵ちゃん」

と、新里綾子が答えている。

そうだ。『八つ墓村』に出てくる田治見要蔵ではないか。彼は、猟銃と日本刀を手に三十二人もの村人を殺すという事件を起こす。その田治見要蔵が――勿論、死神のような衣装に仮面姿ではなく、詰襟の洋服を着ているのだが、白鉢巻の頭と胸に懐中電燈を点けていたのだ。これは、島田荘司も『龍臥亭事件』で取り上げた津山事件という戦前の日本で本当に起こった惨劇をモデルにしていた。

よく見れば、黒死卿は、腰に日本刀らしきものも差しているようであった。その格好で、窓の側ま

でやって来て、

「ふふふふふ」

と、あの不気味な笑い声を洩らす。そして、黒死卿は、壊れた窓越しに猟銃を棺の方へ向けた。

「待て、待ってくれ。麗火の身体をこれ以上傷付けないでくれ」

天綬在正が、黒死卿と棺の間に立ちはだかった。大音響を聞き付け、廊下にいた寺崎と郷田もドアを開けてもらい、中へ入ってきたが、どうすることもできない。

「おとなしくしていれば、棺に手を出さないと約束しておこう」

黒死卿が、低くくぐもったかすれ声を出した。

「俺がやりたいのは、新しい生贄に次なる天罰を下すことだ。それは、正史の密室！」

僕は、グッと唾を呑み込み、来た、来た、次の密室だと、心の中で叫び声を上げる。

「まず中へ入れてもらおうか」

主の目配せを受けて、執事の秦野が窓を開け、黒死卿が、猟銃を構えながら入ってきた。

すると、黒死卿が、また僕を呼んだ。庭にあるものを取ってこいと命じる。

そこには、袋が置いてあった。それを持って広間へ戻り、開けてみると、中にいくつもの手錠とロープが入っていた。そして、今回は、僕と天綬在正・秦野の三人以外に、本間と狩瀬が指名されて、天綬以外の四人は、残りの者たちに手錠を掛けさせられた。片手が不自由な天綬は、自分にも他人にも手錠を掛けさせることができないのである。

手錠は、それぞれに南京錠が付いたマニア向けの拘束具であった。手の自由が全く利かない。ほとんどの者は、それを後ろ手に掛けられたが、庭師兼雑用係の郷田と料理人の寺崎、それにダーク探偵の三人だけは、そうした状態のうえに麗火の棺を載せている台の脚へロープで括り付けられた。これでは、無理に動こうとすれば、棺を倒しかねない。それによって、彼らの動きを封じようとしたのであろう。おとなしくしていないのではないかと警戒されたようである。それでも、ダーク探偵は、一応おとなしくしていて、されるがままになっている。

こうして、僕たち五人は、黒死卿に追い立てられて広間を出た。広間の扉には、黒死卿の命令で、僕が外から鍵を掛け、他の者たちは閉じ込められることとなってしまった。なにしろ窓には、割れたヤツも割れていないものも自動シャッターが下ろされ、そのスイッチも壊してしまったのである。

一方、僕たちは、猟銃を突き付けられたまま廊下を進み、大階段の前を通り過ぎて、正餐室の辺りまで来たところで、近くの部屋へ本間と狩瀬だけが入れられた。残った三人には、

「ここで待っていろ。逃げたら麗火の棺がどうなるか、わかっているだろう」

と凄み、僕たちを廊下に待たせたまま、黒死卿も部屋の中へ消える。鍵は全て黒死卿が持っているので、僕たちには、この隙に監禁された者たちを助けることさえできなかった。

天綬在正によれば、そこは物置のような場所であるらしい。いったい何の用があるのかと思っていたら、突然、ズドン！　ズドン！　と銃声が二発轟いた。本間と狩瀬の絶叫も聞こえる。

僕は震えた。目を見張り、膝がガクガクと萎えそうになる。次の生贄は、やはりあの二人だったのだ。やがて、黒死卿だけが現われ、黒い衣装には、前の事件で見た時のような染みが付いて、鉄錆めいた臭いも漂ってくる。血の染みに、血の臭いだ。僕は、気分が悪くなりかけるのを、必死に我慢し

た。

それから、僕たちは、西館の外へ連れ出された。裏庭を突っ切ったが、《大暗幕》へは行かずに、その手前で右に曲がった。東館か、もしくは正史のテーマパークのような場所へ向かう方角である。

連れて行かれたのは、《月琴堂》であった。

しかし、死体は置いてきている。どうやら、密室となった《月琴堂》で死体を発見するというシチュエーションではなかったらしい。

《月琴堂》へ入ると、中央のテーブルに、中国風の意匠と合わせたかのような陶器の湯呑みが載っていた。数は三つ。すでに水が入れられていて、それ以外には、手錠が二つ置かれていた。折れた月琴も、そのままだ。

ここでも、僕は、黒死卿に命じられて、まず天綬と秦野にさっきと同じ手錠を掛け、秦野は、後ろ手に手錠をした状態で、寝台の脚にロープで括り付けた。一方、天綬の場合は、空いた手錠の片方を寝台の脚に掛けた。

それを見届けると、黒死卿は、自分で天綬と秦野の前へ湯呑みを持ってきて、

「飲め」

と命じた。

ほどなくして、二人とも眠りに落ちる。今回も、睡眠薬が入っていたらしい。

次は自分の番であった。予想通り、黒死卿が残った湯呑みを差し出してくる。

「目覚めた時には、正史の密室が貴様たちを迎えるであろう。しっかりと見て、ダーク探偵に伝える

のだ」

僕は、ままよとばかりに湯呑みをグイと飲み干し、やがて意識を失っていった。


目が覚めたのは、何かに身体を揺さぶられているような感じがしたからであった。

僕は、床の上に倒れていた。何があったのかは、すぐに思い出した。身体を動かそうとしたが、なかなか思い通りに動いてくれない。それでも、必死にもがきながら身体を少しだけ起こした。頭がクラクラとする。つい先日味わったのと、同じ気分だ。

僕は、頭を振りながら、辺りを見まわした。目はしっかりと開いている筈なのに、視界がぼやけている。まだ覚醒しきれていないのかと思い、目を擦ったところで、眼鏡をしていないことに気付いた。

慌てて近くを探す。

「テーブルの脚のところ」

という声が聞こえ、そこに落ちていた眼鏡を見つけた。それを拾い上げて掛け、テーブルの脚にすがって起き上がる。改めて周囲を見渡した。

派手な色彩の部屋。中国風のテーブルに、中国風の椅子、寝台などが置かれている。《月琴堂》の中だ。しかも、寝台の側には、天綬在正と秦野がいた。二人とも手錠を掛けられ、寝台につながれている。天綬は、寝台にもたれていたが、秦野は、身体を一杯に伸ばして、その足先が僕の間近にまで来ていた。どうやら、それで僕の身体をつつき、揺さぶっていたらしい。

僕は、立ち上がってテーブルの上に何気なく目をやった。湯呑みがあり、折れた月琴がある。しかも、それ以外に、今度は鍵が載っていた。手錠の鍵と思われ、僕は、それを使って二人の手錠を外した。

三人で、改めて室内を見まわす。すると、扉のところに紙が貼られていることに気付き、三人で、その前に立つ。やはり、いつもの便箋で、

通告
次なる天罰は下った。
まずは《月琴堂》の密室を見ていくがいい。
そして、《双児洞》へ行け。そこにも密室がある。
それだけではない。《双児洞》には仲間を助ける鍵もあるぞ。
再び通告
ここでもフェアプレイの精神に則って、
大事なことを教えておいてやる。
三人を殺したのは、未知の人間ではないと共に、
同一人物であることも明言しておく。

と書かれていた。

「《月琴堂》の密室？・」

と、僕は呟いた。

「これを見て下さい」

天綬在正が、扉を指差す。観音開きの扉には、中から掛け金が下ろされ、閂も掛けられていた。『女王蜂』の状況と同じだ。また室内を見まわす。しかし、僕たちの他には、誰もいなかった。扉には、外から細工ができそうな隙間はなく、寝台や寝椅子を検めてみたが、隠れられるようなスペースや仕掛けなどない。

「黒死卿は、いったいここからどうやって出ていったんでしょう」

僕の問いに、天綬在正は、窓を示した。

「扉でないとすれば、後はあそこしか考えられません」

窓には、鍵が掛かっていなかった。秦野が開けてくれたので、僕は、そこから身を乗り出して外を見た。斧・琴・菊の巨大なオブジェが、目に飛び込んでくる。ナイター設備を思わせる照明が点っていて、オブジェを煌々と照らし出しているのだ。辺りは、まだ夜の闇に覆われている。

僕は、下の方へ視線を移した。窓から出たのであれば、下へ降りたに違いないと思った。地面から窓までは、七、八メートルくらいの高さがあるが、それくらいなら梯子が使えるのではないか。あるいはロッククライミングのようなこともできるであろう。

しかし——。

僕は、首を傾げた。窓の下には、菊畑が広がっている。昼間見た時と同じように、白い菊の花が立錐の余地もない状態で爛漫と咲き誇り、一面を白い色で整然と埋め尽くしていた。しかも、照明が当てられているので、その白さは幻想味を帯び、雪が降り積もったように見えなくもない。

これがおかしかった。

もし黒死卿が窓から降りたのであれば、少なくとも窓の真下と、そこから菊畑の外へ出る道筋だけは、乱れが生じていなければならない。それなのに、そうしたものが全く見られないのである。

「おかしいですね」

僕の隣で、やはり外を見ていた天綬在正が、そう呟き、その後、同じ疑問を口にした。

では上の方かと、僕は、顔を上げたが、そこには、一メートルほど離れた位置に庇が突き出していて、そこへ手を掛けて屋根へ上がるのは、下へ行くよりも遥かに難しそうである。

となれば――。

(空に浮かび上がったのか)

僕は、真っ直ぐ前を見て、昨夜の光景を思い出さずにはいられなかった。昨夜の黒死卿も、場所はこの辺りで、十二、三メートルはある森の木の上に姿を見せていたのであるから、この窓よりも五、六メートルほど上空にいたと考えられる。この窓から飛び出していたとすれば、さらに上へと昇っていったことになるのだ。

やはり黒死卿は空を飛んだ。僕は、それをしっかりと見てしまった。いや、見せ付けられたのだ。

昨夜の光景は、この密室を予告したものであった。

僕は、すっかり固まっていたようである。

「どうしました」

と、肩を揺さぶられているのに気付いて、ハッと我に返る。

天綬在正が、こちらを気遣わしげに覗き込んでいた。

「何度も声を掛けたのですが、何か思い当たられることでも――」

「い、いえ。ちょっと驚いてしまって――」

つかえながらも、なんとか取り繕う。

天綬在正も、それ以上は聞かず、

「とにかくここを出て、《双児洞》へ行きませんか」

と言ってきた。

僕も頷いた。そこにも密室があるというのだ。行かなければならない。鍵を手に入れて、ダーク探偵たちを助ける必要もあった。

2

遊歩道まで来ると、僕は、時間を尋ねた。

《月琴堂》に時計はなく、普段携帯を持っている僕は、腕時計をしていない。片腕が不自由な天綬在正も、腕時計をしていないようで、秦野が、自分のものを見て、

「三時過ぎです」

と答える。前の時とほとんど変わらない。

黒死卿が広間へ入ってきたのは、七時近くではなかっただろうか。それから十人もの人々を拘束し、本間と狩瀬は殺され、僕たちだけが《月琴堂》まで来て眠らされた。その間、少なくとも一時間以上は掛かったであろう。すると、眠らされたのは八時半前後か。やはり前と同じで、六時間ぐらいは眠っていたことになる。何かをするには、充分過ぎるほどの時間だ。

《双児洞》というのは、菊畑の向こう側にあるらしい。

斧のオブジェの少し先で、菊畑は終わっていた。そこからは、遊歩道が右側に大きく膨んで、ちょっとした広場のようになり、広場の手前、菊畑の続きとでもいうべきところにも台地があった。高さは、月琴島に見立てた台地と同じくらいのように思われる。

僕は、まず広場に目がいった。そこにも、おかしなものが置かれて、僕たちの行く手をふさいでいたからである。直径が七、八メートルくらいの円形をした大きな板が横たわっていて、その上に、高さが六、七十センチくらいの板が立っていた。勿論、両者は一体である。素材は、斧・琴・菊のオブジェと同じで、縦になった板の方は、円形ではなく、曲線が出たりへこんだりしていて、何かの形になっているようだ。

「何の形をしているかわかりますか」

と、天綬在正が聞いてくる。

僕は、しばらく見入ってから、ハッと気付いた。

「火炎太鼓じゃありませんか」

「そうです。こっちも見て下さい」

天綬は、火炎太鼓のオブジェの先にあった台地の前へ、僕を導いた。

台地と僕たちがいる広場の間には、堀があった。そこだけではなく、台地のまわりをぐるりと取り囲んでいるようである。幅は、およそ五、六メートル。やはり凹凸を繰り返す複雑な形をしていて、堀が出っ張っているところは台地も出っ張り、堀がへこんでいるところは台地もへこんで、両者は、全く同じ形をしているらしい。しかも、堀の中には水がなく、地面から五十センチほど下のところで、白い砂が堀を埋め尽くしている。

「こっちから見ているだけだと、よくわかりませんが、この堀も、それから堀に囲まれている台地も、やはり火炎太鼓の形をしているのです。だから、あの台地を《火炎台地》と呼んでいます」

「《火炎台地》！」

「何の見立てかはおわかりでしょう」

『悪魔が来りて笛を吹く』だ。

いうまでもなく、これも横溝正史の作品である。戦後、斜陽の憂き目に遭う元華族の家で起こる事件を描いたものだが、火炎太鼓のような模様がしばしば登場するのだ。

「この堀に砂があるのも、それと関係していて、これは砂占いの見立てになっているのです。みなさん砂堀と言っています」

「砂占いですか」

確かに『悪魔が来りて笛を吹く』の中で、砂占いが行われる。陶器の皿に白い砂を盛って、そこに現われる模様で占いをするのだ。そして、ここでも、砂の上に火炎太鼓が出てくるのである。

「何も変わった様子はありませんね」

天綬在正が、堀の中を覗き込んだ。

菊畑の照明が届き、庭園灯も点いているので、暗いことはない。砂は、いくらか乱れていた。僕が天綬邸へ来た日は、雨が降っていたから、その時のものと思われる。それ以外に、変わったところはない。

「実は、《双児洞》というところは、この台地から入るようになっているのです」

「ということは、堀の向こうへ渡らなければならないわけですね」

「ええ。ですから、堀へ入ったなら、砂の上に足跡が付く筈なのです」

「どこかに橋のようなものが架かっているんでしょう。そうでないと、みんな砂の中に足を突っ込んでいくことになってしまうじゃありませんか」

「橋は、ここにしかありません」

「えっ」

僕は、館の主が何を言ったのか咄嗟にはわからなかった。聞き違いかとも思った。ここに橋など架かっていないのだ。そんなことは、一目瞭然ではないか。

「不思議に思われるのも無理はありません。実は、こういうことになっていまして――」

主の目配せを受けると、執事が、オブジェの横に屈み込み、地面のところにある小さなマンホールを思わせる蓋を取った。そして、その中のものをなにやらいじっている。

すると、ウィーンというモーター音がして、オブジェが動き出した。火炎太鼓のオブジェは、その端が堀の際に掛かるというか、少し堀へはみ出していたのだが、そこを支点にしてゆっくりと起き上がり、完全に起きてからもなお動き続けて、今度は、反対側——堀の方へ倒れていった。そして、すっかり裏返しになったのである。

オブジェは、堀をまたいで向こう側にまで達していた。火炎太鼓の形を作っていた縦の板は、堀の中にすっぽりとおさまっている。

僕は、唖然としていた。

「これが橋だったんですか」

「はい。あの蓋の中に橋を動かすスイッチがあるのです。堀の向こう側にはありません。ですから、ここで操作するしかないわけです。どうしてこれほど面倒なことをしているかと言いますと——」

困惑する僕の顔を見て、天綬在正が説明した。

「堀の中を見て下さい。火炎太鼓の形をしていた部分の先の方が砂の中にめり込んでいるでしょう」

天綬に倣って橋の下を覗き込むと、確かにそうなっていた。それを見て、僕は、

「あっ！」

と、声を上げた。

「なるほど。これで橋を元に戻せば、砂の中に火炎太鼓の模様ができるんですね。またまた凝ったことをしますねえ」

「まあ、そうですね」

天綬も、苦笑のようなものを浮かべている。

「とにかく、橋を架けたのですから向こう側へ渡りましょう」

そう促されて、僕たちは、橋を渡った。

堀の向こう側は、橋が架かる部分だけが平らになっていて、それ以外のところは、そのまま地面がせり上がっている。橋の先は、すぐ階段になっていた。こちらは石段ではなく、土の階段である。それで台地の上に登ると、そこは、《月琴堂》が建っていたところよりも狭く、そのうえ、建物や照明がなかった。それでも、菊畑の照明と台地の下にある庭園灯で真っ暗ということはない。そして、その明かりに浮かび上がっていたのは、一本の木だけであった。

僕は、まず台地のまわりを歩いてみた。台地は、確かに火炎太鼓の形をしていて、下に見える堀も台地と全く同じ形になっていた。従って、遊歩道から見えなかったところも堀の幅は変わらず、堀全体が白い砂で埋め尽くされている。橋は、どこにも架かっていなかったし、砂に乱れたようなところも見えない。砂の上を通って、堀の内側へ来たり、堀から出ていった者はいないということだ。勿論、台地の斜面に人が張り付いているようなこともない。

そこで、僕は、東館との間を隔てている森の方へ目をやった。火炎太鼓の橋が置かれていた広場の向こう側にまで森は続いていて、どうやらこの位置は、東館の裏庭の端に当たっているように思われる。

天綬在正に確かめてみると、

「そうです」

と答えた。つまり昨夜の黒死卿は、《月琴堂》のところから、この《火炎台地》まで飛んでいたことになるのだ。今夜の犯行と明らかに符合している。ひしひしと恐怖を感じながら、次に、一本だけの木が生えているところへ近付いていった。

「こんな木は、『悪魔が来りて笛を吹く』にはなかったですよね。それに《双児洞》に該当するようなものも――」

「ええ。ですから、ここは『悪魔が来りて笛を吹く』と『八つ墓村』が合体したような場所になっているのです。この木は、『八つ墓村』に出てきた杉の木の見立てで、この下に洞窟があって、それを《双児洞》と呼んでいます」

そういえば、杉の木が『八つ墓村』に出てきた。

八つ墓村には、戦国時代に村人たちが惨殺した八人の落武者を祀る八つ墓明神があった。そして、この八つ墓明神に、お竹様の杉・お梅様の杉と呼ばれる二本の木があって、その中のお竹様の杉に雷が落ちて、杉の木が真っ二つになるのである。

しかも、それだけではなく、落武者を惨殺した後にも杉の木への落雷があり、これで落武者殺しの首謀者がおかしくなって、村人を殺した挙げ句、自分の首まで刎ねるという事件が起こっている。

「原作によれば、戦国時代の杉は、根元まで真っ二つに裂けたとしか書いていなくて、その後、どうなったかはわかりません。一方、お竹様の杉は、真っ二つになった後、株だけしか残らなかったということになっていましたね。だから、これは、いわば落雷があった瞬間か直後の状態を表わしているわけです」

天綬の説明に、僕は、杉の木を見上げた。

木には、葉が一枚も付いておらず、枯れ木のような姿で、幹が根元から真っ二つになっていた。二つに裂けた幹は、それぞれ左右に張り出している。勿論、木にしがみ付いているような人影もなければ、葉がないので、葉陰に潜むこともできない。

「それにしても、よくこんな木まで用意しましたね」

「いえいえ、よく見て下さい。作り物ですよ」

そう言われて、木の前に立った。確かに作り物だった。その根元に、ぽっかりと穴が開いていて、そこから黒々とした闇が広がっているのだ。

「その穴の中に《双児洞》があります。《火炎台地》の下に洞窟が作ってあるのですよ。といっても小さなものですが、中で二手に分かれていて、それぞれ《小竹様の腰掛》《小梅様の淵》と名付けています」

小竹様・小梅様というのは、田治見家の双子の老婆である。その名前は、お竹様の杉とお梅様の杉からとられている。

「しかも、こんなところにわざわざ懐中電灯まで用意してあります」

秦野が、木の根元近くの地面に屈み込んでいた。見ると、確かに懐中電灯が置かれ、数も三個用意されていた。

「洞窟の中には照明がありませんので助かります」

秦野が、主と僕に懐中電灯を渡してくれた。《大暗幕》の土蔵には、斧が置いてあったし、黒死卿は、なかなか細かいところに配慮が行き届くようだ。それだけ今回の密室にも自信があり、洞窟の中を早く見てもらいたいのであろう。

僕たちは、懐中電灯を点けて、穴の中へ入っていった。

穴は、人が二人並んでも入れるくらい大きかった。石段が、地下へと降りている。入る時は、少し身体を屈める必要があったが、すぐに背を伸ばすことができた。石段は、決して急ではなかったものの、結構長く続いた。そして、堀の下にまで達しているのではないかと思われた頃、ようやく石段が途切れた。

そこには、やや広めの空間があり、横穴が前方へと続いていた。天綬在正が言っていたように、途中で二手に分かれている。どちらの洞窟も、充分に立っていられるだけの高さがあったが、幅は、せいぜい一人が通れるくらいだ。しかし、洞窟の奥がどうなっているのかは全くわからなかった。やはり黒々とした闇しか見えないのである。

「まず《小竹様の腰掛》から行ってみましょうか」

天綬在正が、向かって左側の洞窟を指差した。

「《小竹様の腰掛》には、鎧武者がいます。といっても、中は人形ですが、何かあるとすれば、おそらくそちらの方ではないかと思われます」

『八つ墓村』でも、鍾乳洞の中に鎧武者がいた。「猿の腰掛」と呼ばれているところで、そこで双子の老婆が襲われ、その後、小竹様はおかしくなるのだ。だから、ここでは、《小竹様の腰掛》と呼んでいるのであろう。しかも、『八つ墓村』に出てくる鎧武者の中は人形ではなかった。

館の主が、執事に向かって何かあった時のためにここへ残っているように指示したため、僕と天綬在正の二人で、洞窟の奥へ進むことになった。懐中電灯でまわりを照らしながら、ゆっくりと進んだ。閉ざされた空間の澱んだ空気が、身体にまとわり付く。それだけで、なんとなく気持ちが悪くなってきた。洞窟は、高さも幅も変わらずに続いた。石段のところから、まわりはずっと剝き出しの石か岩で、そのため、地面は硬く、ここでは足跡が全く付いていない。

しかも、洞窟は、自然にできたものではなく、人工的に作ったのだと、天綬在正が言った。斧・琴・菊のオブジェといい、火炎太鼓の橋といい、天綬在正の熱意と財力に改めて驚かされる。

洞窟は、五十メートルほど進むと、突然開けた。石段を降りたところと余り変わらないくらいの広さがあり、高さは、それを上まわっている。しかも、洞窟は、そこで行き止まりになっていた。

しかし、僕には、その空間をじっくりと見渡す余裕がなかった。ここへ入ってくると、懐中電灯が、すぐに異様なものを捉えたからである。僕の顔ぐらいの高さから上の方にかけて、正面の岩が大きくえぐられていた。原作の表現を借りれば、仏を安置する龕《がん》のような状態であった。

そこに、鎧武者がいる。

鎧武者は、やはり原作通り石棺の上に座っていた。僕は、目を凝らした。鎧武者の頭の方へじっと視線を注ぐ。鎧武者は、兜を被っていて、その中には確かに顔があった。

僕は、それを見て、首を傾げざるを得なかった。天綬在正は、人形だと言っていたが、果たしてあれはそうだろうかと疑問に思われるのである。深い廂《ひさし》でわかり難いものの、その顔には、柘榴《ざくろ》が裂けたように真っ赤な色が広がっていた。それが、ひどく生々しいものに感じられ、しかも、辺りには、鉄錆めいた臭いまで漂っている。

天綬在正の方へ目をやると、彼も、沈みきった表情をこちらへ向け、

「あれはいつもの人形ではありません」

と言ってきた。

僕たちは、龕の上に上がり、間近から鎧武者の顔を照らした。

それは、本間広敏であった。額にぽっかりと穴が開き、そこから血が飛び散っていたのだ。本間は、目をカッと見開き、驚いているような表情を凍り付かせたまま、背後の壁にもたれかかって、座り続けている。

死体となった本間は、手に何かを握り締めていた。鍵が一杯入った袋であった。手錠の鍵もあれば、広間の扉を開ける鍵もあり、これで閉じ込められた人々を助けることができる。黒死卿は、少なくとも嘘だけは書かないようである。

僕と天綬は、袋を取ってから、一応《小竹様の腰掛》を調べてみた。洞窟の中には、死体しかなかった。誰も隠れてはいなかったのである。鎧武者が座っている石棺も、人が入れるような大きさではなく、そもそもひとつの石を棺の形に成形しているだけで、蓋を開けられるようにはなっていないらしい。《大暗幕》の土蔵にあった箪笥や長持ちなどと同じだ。

僕は、血臭でクラクラしそうになりながらも、一応そのことを確かめ、それから、秦野がいるところへ戻った。

「何も変わったことはなかったか」

という主の問いに、執事は、

「ございません」

と答える。

その秦野に本間の死体があったことを伝え、やはり二人だけで、今度は、《小梅様の淵》へと向かった。

《小梅様の淵》は、『八つ墓村』の鍾乳洞における「鬼火の淵」に擬えていて、淵の水がどこまで続いているかわからない原作とは違って、小さな池になっているらしい。双子の老婆が「猿の腰掛」で襲われた時、小梅様だけが連れ去られて、後に「鬼火の淵」で発見される。だから、こちらは、《小梅様の淵》と呼んでいるそうだ。

そこへ向かう洞窟も、《小竹様の腰掛》へ行くのと同じくらいの距離があり、やはり行き止まりとなっている広い空間へ出た。池は、空間の奥にあって蒼黒く濁り、池の周囲では、青白いものが光っている。正に、『八つ墓村』の「鬼火の淵」と同じだ。「鬼火の淵」も濁った水がたたえられていて、夜光苔が光っているのだ。

とはいえ、僕たちは、ここでも幻想的な光景に見惚れている余裕はなかった。池の中に人が浮かんでいたのである。

《小梅様の淵》は、僕たちの数歩先で地面がちょっとした断崖になっていて、その下に池があった。断崖の端に下へ降りる階段があるということで、僕は、天綬に続いて、その階段を降りた。断崖にも青白いものが光っていたが、夜光苔ではなく、それらしく見せかけた小さな照明であることを教えてもらう。よく見ると、確かに照明であった。

池の中にいた人物は、うつ伏せになって倒れていた。そのため、顔がわからないものの、本間の死体を見た後であり、服装や体格から、明らかに狩瀬光明であると思われる。

僕は、池の水際で立ち止まっていたが、天綬在正が、ためらうことなく水の中へ足を踏み入れていった。あっと思ったのも束の間、天綬は、靴が水に浸かっただけであった。池は、ひどく浅いらしい。僕も、その後に続き、うつ伏せの人物が水に浮かんでいるのではなく、地面の上に倒れているのだとわかる。

二人で念のために検めてみると、やはり狩瀬光明であった。狩瀬は、生前そのままといっていい茫洋とした表情を保っていて、顔に銃創はなく、背中に穴が開いていた。狩瀬は、後ろから撃たれたようである。そのせいであろうか、うっすらと目を開いた顔は、いったい何が起こったのかを理解していないように見える。

《小梅様の淵》でも、やはり隠れている者がいないかを調べた。しかし、ここにもそのような場所はなかった。池は、どこまで行っても同じくらい浅く、水の中に潜むことなど不可能であった。

これで、《双児洞》は、全て見終わったことになるらしい。二人の死体の他に誰もいなければ、これまで調べた範囲では、血が滴っている場所も、死体の周囲以外にはなかった。黒死卿は、死体を袋にでも入れて運んだようである。

再び秦野のところへ戻ってきても、僕は、なんとか倒れ込まずにすんでいた。さすがに麗火を見た時ほどの衝撃は受けなかったらしい。麗火の無惨な姿に比べたら、少々の死体などどうってことはないという気がするし、本間と狩瀬には余りいい印象を持っていなかったので、そうしたことが、僕の神経を比較的平穏にしているのかもしれない。

それでも、長居は無用ということで、僕たちは、三人で一旦西館へ引き上げ、広間に閉じ込められている人々を助けることにした。

火炎太鼓の橋を渡るところで、僕は、いま一度砂堀を覗き、その先へ行くと、菊畑に目をやった。《火炎台地》は、何の乱れもない白い砂に囲まれ、白い花に覆われた菊畑にも乱れはなかった。正史の密室は、正しく白い密室となっていたのである。


広間を開けて驚いたのは、ダーク探偵だけが、拘束された状態でグーグーと大鼾をかき、寝ていたことであった。僕たちが黒死卿に連れ出されてから、ほどなくして、

「暇だ」

と言い、寝てしまったという。だから、かなりの睡眠時間になっていたのだが、ここでも、彼を起こすのには、ちょっと苦労させられてしまった。そして、全員の手錠とロープも外し、僕が、代表してことの顚末を話した。

話し終えると、ダーク探偵は、よく寝た、さあ仕事だぞといわんばかりの元気な様子で、

「現場へ案内してもらおうか」

と、僕を促した。

天綬在正は、疲労の蓄積を考慮して残ることになり、それに秦野も従ったため、僕だけが案内役に

なった。しかし、火炎太鼓の橋のような何かの操作が必要になったり、また用心のためということで、館の人間から寺崎達夫と郷田が同行し、取り巻きの残り三人も付いてきた。

まず本間と狩瀬が連れて行かれた物置を覗いた。そこには、思わず鼻を覆い、吐き気をもよおすような光景が広がっていた。館の主は物置だと言っていたが、置いている物は少なく、さして広くない室内は、どちらかといえば、がらんとした印象の方が強かった。そこに、真っ赤なものが飛び散っていたのである。肉片のようなものも、壁や床にこびり付いていて、僕は、中へ入るのを遠慮したが、ダーク探偵は、平気な様子で、しばらく調べていた。

それから、僕たちは、西館の外へ出た。夜が、白々と明け始めている。

ダーク探偵が、まず死体を見たがったので、《双児洞》から行くことになった。

《火炎台地》の下まで来ると、まわりを一周して砂堀の様子を確かめた。朝の光で改めて見ても、砂堀に人が歩いた形跡はない。

探偵が、堀の中へ向けて顎をしゃくった。

「これは、雨が降った時のままだな」

「はい」

と、寺崎が頷く。

「いつもでしたら、郷田が砂を均しておくのですが、その後にたいへんなことが起こりましたので、そこまでは手がまわらなかったのです。そうだな」

寺崎に振られても、郷田は、やはり無表情のまま突っ立っているだけだ。

　ダーク探偵は、橋を一旦上げさせた。郷田が操作をして、さっきとは逆の動きで、橋が広場に戻る。堀を覗き込むと、砂の上にくっきりと火炎太鼓の模様が印されていた。

「ふむ。一度橋を架け、それを元に戻してから砂を均し、火炎太鼓の模様を消したということもなさそうだ。そんなことをすれば、他の部分と明らかに違って見えるだろう」

「そうですね」

　やはり堀を覗いていた海藤が応じる。

「だったら、堀の砂全体を均せばいいんじゃない」

　と、新里が言った。

「時間が掛かるぜ。それに、たとえそうしたとしても三日前に雨が降った時の感じを残すのは無理だろうし、どうしても新しく均したことがわかってしまう」

　海藤の言う通りだ。これは、犯行が行われた数時間前に均したようなものではなく、明らかにもっと長い時間放置されていたと思われる。

「じゃあ。橋のようなものを別に持ってきたのかしら」

　すると、ダーク探偵が、即座に否定した。

「もし火炎太鼓の橋とは違うものを架けていれば、地面の上に、その痕跡が残るだろう。しかし、そうした痕跡は、堀のこっち側にはなかった。向こう側でも同じに違いない。だから、橋を架けることはしなかった」

　それから郷田に橋を戻してもらい、砂堀を渡った。《火炎台地》へ上がり、《双児洞》の中へ入る。

やはり、最初は《小竹様の腰掛》へ行った。——ここまでは、さっき僕が来た時と全く違いはなかったのだが、《小竹様の腰掛》へ入ると、一目瞭然に現場が変わっていた。

鎧武者が、龕の下へ落ちていたのである。本間広敏の死体は、地面の上で、うつ伏せになって倒れていた。しかも、そこには首がなかった。兜だけが放り出されて、首があったところからは、グチャグチャとした気味の悪い傷口が、こちらへ向かって覗いていたのだ。

僕たちは、慌てて《小梅様の淵》へと向かった。こちらは、狩瀬光明の死体が、さっきと同じ格好で倒れていた。勿論、首も付いている。いったいどうしたことか。

ただここでも、さっきと変わっていることがあった。狩瀬の背中の上に、いつもの便箋が落ちていた。探偵が拾い上げると、これまで通りの形式で、次のようなことが書かれている。


　　どうだ、驚いたか。

　　これが正史に挑んだ密室だ。

　　それに今回も、重大なヒントを与えておいた。

　　我がどうやって、正史の密室を作ったか。

　　ワトソン役がきちんと見ていた。

　　しかし、このことを考える前に、水車小屋へ行くがいい。


「これが、正史に挑んだ密室——」

海藤が、戸惑ったような表情で現場を見まわした。

「乱歩の時は、『悪霊』という密室の作品に挑んでいることがわかったけど、こっちは、どうかなあ。ただ正史の作品をもとにした現場で、事件を起こしただけじゃないのか」

確かに『八つ墓村』に密室は出てこないし、密室殺人がある『女王蜂』や『悪魔が来りて笛を吹く』とは、密室の状況が全く似ていない。黒死卿は、いったい何を指して正史に挑んだと豪語しているのであろう。

「それに、ワトソン役がヒントを見ていたって、どういうこと――」

新里綾子は、訝しげに僕の顔を見た。

「えっと、それは――」

僕が言葉に詰まっていると、探偵が、あっさりと昨夜――いや、もう一昨日になった夜のことを伝える。

「えー」

「そんな大事なことを今まで隠していたんですか」

二人の口からは、期せずして非難の声が上がったが、それは、僕の方へ向けられていた。

えーと言いたいのはこっちだ。どうして、その矛先を探偵の方へも向けないのか。黙っていた理由を言ってやろうかと思ったが、ここでもグッとこらえる。

結局、探偵の、

「彼から話を聞いても、どうせ寝惚けていたんだろうで、すませたんじゃないか」

という言葉に二人は納得して、僕は、ますますへこんでしまった。

そこへ、一条顕が割り込んでくる。

「今は水車小屋へ行った方がいいんじゃないの」

僕たちは、水車小屋へ向かった。

《火炎台地》の向こうには川が流れていて、それに沿って水車小屋が見える。そこへ近付いていくと、新里が、

「きゃあ!」

と、悲鳴を上げ、

「あっ」

と、海藤も呻いて、硬直していた。

僕も、水車小屋にじっと目を凝らした。水車はまわっていて、そこに何やらおかしなものが見えている。

僕は、悲鳴を上げる余裕さえ失い、凍り付いていた。

水車に首が――人間の生首が括り付けられていたのである。髪の毛に紐が結ばれ、その紐が、水車にも括り付けられているようだ。しかも、その首は、頭に帽子をかぶり、顔の下半分にマフラーを巻いていた。帽子は、明らかに昔の軍人がしていた戦闘帽ではないか。

そのような生首が、水車と一緒にまわり、水に浸かって、また上がってきているのだ。そのため、首は、ぐっしょりと濡れている。帽子とマフラーの首は、目だけしか覗いていないため、誰かはすぐ

にわからなかったが、首がなかったのは一人しかいなかったので、本間広敏なのであろうと思う。おぞましい姿であった。まるで昔の処刑を目の当たりにしているかのようだ。首が水車のてっぺん付近に差し掛かると、グチャグチャとした切断面がこちらを向いた。そこから滴る水が、流れ落ちる血のように思われる。殺されてから時間が経っているので、今更血が流れる筈はないとわかっているのに、どうしても血のようにしか見えないのだ。

なんとか耐えてきたのも、これが限界であった。

僕は、気分が悪くなり、頭がクラクラとして、地面の上にくずおれてしまった。

3

結局、こうなってしまった。麗火の時と同じだ。

僕は、ベッドに横たわっている。また郷田に背負われて、東館の自室へ戻ってきたのである。

それから、どれほどの時間が経ったのであろうか。気分は、いくらかマシになった。ただ水車小屋で見た光景を思い出すと、胃の中から苦いものが込み上げてきそうになる。

そこへノックの音がして、僕の返事を待たずに成海塔子と篠塚八重子・一条顕が入ってきた。今日は、ドアに鍵を掛けていなかった。郷田は、相変わらず無口で、僕を寝かせるとそのまま出ていったし、僕も、そこまで気がまわる状況ではなかった。

いや、正確にいえば、鍵を掛ける必要などもうなかったといえる。黒死卿は、乱歩と正史の密室の後に何も書いてはいなかった。犠牲者には悪いが、つまりこれでもう事件は起こらないと考えられるのだ。『獄門島』でも三姉妹が殺された後で、島の人々がホッとしている描写があったように思う。

僕も、そういう心境であった。おそらくこの館にいる誰もが、同じ思いでいるのではないか。入ってきた三人も、比較的落ち着いているように見える。

「具合はどう」

と言いながら、女医は、自分で持ってきた鞄を開け、僕をてきぱきと診察する。そして、大したことはなしと、あっさり告げた。その間に、年長のメイドがベッド脇のサイドテーブルに軽食を置き、二人は、さっさと出ていった。

顕が、僕の顔を覗き込んでくる。

「まあ、無理もないよねえ。あんなものを見せつけられちゃあ」

「そういう君はどうなんだい」

白皙の美少年も、また普段より蒼白いように見えた。それが、凄艶さを際立たせていることも、この前と変わらない。

「なんとか大丈夫だよ」

と、顕は気丈に答える。

「僕たちも、あれから少しして館へ戻ったからね。そしたら、ダーク探偵と綾子ちゃんが腹がへったと言い出して、僕たちもちょっとだけ食べたよ。それで、食事の後は、ほとんどの人が休んだ。なにしろ広間では、ウトウトくらいはしたけど、あんな格好じゃあグーグー寝ることなんてできなかったもの。それに、探偵さんの鼾がうるさかったし。だから、元気なのは探偵さんだけ。食べるだけ食べると、また現場へ行ったよ。今度は、寺崎さんに代わって、天綬さんが郷田さんと一緒にお供をしていた。それで、いろいろと成果があったようだね。昼食の時も、探偵さんは、かなり上機嫌だったよ」

どんな成果があったのだろうと、僕は思ったが、すぐさま別のことが気になった。

「昼食の時もって、もう昼を過ぎてるの」

「うん、とっくに過ぎてるよ。だから、三神さんも早く食べておかないとたいへんかもしれない」

「たいへんって――」

「探偵さん、三神さんのことをとっても怒っていたもの。また倒れやがってってってね」

「――」

僕は、憂鬱な気分になりながら、軽食を口の中へ運んだ。すると、ドアが勢いよく開いて、噂をしていたダーク探偵が入ってきた。

「なんだ。今頃食事とは相変わらずのんびりしているな」

と、軽蔑しきったように言ってくる。

「俺は、お前が倒れた後もバリバリと働いていたんだぞ。それなのに、こんな時間まで休んでいるとは――。探偵を働かせておいて、ワトソン役がベッドで寝ているミステリーがどこにあるか。次倒れたら、今度こそクビだ、クビ、クビ！」

あんただって、広間では僕以上に寝ていたではないか。その間、僕は、事件の貴重な目撃者になっていたんだぞと言いたかったが、やはり言えなかった。探偵に一喝されるまま、おとなしく首《こうべ》を垂れてしまう。

「どうもすいませんでした」

幽霊男の探偵は、満足そうに頷いていた。

「わかればいい、わかれば。人間は謙虚でなきゃいかん。さあ、事件は大詰めだ。一気にカタを付けてしまうぞ」

「カタを付けるって、真相がわかったんですか」

「お前は何を見ていたんだ。本間の首が、水車に掛けられていただろう。あれでピンとこなければ、乱歩・正史の後継者となる資格はナシだ。さあ、行くぞ。こんなもの、後でも食える」

ダーク探偵は、食事が載ったトレイを取り上げ、有無も言わさず、僕をベッドから叩き出した。それで、さっさと部屋を出ていこうとする。僕は、追い掛けるしかなかった。すると、探偵は、ドアのところで立ち止まり、顎の方へ振り返った。

「君も来てくれないか。また案内を頼みたい」

「いいよ。でも、どこへ行くの」

「まずは図書館だ」

ダーク探偵は、胸を反らしながら偉そうに答えていた。

こうして、僕たちは、図書館へ行くことになった。りら荘の外観とは異なり、中は、正しく図書館そのものであった。公共の施設にも決してひけをとらない鉄筋コンクリート造りの広々とした館内には、書架が林立していて、どこも本でびっしりと埋まっている。

それを見渡しながら、ダーク探偵が、せっかちに尋ねた。

「乱歩や正史はどこにある」

「古いのは一階だね」

と、顕が案内してくれる。

しかも、乱歩と正史は、この図書館の中心ということで、文字通り一階中央の書架をドーンと占拠していた。著書は、文庫本にとどまらず、全集や単行本、児童書などさまざまな形で揃えられ、他にも、研究書や関連本の類までが網羅されていて、正に壮観そのものといっていい蔵書ぶりである。

探偵が、最初に取り出したのは、『犬神家の一族』であった。

「やっぱりね」

と、顕も頷いている。

水車小屋の首は、戦闘帽とマフラーをしていた。これは、『犬神家』に出てきた復員服の男を示していた筈だ。だから、僕にも納得がいった。別に、その男が首を切られるわけではないのだが、重要な人物としてよく知られている。

しかも、ダーク探偵は、書架の間に並んでいるテーブルの前の椅子に座って、じっくりと読み出した。

「随分とお熱だね」

顕の問いに、探偵は、ああと大きく頷いた。

「『犬神家』は、俺が初めて読んだミステリーだからな。懐かしくなって、ついつい止まらなくなるのさ」

『犬神家の一族』がミステリーとの出会いとは、僕と同じではないか。もしかして、ダーク探偵の仮面好きは、これが原点なのかもしれないとも思いながら、僕は、疑問点を質した。

「黒死卿は、どうして本間さんの首を『犬神家』の復員兵にしたんでしょう」

「それを調べているんじゃないか」

「でも、首を切るなら、最初からそうしておくべきですよね。それなのに、僕たちが現場を去った後で、わざわざ戻ってくるなんて――。なぜそんな二度手間をしたんですかね」

「そんなこと決まっているじゃないか。お前たちが火炎太鼓の橋を架けたんで、足跡を砂堀に残すことなく、出入りができるようになったからだ」

「それはおかしいでしょう。黒死卿は、僕たちが行く前に足跡を残すことなく《火炎台地》へ出入りしているんですよ。それなのに、なぜ――」

「ええい、うるさいなあ。横でゴチャゴチャ言われたら、読書に集中できんだろう。ここは図書館だぞ。図書館の中では静かにしなさいと、学校で教わらなかったのか」

ダーク探偵は、とうとうキレてしまった。怒鳴っている探偵が一番うるさかったが、ここでもグッと呑み込み、顕の方を見た。顕も、こちらを見返して、肩を竦めている。

僕は、ここに自分と白縫乙哉の本もあると顕が言っていたことを思い出した。

「僕や乙哉の本って、どこにあるのかな」

小声で囁くように尋ねると、顕も、声を潜めて、

「現役作家は二階だよ」

と答える。

僕たちは、足音を忍ばせながら二階へ上がった。二階には、顕が言った通り、現役作家の本が五十音順に整理されていた。

僕の本は、確かに三冊あった。これを麗火が読んでいたのかと思うと、感慨もひとしおである。僕は、他の棚も見渡し、白縫乙哉の本を見つけた。乙哉の本も、全部揃っていた。

その中から一冊だけ取り出してみる。衝撃のデビュー作となった『月と星の雫』だ。一見ミステリーとはわからないタイトルだが、それがシャレているといわれていた。これに対し、僕のデビュー作は、『残虐館殺人事件』という。本格ミステリーのいわば王道というべきネーミングだが、新人なら創意を見せろと、これまたネットで酷評された。

『月と星の雫』の表紙には、そのタイトル通り、鮮やかな満月と天の川を思わせる星の煌めきを背景にイケメンの騎士探偵が描かれ、こちらを見て笑っていた。その顔が、なんとなく乙哉に似ているような気がして、ちょっと切なくなる。この時、乙哉の未来は、この月や星に劣らない輝きに満ちていた筈なのに、若くして命を絶ってしまうなんて――。

僕は、しばらく見入ってしまった。

（君が果たせなかったダーク探偵の本は、僕が必ず出すよ）

心の中で亡き友へも誓う。

そうした様子を、また顕が覗き込んできた。

「あれえ、もしかして泣いてるの」

「ち、違うよ」

と言いながらも、顔を背け、そっと目を拭った。すると、この時、オヤッと思うことがあって、もう一度、『月と星の雫』の表紙に目をやった。それから、これと関連して気になる本を手に取り、最後の方のページをめくってみる。そうだ、そうに違いないと確信する。

すると、下の方からダーク探偵の声が聞こえてきた。どうやら怒鳴っているようだ。図書館では静かにと言ったのは誰だっけと、うんざりしながら、僕は、顕と共に一階へ下りた。

「今回のワトソン役は、倒れてない時でも探偵をほったらかしにするのか。そこまで愚弄するのなら、もう本は書かせないぞ！」

僕は、謝りたおして必死に宥め、探偵の機嫌を直そうと、調査の成果を聞いた。探偵は、たちまち態度を一変させた。

「ああ、黒死卿のメッセージは、確かに受け取ったし、二年前のこともすっかりわかった」

と、上機嫌である。

「黒死卿のメッセージ？」

僕には、何のことかさっぱりわからない。テーブルの上には、『犬神家』以外にも、乱歩と正史の本が何冊も置かれていた。

もうここで調べることはないと、探偵が言ったので、僕たちは、図書館を出た。《月琴堂》に菊畑、

《火炎台地》を過ぎて、水車小屋の方へ向かっていく。またあの首を見るのかと脅えていると、ダーク探偵が、繃帯顔をいやらしい笑みの形に歪めた。

「安心しろ。本間の首は、胴体や狩瀬の死体と一緒に館へ戻したよ。あいつらの部屋に安置してある」

その言葉通り、水車にもう首は掛けられていなかった。僕たちは、そこも通り過ぎて、滝があるところまで行った。滝の背後の岩には桝が置かれ、その下で漏斗を口に入れた着物姿の女性が仰向けになっている。勿論、人形で、『悪魔の手毬唄』の泰子の死を再現させているのだ。

滝の傍らには、屛風のような岩がそそり立っていて、その中ほどから平たい岩が滝の方へ出ていた。岩は滝に当たって、水が二筋に分かれ、岩の上には、首が載っている。獄門岩を再現したもので、これも人形だとわかっているのだが、さすがにギョッとしてしまう。

「獄門岩に上がることはできるのか」

探偵は、顕に尋ねていた。

「できるよ」

僕たちは、顕の案内で獄門岩へ上がった。土蔵の二階と同じくらいの高さだが、岩の周囲に柵もなければ、下にマットがあるわけでもないため、梯子を昇った時よりも危険を感じ、僕は、岩の上に這いつくばって、下にある泰子の人形を覗き込んでいた。一方、ダーク探偵は、全然平気な様子で、ふむふむと満足そうに頷いている。

そして、辺りを睥睨するように見渡し、傲然と胸を反らした。

「よし、これで何もかも辻褄が合う」

その夜――。

僕は、西館の広間にいた。麗火の棺が安置されている部屋だ。時刻は、すでに夜の十二時をまわり、西館は、どこも暗く静まり返っている。勿論、僕がいる広間も、照明を点けてはいない。

僕は、棺の前に並べられた椅子のひとつに座っていた。扉を背に棺の方を向いて座っている。暗いうえに眼鏡を掛けていないので、まわりの様子がよくわからなかった。こうして、もう一時間近くが経とうとしていたのである。昼過ぎまで寝ていたとはいえ、さすがに昨夜の疲れがぶり返して、少しウトウトとしてくる。

そして、首がガクッと落ちた時であった。その首に、突然、後ろから何者かの手が掛かった。しかも、強い力で絞め付けてくる。僕は、声も上げることができず、苦悶の呻きを洩らしながら、自分の手で首に巻き付いた手を振りほどこうとした。

そこで、ハッと気付く。利き腕の右手をシャツの中に入れていたので、左手しか自由に動かせないのだ。その左手だけで抵抗するが、相手の力は、たとえ両手が使えても無理ではないかと思われるほど強い。だから、僕は、どうすることもできず、次第に意識が薄らいできた。

（た、助けて――）

と、心の中で必死に叫ぶ。

すると、真っ暗だった室内に、煌々と明かりが点った。それと共に、何人かの人間が、ドカドカと入ってくる荒々しい音が響き、こちらに激しくぶつかってくる。僕は、椅子から転げ落ち、僕の首を絞め付けていた手も離れた。

て掛ける。

僕は、激しく噎せながら、自由な左手だけでなんとか身体を起こし、ポケットから眼鏡も取り出し

僕のすぐ横では、二人の男が、異形の人物にのし掛かっていた。のし掛かっているのは、寺崎と郷田である。そして、下にいる異形の人物は、ダブダブの真っ黒な衣装に、真っ黒なフードをかぶり、フードの下から白い仮面を覗かせている。いうまでもなく、黒い死神——黒死卿だ。

黒死卿は、何の抵抗もせず、おとなしくされるがままになっていた。これまでの凶暴で残忍な振舞いとは、かなり違う。そこへ、

「終わったな」

という声が掛かる。

ダーク探偵であった。顔に繃帯を巻いた幽霊男の探偵は、ゆっくりと室内に入ってきた。探偵の後ろからは、天綬在正が付いてきて、これに執事の秦野と成海塔子も従っている。

「離してやれ」

と、探偵は、寺崎と郷田に命じた。僕は、思わず身構えたが、探偵は、悠然と黒死卿を見下ろしている。

「離しても心配はない。もう何もしないさ。決着が付いたんだからな」

その言葉通り、寺崎と郷田が離れても、黒死卿は、おとなしくしていた。身体を起こし、探偵を見上げただけである。

「そうだろ」

探偵が、念を押すように言った。正しく勝者と敗者といった構図になっている。

「さあ、ジタバタしないで正体を見せたらどうだ。これも、俺にはわかっている」

それから、探偵は、僕に黒死卿の仮面を取れというように顎をしゃくってみせた。僕は、恐る恐る手を伸ばして、

「南無……」

と呟き、目を瞑りながら一気に剝ぎ取る。そして、目を開け、

「あっ」

という声を上げていた。

仮面の下から出てきた顔に見覚えがあったからだ。

それは、鷹地勝彦であった。

【第七章】名探偵に完敗

「中村警部は、まだお解りになっていらっしゃらなかったのですか。犯人が誰かということは、ここまで言えば明白だと思ったのですが」

「誰なんだ？　ま、まさか！」

「そう、そのまさかです」

と、蘭子は輝く瞳で言った。

——二階堂黎人『悪霊の館』

1

稀代のどんでん返しといわれた『逆転』という作品だけを残し消えてしまった幻のミステリー作家——鷹地勝彦。

なんと彼が、黒死卿であった。

僕は、この男と、やはり二年前の幻遊城で会っていた。当時の鷹地は、成海塔子や二人の若者と一緒に、ここで暮らしていた。今の取り巻きたちは、彼が出ていったのと入れ替わるように暮らし始めたとはいえ、彼と知り合いであったり、彼の勧めでここへ来ることになった者がいる。

確かに、鷹地勝彦は、僕にとっても、ここにいる者たちにとっても、未知の人物ではない。ダーク探偵も、旧知の間柄であるようだ。

「久し振りだな」

と、声を掛けている。

「麗火さんにこれをもらった時以来か」

そう言って、佐清人形を取り出し、しげしげと見入っている。

しかし、鷹地は、無言であった。

仮面を剝がされた鷹地は、二年前と変わらない髭面をしていて、ダブダブの衣装からは、マッチョな体格が覗いていた。これなら、十人以上もの人間を地下室まで運ぶ体力が充分にありそうだ。

深夜であるにも拘らず、ダブルのスーツで身だしなみを整えた天綬在正が、僕の方へ近付いてきて、気遣わしげな声を掛けてくれる。

「大丈夫ですか。たいへんな目に遭わせて申し訳ありません」

「いえ。たいしたことはありませんので、大丈夫です」

と、僕は答えた。

そういう僕も、高価なダブルのスーツを着て、右手をシャツの中に入れ、右の袖をヒラヒラさせていた。

これは、ダーク探偵に言われたことであった。探偵は、腰かけの滝と獄門岩から戻ると、天綬のもとへ行き、何事かを相談した。そして、今夜、館の主に変装して広間で待っているよう、僕に命じたのである。それ以上は、どういうことが起こるかも全く聞かされていない。どうやら探偵と天綬たちは、近くに待機していて、広間の異変を知ると同時に飛び込んできたらしい。

秦野に手を貸してもらって立ち上がりながら、僕は、聞かずにいられなかった。

「どういうことなんですか」

黒死卿は、拳銃や猟銃を持っているのである。もしそれを使われていたら、ひとたまりもなくやられていたであろう。さすがに怒りを抑えられず、険しい表情を精一杯作って、ダーク探偵を睨み付ける。

　探偵は、平然としていた。

　すると、その時、新しい足音が響いて、海藤武史・新里綾子・一条顕の三人が、広間へ入ってきた。彼らも、やはり待機をしていたようである。三人とも、鷹地の姿を見て茫然となり、特に海藤の狼狽は甚だしかった。無理もないであろう。大学の先輩後輩であり、ミス研では鷹地以来の天才と謳われる関係で、ここへ来たのも鷹地に呼ばれたというのだから、生半可な関係でなかったことが容易に想像される。

　海藤は、放心から覚めると、

「これはどういうことですか」

と言って、鷹地のところへ駆け寄ろうとした。しかし、天綬と成海塔子に止められ、主の行動を見て寺崎と郷田も加わったために、やむなく引き下がる。

　それでも、諦めがつかないようで、今度は、

「どうして鷹地さんなんですか」

と、ダーク探偵に詰め寄った。これには止める者がおらず、探偵は、ガウンの襟首を摑まれてしまった。

「離せ、苦しいだろう」

　探偵は、もがいていた。

　イケメン大学生よりも、遥かに横幅の広い図体をしているが、力には自信がないようで、海藤の腕

をふりほどくことができないでいる。

「その説明をしようとして、君たちも呼んであげたんじゃないか。だから、とにかく話を聞け」

海藤は、ようやく手を離した。

ダーク探偵は、ゼイゼイと息を喘がせながら、ぼやいている。

「これから真相を告げようとする探偵が、関係者から暴力を受けるなんて、そんなミステリーがどこにあるか」

僕は、唖然茫然としていた。すると、ダーク探偵が、そんな僕の姿を目にとめ、怒りの矛先をこちらへ向けてくる。

「ワトソン役のくせして、なんで俺を助けん。二階堂黎人なら、身を挺して二階堂蘭子を守るぞ。もうお前なんて、お前なんて——」

「はいはい。すいませんでした」

僕をこんな目に遭わせていい気味だと思っていたが、表面上は、素直に謝っておいた。それに、二階堂蘭子とダーク探偵では、ビジュアルが違い過ぎて、守り甲斐が全くないではないか。

「こんなことで、こんなことで話ができるか」

探偵は、すっかりいじけていた。それでは困る。探偵が説明してくれないと、ミステリーにならないのだ。僕は、ダーク探偵を精一杯持ち上げた。

「ダーク探偵には、ここにいる我々だけではなく、その向こうには何百万・何千万という読者もついているんですよ。その人たちは、みんなあなたの解決を待っています。だから、小さなことにはこだわらずに、早く真相を告げて下さい。そうでないと、素晴らしいミステリーにならないでしょう」

「うむ。それもそうだな」

探偵は、コロッと機嫌を直した。椅子にどっかと腰を下ろし、悠然と話を始める。

「今回の事件は、ある意味、非常に特異な事件であり、探偵にとってはやりやすい事件であったといえる。通常の事件であれば、犯人は、捕まらないために偽の手掛かりをばら撒いたり、追い詰められれば苦し紛れに罪を重ねようとする。しかし、今回の犯人は、本格ミステリーの要であるフェアプレイの精神に則り、俺に挑戦することを望んでいた。だから、偽の手掛かりによる欺瞞を考える必要もなければ、乱歩と正史の密室が終わった今、新たな犯罪を心配することもなかった」

「――」

「そこで、今夜の出来事だ。これは、水車に括り付けられていた、あの首からきている。あの首は、どういうわけか、戦闘帽をかぶり、マフラーを巻いていた。これは、明らかに『犬神家』の見立てだろう。俺も、正史の作品を全て読んでいるわけではないし、忘れているものもある。しかし、たとえそのような作品の中に、マフラーと戦闘帽をつけた首があったとしても、それに見立てたわけではない筈だ。なにしろここには、『犬神家』をはじめ、『女王蜂』や『八つ墓村』といった有名な作品に擬えたものがいくつも造られているんだ。だから見立ても、こうしたものの中から出してこそ意味がある。そうではないか」

「そうですね」

と、僕は頷く。

「だから、俺は、『犬神家』を改めて読んだ。復員服の男は、犬神家の屋敷とは那須湖を隔てた旅館や、同じく那須湖の対岸にある犬神家の古い屋敷なんかへ出没しているが、斧・琴・菊の殺人が完成した後は、珠世の部屋にやって来て、珠世を襲っている。俺は、これだろうと思った。この館でも、乱歩と正史の密室殺人が終わったところだったからな」

「――」

「原作によれば、復員服の男が珠世を襲う経緯はこうだ。その夜、珠世は、十一時頃、寝室へ戻ってきてベッドに入り、それから一時間余りは寝つかれずにいたところへ、押し入れから飛び出してきた男に首を絞められる。つまり男が珠世を襲うのは十二時以降。しかも、その知らせを警察が聞いたのは一時頃と書いてあったから、十二時過ぎから一時までの間と考えていい。そして、珠世は、麗火さんにも匹敵するといっていいような絶世の美女として設定されている。だから俺は、あの見立てを、夜の十二時以降に麗火さんが安置されている広間へ、黒死卿が現われるというメッセージだと受け取ったのだ」

「それで、罠を張ることにしたんですね」

二つの密室をやり終え、もう新たな犯罪を行う懸念などなかったわけだ。僕の首を絞めたのも、原作に合わせたポーズだったのであろう。それなら、そうと予め言ってくれれば、あれほど肝を冷やすこともなかったであろうに――。

探偵に恨めしげな目を向ける。しかし、相手は、完全に無視した。

この時、おとなしくしていた黒死卿こと鷹地勝彦が、初めて口を開いた。

「水車の首のメッセージが通じたとすると、正史の密室についても見破っているのか」

もうあの低くかすれた声ではない。仮面も取っているので、くぐもってさえいなかった。やや野太い男の声であった。

「ああ」

と、ダーク探偵は、不満げに応じた。そんなことは当然だろうと言いたいらしい。

「乱歩の密室もか」

「正史の密室がわかれば、あっちの方も自ずと明らかになるじゃないか。但し、さすがに驚かされたがな」

「驚かされた？」

僕は、そのことを聞き返そうとしたが、新里綾子が割り込んできた。

「じゃあ、早く聞かせて」

「いいだろう」

と、ダーク探偵は立ち上がった。

「しかし、正史の密室がわかったとはいえ、具体的なことは、実際に見せてもらわなければならない」

そう続けて、探偵は、鷹地を睨み付ける。

「だから、菊畑まで来てくれるか」

僕たちは、西館を出て、菊畑のところへやって来た。

僕は、天綬在正から借りた背広を着たままであったが、もう片袖をヒラヒラさせてはいない。右腕もシャツから出し、きちんと袖に入れている。鷹地も、フードが付いた黒い衣装を脱いで、その下に着ていたジャケットとズボン姿になっていた。

ナイター照明を点したので、菊畑とその周囲は明るかった。探偵は、菊畑に目を向けてから、一同を見渡した。

「さて、水車の首でおかしかったのは、戦闘帽とマフラーだけだったろうか」

「そもそも水車に首を晒すのがおかしかったわね」

新里が、即座に答える。

「水車といえば、『本陣殺人事件』でしょう。でも、『本陣』に、首は出てこない」

「そうだ。それに首を晒すのなら、近くに獄門岩があったではないか。あの岩の上に復員兵姿の首を載せておけば、水車の首よりも正史の見立てに近付けることができた筈だ。しかし、それをやらなかった。どうして獄門岩ではなく、水車にこだわったのか」

「『本陣』は、正史を代表する密室物ですよね。だから、『本陣』に出ていたヤツを使いたかったのではないですか」

そう言ったのは、海藤である。

「単に、それだけが理由だろうか。黒死卿は、正史の密室に挑んだのだろう。となれば、それは、即ち『本陣』に挑むということではないのか」

「それで、足跡のない密室にしたわけですね」

「そして、トリック自体も『本陣』に挑み、水車に首を晒したのが、それを暗示するものだったとしたら――」

「もしかしてトリックも同じようなものだと言うんですか」

僕は、思わず上擦った声を上げてしまった。

「それはつまり――」

「機械的トリック！」

ダーク探偵は、ズバリと断言する。

「鷹地を連れてきたのも、そのためだ。どういう仕掛けだったかということはなんとなくわかるんだが、具体的な動かし方まではわからんのでな」

そう言って、探偵は、鷹地勝彦を睨んだ。

「さあ、どうやって動かす」

鷹地は、菊畑の脇に埋められているマンホールのような蓋を指差した。火炎太鼓の橋を動かすスイッチが入っていたのと同じようなものである。

「あそこには菊畑に水を撒く散水器の操作盤があるんだが、実は二重構造になっていて、中に別のスイッチが取り付けてある」

鷹地は、そこへ近付いていき、ポケットから鍵を取り出した。二つ目の蓋を開ける鍵だという。屈み込んで蓋を開け、操作盤の中をいじり始める。そして、立ち上がり、

「あれを見ろ」

と、菊のオブジェを指差した。

「おおっ」

という声がいくつも上がった。僕も、同じだ。目を見張って、菊のオブジェを見つめる。

そこでは、信じ難いことが起こっていた。オブジェの花の部分が動いているのである。巨大な菊の花は、真横へ、こちらから見て左の方に動いていた。その先には、《月琴堂》の窓がある。

《月琴堂》と菊のオブジェの間は、およそ三メートル。遊園地にあるコーヒーカップの遊具ほどの大きさを持つ花の部分は、それと同じくらいの太さの柱の上に載っているのだが、菊と柱の境界から、マジックハンドのような機械が伸びてきて、滑るように動いていた。やがて、窓のすぐ側——ほとんどくっ付くような位置にまで達する。

オブジェは、そこで止まった。

「なるほど。あれだけ近付けば窓から移ることができる」

僕は、感心したように言った。

「そうだ」

と、鷹地も頷き、

「この後の操作は、あっちにいた方がいいんだが、私は、ここで説明を続けた方がいいだろう。ですから、誰か代わりの者を向こうへやってくれませんか」

最後は、天綬在正に頼んでいる。館の主は、寺崎を《月琴堂》へ行かせた。寺崎は、窓から姿を現わし、菊のオブジェに乗り移った。

菊の花の部分には、人間の身体が充分に入るくらいの空間があるようだ。その床といっていい部分に、次の操作をするスイッチがあるということで、鷹地の指示を受け、何かをいじっていると、オブジェが、また動き出した。元の位置に向かって戻り始めている。一旦は、柱の上で止まったのだが、再度動きを開始して、今度は、右側へ向かっていく。

その先には、勿論、琴のオブジェがあった。菊と琴の間も、同じく三メートルほど。菊のオブジェは、さっきと同じ距離だけを動き、琴のオブジェのすぐ側まで来て止まる。

寺崎は、菊から琴へと移動した。

そのまま琴のオブジェの左端に座る。琴のオブジェには、琴糸とか琴柱などの意匠が浮き彫りというか、突起のような状態で作られていて、ここでも、琴糸の間は、やはり人間が入れるほどの広さになっているという。そして、寺崎が座っている左端部分の床に、次の操作をするスイッチがあるらしい。

地上からの指示を受け、寺崎が、そのスイッチに触れたようである。今度は、琴のオブジェが動き出した。それも、横に動いているのではない。回転を始めている。琴のオブジェの長さは、およそ電車一両分。それだけのものを支えるため、琴の柱は、菊よりも太かった。その柱を軸として、寺崎の座っている左端の部分が、僕たちのいる方へ迫り出してくる。つまり反時計まわりに回転しているのだ。

遊歩道と並行していた最初の形が、遊歩道と直角に交わるような位置にまできたかと思うと、そのまま右側へまわり続けていく。そして、百八十度回転したところで止まった。琴のオブジェの左端にいた寺崎が、右端へきたことになった。

となれば、次は、斧のオブジェへ移ることになるのであろう。

しかし――。

琴のオブジェは回転しただけで、場所そのものはもとの位置にとどまっている。従って、斧のオブジェとの間に、なお三メートルほどの間隔が開いていた。

しかも――。

僕は、斧のオブジェを見上げた。斧のオブジェは、菊や琴よりも高いところにあるのだ。斧の刃の部分に人間が入れるような、あるいは、しがみ付くことができるようなものも見えない。このまま横へ移動しても、琴から斧へ移ることなど無理ではないか。

どうするのかと思っていたら、

「斧も予めここから操作しておくんだ」

そう言って、鷹地が、さっきの操作盤に触れた。

すると――。

「うわあ！」

「なんだ！」

菊のオブジェが動いた時よりも、さらに大きな声が、僕のまわりで上がった。勿論、僕も、それに負けないくらいの声を張り上げている。眼鏡に手を添え、じっと目も凝らしていた。

それほど凄まじい光景が展開されていたのだ。

斧のオブジェは、両刃の形になっているが、その刃の中央部分から縦に分かれ始めたのである。ちょうど刃が二つに裂けていく感じだ。それによって、分かれた刃は、左右それぞれの方向へ倒れていく。

僕たちは、遊歩道を先へ進み、斧のオブジェの真横にまで来た。

左側の刃は、琴のオブジェに向かい、右側の刃は、《火炎台地》の方へ向かって倒れていた。どちらの刃も、二つに分かれた背中側の部分が真っ直ぐになると止まった。ちょうど百八十度に開脚したような姿である。やや歪なTの字が展開されているといった方がいいかもしれない。

しかも、左側に倒れた刃は、その先端が、琴のオブジェのすぐ側まで来ているではないか。あれだと、充分に乗り移ることができる。事実、寺崎は、琴から斧へ移っていた。真っ直ぐになった刃の背の部分を歩いて、右側へと移動している。どうやら、その部分が通路になっているらしい。しかも、深い溝のような形になっているみたいで、寺崎の身体は、腰から上しか見えていなかった。

その様子を見ながら、

「でも、あれじゃあ、《火炎台地》へ行くことができないわ」

と、新里綾子が言った。

確かに、刃の右側は、まだ《火炎台地》に届いていなかった。五メートルほどある砂堀の手前までしか届いていない。

「いったいどうするんだ」

海藤武史も、訝しげな声を上げると、鷹地の指示を受けた寺崎が、また床の部分の何かを操作した。

すると、右端のところから、さらに棒のようなものが真っ直ぐ横へ伸びていくではないか。それは、ぐんぐん伸びて砂掘を越え、遂に《火炎台地》まで達したのである。

凄まじい機械的トリックであった。この館に機械仕掛けがあることは、自動で開く門や、《ルージエール伯爵の部屋》、火炎太鼓の橋などで見ているが、それらを遥かに凌駕する凄まじさだ。

「な、なんだ」

海藤は、呻いている。

僕も、改めて斧・琴・菊のオブジェを見た。菊は、花の部分が琴の真横にまで来て、そこから琴が続き、さらに二つに裂けた斧も続いて、《火炎台地》まで一本の長い橋ができている。それが、照明を受け、闇の中に浮かび上がっているのである。壮絶というか、幻想的というか、実にシュールな異形の光景であった。これこそ奇観というべきであろう。

「さあ、《火炎台地》へ行ってみよう」

ダーク探偵が言ったので、僕たちは、《火炎台地》へ上がった。斧のオブジェから伸びてきた棒のようなものは、《火炎台地》の左端に達していた。しかも、地面の上に着いているのではなく、少し高いところで止まっている。これなら、地面の上に痕跡を残すことはない。

それに、棒のようなものは、幅も深さも結構あった。棒というよりも、長くて大きい溝——あるいは樋のようなものというべきかもしれない。幅は、一人の人間が悠々と通れるくらいで、深さも、大人の腰ぐらいまである。

寺崎は、そこを通って、すでに地面の上へ降り立っていた。

「こんな方法で移動していたのか」

海藤が、また呻いている。

「どうだ」

と、ダーク探偵は、僕の方を見てきた。

「これなら空に浮かぶこともできるだろう。オブジェの橋からだと、森の木の上まで、およそ五、六メートルになる筈だ。だから、それくらいの長さの棒の先に、黒死卿の人形を付けて、橋を歩いていったのさ」

実際は人間が持つので、もう少し短くできたに違いない。それくらいならまだ操作もしやすかったであろうと、僕も思う。途中、空飛ぶ黒死卿が、こちらへ向かってきて、また遠ざかったように見えたのは、琴が回転している時だったに違いない。

「これで《火炎台地》まで来た方法はわかったけど、ここからどうやって戻っていったのかしら」

新里が、疑問を口にした。

「今のと逆に戻っていって、最後の菊から、《月琴堂》の中へ入ったとしても、あそこは中から鍵が掛かっていたんでしょう」

「わざわざ《月琴堂》の中へ戻る必要はないさ」

と、海藤が言った。

「菊のオブジェが窓へ近付いている途中なら、上の庇に手が掛けられるだろう。そこから、屋根の上へ上がることができる。この方法がちょっと危険なら、元の位置まで来た菊のオブジェの中に取り敢えず潜んでいて、天綬さんたちが《月琴堂》を出て、《双児洞》へ行った間に、オブジェを動かし、《月琴堂》の中へ入る方法もあるだろう」

　これに対し、ダーク探偵は、

「さあ、どうかな」

　と、疑問を呈した。

「他に方法があるんですか」

「俺が言いたいのは、もっと根本的なことだ。確かに、鷹地勝彦は、オブジェの仕掛けを知っていた。それは、今のことでわかった。だがな、果たして実際にオブジェの橋を渡ったのが、鷹地だったのかどうか、俺は、そのことに疑問を呈したんだ」

「ど、どういうことです」

「もし鷹地がオブジェの仕掛けを使って《双児洞》まで行ったのなら、どうしてその時に本間の首を切っておかなかったんだ。最初から首を切って、首なし死体を見せた方が、インパクトもあったじゃないか」

「正史の作品には、首がなかったりして顔のわからない死体が結構出てくるものね」

　新里綾子も、首を傾げている。

「それなのに、なぜ後で出直してくるという不自然なことをした」

「忘れてたってことは――ないわね」

「しかも、この首切りに関しては、他にもおかしなことがある。なぜ本間の首だけを切り、狩瀬の首を切らなかったのか。本間の首は、密室トリックを暗示するものとして水車に晒し、狩瀬の首は、獄門岩に置いてもよかったんじゃないか。《双児洞》でも、本間の死体は鎧の中へ入れ、狩瀬は池の中に置くなど、『八つ墓村』の場面に似せていたのだ。獄門岩にも首を置いて、『首』と同じ場面を作ってみたいという誘惑が当然あった筈だ」

「――」

「それほど難しいことではないだろう。獄門岩も、水車小屋の近くにある。最初の事件で十人以上もの人間を地下室まで運んだことを思えば、遥かに簡単なことで、狩瀬の首に戦闘帽とマフラーを付けておけば、『本陣』と『犬神家』に絡ませた伏線を分けて示すこともできるだろう。こちらの方が、それぞれの印象をより強くすることにならないか。便箋にも水車小屋と獄門岩へ行けと書いておけばすむことだ」

「それは、そうねえ」

「そこで、俺は、なぜ獄門岩を使わなかったのかということを考え、同じような疑問が麗火さんの事件にもあったことを思い出した。土蔵の窓に掛かっていた梯子だ。黒死卿は、あの梯子を使わなかった」

そうだ。足跡がなかった。

「土蔵を出た後、どうして梯子を昇り、窓から中の様子を確かめなかったんだろう。『悪霊』に挑んだ密室じゃないか。窓から中を見させることが、欠くことのできない重要な要素なのはわかりきっている。それなら、自分の目でも確かめておきたいと思うのが、当然ではないか。あの窓から見える麗火さんの姿に惹き付けられないわけがないのだ。しかし、黒死卿は、それをしなかった」

「なんだか、黒死卿って、あたしと一緒みたい」

新里が、ぽつりと呟き、海藤が、

「どういうこと」

と聞き返していた。

「黒死卿は、あたしと一緒で高いところが苦手みたいと言いたいのよ」

「えっ」

僕は、戸惑ったが、ダーク探偵は、満足げに頷いている。

「ほう、いいところに気が付いたじゃないか。俺も、そのことに思い至ってな。すると、三神君から聞いた二年前の出来事にも、これとよく似た光景があったのを思い出した」

僕も、気付いていた。

二年前の幻遊城で、鷹地勝彦は、二人の若者を連れて《白鳥と人魚の間》に来ていたが、その後、彼らは二階へ上がっていった。その時、鷹地だけは、エレベーターを使っていたではないか。

ダーク探偵が、そのことを話すと、

「確かにおかしい」

と、海藤も言った。

「あの白階段には、踊り場からしか見ることができないオーロラビジョンがあって、マニアの人たちはそれを見るのも楽しみにしている。鷹地さんなら、何度も幻遊城へ来ているから飽きてしまったんだろうか」

「しかし、あの時、三神君は、階段で上がっていく天綬夫妻の姿をチラッと見ているではないか。つまり、鷹地に劣らず何度も来ている天綬夫妻でさえ階段を使っているのに、鷹地は、そうしなかったということになる」

　そうだ。僕は確かに見ていた。

「まあ、幻遊城の話だけなら、たまたまエレベーターを使っただけだと受け取ることもできるだろうが、土蔵の梯子や獄門岩のことまで重なると、単なる偶然とは考えられないな。しかも、ここでは、探偵を欺くような偽の手掛かりなど提示する筈がない。フェアプレイの精神に則っているんだ。黒死卿——即ち鷹地勝彦は、高所恐怖症だったと見るべきではないか。そう考えれば、首が後から切られた件も、しっくりと来るだろう」

「——」

「鷹地は、オブジェの橋を渡らなかった。いや、渡れなかったんだ。だから、天綬さんたちが引き上げた後に、火炎太鼓の橋を渡って《双児洞》へ行き、首を切った。凶器は、要蔵の扮装で腰に差していた日本刀だったんだろう」

「それじゃあ、オブジェの橋を渡って、本間さんと狩瀬さんの死体を《双児洞》まで運んだのは誰なの」

　新里綾子は、困惑を露にしている。それは、海藤も顕も同じだ。勿論、僕もそうである。

「まさか鷹地さんの他にも登場人物がいるの」

「そうか。ここで、以前、鷹地さんと一緒にいた二人の若者の出番になるわけか」

そう言ったのは、海藤である。

しかし、ダーク探偵は、あっさりと否定した。

「いや、違うな。今もって、名前さえ出てこない人間が犯人では、これもフェアプレイの精神に反する。オブジェの橋を渡った人間は、この中にいる」

「この中！」

海藤が、新里と顕を見た。

「あたしたちのわけがないでしょう。あたしたちは、広間で監禁されていたじゃない」

「そうなると、共犯者は、《月琴堂》へ行った三人のうちの誰かということに――」

海藤は、僕を睨み付けてきた。

「それならやっぱりあなたですね。あなたは、眠らされていたけど、他の人たちとは違って、手錠を掛けられたり、椅子とかベッドに括り付けられたりしていなかった。あなたなら、自由に動けた筈です。あなたの湯呑みにだけ薬なんか入ってなくて、天綬さんと秦野さんが眠ったのを確かめてから、本間さんと狩瀬さんの死体を運び、《月琴堂》に戻って眠らされたふりをしていたんでしょう。幻とはいえ、鷹地さんもミステリー作家だ。同じ作家同士、どこかで知り合っていてもおかしくはない」

「あのねえ――」

僕が弁解しようとすると、ダーク探偵が笑った。

「ははは。ワトソン役共犯者説は、天綬さんがとっくに否定していたではないか」

「それじゃあどうなるんです。三神さんを除くと、天綬さんと秦野さんしか残らないでしょう。すると、秦野さんですか。天綬さんは片手ですから、死体を運ぶことができませんよね」

海藤が、今度は信じ難いというような目で、執事を見ている。執事は、無反応であった。

「でも、手錠とロープでベッドの脚に括り付けられていた秦野さんが、どうやって動けたんですか」

答えたのは、新里である。

「鷹地さんに外してもらったんじゃないの」

「確かに外してもらうことはできる。しかし、戻ってからはどうする。もし鷹地さんがまた手錠を掛けてやったとしても、その後、《月琴堂》からどうやって出ていくんだ。窓から菊のオブジェには移れないんだろう。もし秦野さんが、なんとか自分で手錠を掛けたとしてもだよ、鍵はテーブルの上にあったんだ。秦野さんには、そこへ鍵を戻しておくことができない」

「あっ、そうか。じゃあ、ベッドを持ち上げて、ロープをすっぽり抜いたとか――」

「なるほど。その手があるか」

ダーク探偵は、そうしたやり取りを楽しげに眺めてから、徐に言った。

「では、動けた証拠を今から見にいくとするか」

僕たちは、《月琴堂》へ行った。僕は、二人の手錠を外しただけなので、寝台の脚には、ロープと手錠がまだつながった状態で残っている。

「まず持ち上げてみろ」

ダーク探偵に言われて、海藤が挑戦したが、寝台はビクとも動かなかった。僕もやってみると、相当に重い。手錠を掛けられた姿では絶対に無理だ。

「わかったか」

ダーク探偵は、満足そうに笑ってから、寝台の脚を撫でまわし、

「ここを触ってみろ」

と、海藤に言った。海藤は、言われた通りにして、

「これは――」

と、目を剝いている。

僕も、同じことをしてみた。寝台の脚の上下二ヵ所に切れ目のようなものが感じられた。

「ここを君たちで引っ張ってくれないか」

僕が脚を押さえ、海藤が顔を真っ赤にしながら引っ張ると、しばらくして、その部分が外れた。それでも、寝台は傾くことなく元の姿勢を保っている。

「脚がこの部分で切られていたんだよ。だから、鍵を使って手錠を外す必要などなかった。脚ごと外し、《双児洞》から戻ってくると、外れたところを接着剤で貼り付けたんだ。君は、なかなかいいところを突いていたんだ。ただ惜しいかな、使われた場所が違っていた」

ダーク探偵は、先日海藤が披露した推理のことを指摘していた。土蔵の閂を貼り付けていたという推理だ。

海藤は、それよりも別のことに驚愕していた。

「でも、これって違うじゃないですか」

と、叫び出しそうになっている。僕も、そうしたい気分であった。

なぜなら、外れた寝台の脚には、手錠が掛けられていたのである。両手を後ろ手にして手錠を掛けられた秦野は、手錠にロープが結ばれ、それが寝台につながっていた。つまり、そこにいた人間は、手が片方しかなかったため、手錠の片方が空いていたのだ。

僕は、その人物を見つめた。海藤も新里も顕も、茫然とした表情で同じ人物を見ている。

視線の先にいたのは、他でもない。

この館の主――天綬在正であった。

2

天綬在正は、まわりの注視を浴びながらも、静かに立っていた。

その影響を受けたのか、僕たちも、しばらくは沈黙していた。どう言葉を続けたらいいのかがわからなかったのだ。

沈黙を破ったのは、やはりダーク探偵であった。

「《月琴堂》で三人が薬を飲まされた時のことを聞き、なんだかおかしいと思わなかったか。最初の事件で正餐室へ現われた黒死卿は、三神君に命じて全員のコップへ薬を入れさせただろう。あれでは、三神君が共犯でない限り、睡眠薬とそうでないものを意図的に分けることができない。しかし、今度の場合はどうだ。黒死卿が自分で湯吞みを差し出し、飲ませているではないか。薬入りのものとそうでないものを、黒死卿自身の手で分けることができた」

「――」

「三神君は、自分が黒死卿の仲間でないことを一番よくわかっているから、正餐室では全員が薬を飲まされたと信じている。俺たちの中に黒死卿の仲間はいないと思い込まされていた。二度目は、それを逆手にとったんだ。《月琴堂》での細工を見抜かれ難くするために、正餐室では三神君に薬を入れさせるといった手の込んだことをしたんだろう。つまり《月琴堂》では、少なくとも天綬氏の湯吞みに薬は入っていなかったのだ」

次に口を開いたのは、海藤武史である。

「さっきも言いましたが、片手しか使えない天綬さんに、どうやって二人の死体を運ぶことができるんです」

まだ納得できないらしい。僕も同じだ。

天綬の右袖は、窓から吹き込む夜風を受けて、ヒラヒラと揺れている。

ダーク探偵は、繃帯顔の奥から鋭い目を向けてきた。

「運ぶ必要などない。本間と狩瀬を《双児洞》まで連れて行けばいいんだ。これなら、片手でもできるだろう」

「それじゃあ、二人はまだ死んでいなかったと――」

僕は、呻くように口を挟んだ。

「そう考えることも充分に可能だろう。なにしろお前は、二人が殺されるところも、殺された後の死体も見ていない。銃声を聞いただけだ」

「でも、黒死卿の衣装には、血のようなものが付いて、血の臭いもしてました。これは、物置も同じです。あそこで殺人が行われた痕跡を、あなたもしっかりと見たじゃないですか」

「《大暗幕》の土蔵を忘れたか。あそこには、贋の血や肉片があったようだと言っただろう。あの物置も同じなのさ。《大暗幕》に贋物があったのは、二度目の事件での工作をごまかす意図があったんだろう。しかるべき機関で詳しく調べればはっきりとわかるだろうが、物置の方は、おそらく全部贋物だったんじゃないか。臭いもそうだ。銃声の後、黒死卿が戻ってくるまでに少し時間が掛かっていたのは、こうした工作を三人でしていたんだ」

「――」

「それに、お前は、《双児洞》で死体を見た時、おかしいと思わなかったか。黒死卿は、猟銃を持っていたんだぞ。それで顔を撃たれたら、顔がもう少しグチャグチャになっていた筈だ。背中を撃たれた時も、もっと大きな穴が開いていただろう。あれは、猟銃で撃たれたものではない。それよりも小さい、拳銃で撃ったものだ」

「そういえば、そうですね」

と、海藤が頷いている。

「僕たちは、水車での晒し首を見たせいで、その衝撃ばかりが印象に残ってしまいましたが、もし本間さんが猟銃で顔を撃たれていたのなら、ちょっときれい過ぎた感じがします。狩瀬さんの背中は、余りしっかりと見なかったのですが――」

　ダーク探偵が、悠然と説明を続ける。

「天綬氏が、今度の事件の前に義手を外したのも、自分が片手であることを強調して、手錠の取り外しや、死体の運搬などができないように思わせたんだ。寝台の脚に天綬氏の手錠の片方をはめたのは三神君だが、それだけでは、脚が外れるかどうかなんてわからないだろう」

「――」

「執事が本物の薬を飲んだのか、彼もそのふりをしていたのかについては、今のところわからん。寝台の脚が外れて天綬氏が自由に動けることとなれば、執事の手錠も外してやり、その後の行動を共にすることもできるが、取り敢えず今は考えないことにしておこう。とにかくお前が眠らされた後、鷹地は、《月琴堂》から出ていき、代わりに本間と狩瀬が入ってきたんだ。そして、天綬氏と三人でオブジェの橋を渡り、《双児洞》へ行った。オブジェの操作には、菊畑の脇から鷹地も協力していたんだろう」

　これなら、死体を袋に入れる必要などない。血が落ちてなかったのは、生きている本人が自分で移動していたからだ。

「それからどういう順番なのかはわからないが、《小竹様の腰掛》で本間の頭を正面から撃って殺し、《小梅様の淵》では、狩瀬を背後から撃って殺した。拳銃なら、天綬氏の服のポケットに隠すことができたろうし、予め《双児洞》の中に隠しておいたということも考えられる。それに、消音器を付けていれば、銃声を聞かれなくてすむだろう」

「――」

「また片手では本間に鎧を着せ、龕の上に座らせることもできないから、あれは、本間自身が着て、あそこへ座ったんだろうな。執事を同行させていれば、本間と狩瀬を同じ場所で殺し、一人だけ別の洞窟へ運んで、本間に鎧を着せたり、龕に座らせることもできた筈だ。いずれにせよ、本間と狩瀬は《双児洞》で殺され、その後、天綬氏は《月琴堂》へ戻って、寝台の脚を接着剤でくっ付け、動けなかったふりをしたんだ。《月琴堂》に中から鍵を掛けたのは、《双児洞》へ行く前か、戻ってからか、まあどちらでもいいだろう」

「――」

「しかし、執事はおそらく同行していなかっただろうと、俺は思っている。執事が同行していれば、二人を殺した直後に首を切ることができた筈だ。それで、首と切断に使った凶器は、砂堀越しに《火炎台地》の外へ投げ、鷹地に受け取らせる。そうすれば、二度手間を掛けるような不自然なことをしないですんだのに、それをしなかった」

　この時、天綬在正が、ようやく口を開いた。

「ええ。《双児洞》へ行ったのは私だけです」

　じっと立ち尽くしている姿と同じように、その声も、平静そのものであった。

「秦野は、本当に薬を飲み、眠っていました」

「じゃあ、やっぱり天綬さんが、本間さんと狩瀬さんを殺したの」

　新里が、目を一杯に見開いて、口を覆っている。

「そうです」

館の主の口調は、どこまでも穏やかであった。

「もう一昨日の夜になりますが、私は、本間さんと狩瀬さんを部屋に呼び、《双児洞》で黒死卿と対決することになったので、一緒に行って麗火の仇を取らないかと誘ったのです。ダーク探偵を呼んだとはいえ、麗火が殺されたとなれば状況は変わります。もう探偵には頼らず、自分たちで決着を付けようと持ち掛けたのですよ」

「――」

「黒死卿が、この館に詳しい私の知人の中にいることは明らかです。それで私がいち早く正体を見抜き、独自に交渉したのだというように話しました。私は、この通り身体が不自由ですから、一人では心細く、二人に協力を求めたのだと言いました。二人は、麗火に近付こうとしたことで、私から注意を受けていましたが、そのことは、二人の麗火への執着が、それだけ強いことを表わしています。その妄執を逆手に取り、麗火の仇を取る気もないほどの冷めた執着だったのなら見損なった、あの世の麗火も、やっぱりあの二人はダメだったでしょうと笑っているに違いないと煽ってやったら、そんなことはないと意気込んで同意しました」

おそらく、僕の部屋へ狩瀬がやって来た後ではないかと思った。あの時、狩瀬は、秦野と郷田に連れ去られて、天綬のところへ行ったに違いない。秦野と郷田が来たのも、主の命を受けて本間と狩瀬を呼びに来たのであろう。

「またあの二人は、次の犠牲者が自分かもしれないと脅え、真相を明らかにできない探偵に不満も募らせていました。そのことも、彼らの背中を押したようです。しかし、黒死卿は拳銃やダンビラを持っていますので、二人とも、それを恐がっていました」

「狩瀬さん、正餐室では腰を抜かしていたもんね」

と、新里が言う。

「そこで、私も拳銃を見せました。一丁ではなく三丁も見せて、これを三人が持ち、待ち伏せしてやっつけてしまおうと提案したのです。私は、彼らも知らなかったオブジェの仕掛けを打ち明け、これで火炎太鼓の橋を架けずに《双児洞》へ先まわりをすれば、黒死卿は、私たちが待ち伏せしていると は思わずにやって来る。そして、私が待ち合わせの場所である《小竹様の腰掛》にいて、本間さんは鎧武者の中に隠れ、狩瀬さんは、《小梅様の淵》に潜んで背後から忍び寄り、私が黒死卿と対峙している隙をついて、銃を撃つという作戦を話したのです。そのうえ、鷹地先生も、銃を持って加わると言いました。彼らも、鷹地先生とは面識があります」

狩瀬は、鷹地勝彦と知り合ったのがここへ来るきっかけになったと、晩餐会で紹介された時に聞いた。一方、本間も、編集者をしていたのだから、その時に鷹地を知っていてもおかしくはない。

「二人は、これならいけると喜んでいました」

「リスクが少なくなると、強気になるんだよな」

「あの二人らしいよ」

海藤と顕が、口を挟む。

「二人が猟銃に撃たれて殺されたように見せかけたのはなぜです」

と、僕は尋ねた。

天綬在正は、こんなことを言った。

「ダーク探偵と三神先生をからかうためですよ」

「えっ」

「本間さんと狩瀬さんには、私たち三人だけが《双児洞》へ行きやすいように、鷹地さんが偽の黒死卿として現われることも話しました。そこで、一緒に連れ出す三神先生には、二人が殺されたように思わせて恐がらせ、ダーク探偵には、密室となった《双児洞》で私の知人が殺されているという状況を見せて悩ませることを提案したのです。《双児洞》で死んでいるのは黒死卿なのですが、そうとは知らず、黒死卿の第二の事件だと思っているダーク探偵に解決などできるわけがありません。それでスゴスゴと退散していくのを大笑いしてやろうというわけです。一方、三神先生の場合は、殺されたと思い込んでいた二人が、実は芝居だったと出てきて、これも笑ってやろうとしたのです」

前日まで脅えていた本間と狩瀬が、急に元気になり、挑戦的な姿勢を探偵と僕にとっていたのは、そういう理由からだったのか。

「本間さんが明日になれば土蔵の密室がわかると言っていたのは――」

これは、海藤の質問だ。

「黒死卿を殺す前に、その口からトリックを聞き出すことにしていたのです」

「なんだ、そんなことか。自分で考える気なんてなかったんじゃねえか」

「二人は、鷹地先生を偽の黒死卿と信じ、物置では、悲鳴を上げ、事後の工作にも協力してくれました。そして、鷹地先生が三神先生と秦野を眠らせた後で、《月琴堂》へ入ってきたのです。それから、三人でオブジェの橋を渡り、これには、菊畑の脇で、鷹地先生も協力しました。《双児洞》に行くと、本間さんは、自分で鎧武者の中に入り、龕に上がって、そこへ座ったのです」

「――」

「二人を殺すのは、簡単なことでした。まず狩瀬さんを《小梅様の淵》へ連れて行った時にいきなり後ろから撃ち、《小竹様の腰掛》に戻ると、何気ないふうを装って本間さんに近付き、顔に向かって撃ちました。拳銃を見せながら近付いても、本間さんは全く怪しまなかったのです。どちらも片手で充分でした。三丁の拳銃は、二人を殺した後、砂堀の外へ向かって投げ、鷹地先生に始末してもらいました。手錠の鍵を入れた袋については、鷹地先生から《月琴堂》で受け取り、《双児洞》まで持っていったのです」

「そうか。そうだったのか」

と、海藤が唸っている。

「天綬さんは、この館の主なんだ。邸内にあれだけ大掛かりな仕掛けがあるのを、天綬さんが知らないわけはない。オブジェのトリックが明らかになった時点で気付くべきだった」

すると、天綬在正が、開け放たれたままの窓のところへ歩いていき、外を眺めた。

煌々と照明を浴びながら、《火炎台地》に向かって伸びた一本の橋が見えている。斧・琴・菊のオブジェは、異形のメタモルフォーゼを遂げた状態のままで止まっていた。

天綬在正は、夜空に浮かび上がるその奇観を指差しながら、こちらへ振り返った。

「三つのオブジェが、どうしてあのような動き方をするのかわかりますか」

そして、返事を待つことなく自分で話し続ける。

「『犬神家』における菊の殺人は、いうまでもなく佐武の首が菊人形の首とすげ替えられます。首だけが移動するわけです。それで、オブジェの花を首にたとえ、花だけを動かしているのですよ。菊の殺人では、佐智の首に琴糸が巻き付いています。首のまわりに琴糸が巻き付けられた状態を、回転することで表現しているわけです」

なるほど、それぞれの殺人方法に擬えていたわけか。そうであれば、最後の斧は、聞かなくてもわかる。斧の殺人では、凍り付いた湖面から、二本の足が逆八の字になって突き出ていた。あれに近い状態を再現しようとしたのであろう。八の字にせず、百八十度開脚したような形になったのは、あくまでもあそこを橋として渡るための利便性を優先したからに違いない。

事実、天綬在正は、僕が想像した通りのことを話していた。しかも、最後には、

「如何です。素晴らしい仕掛けだと思いませんか」

とまで付け加えている。いかにも得意げで、明らかに自慢している口振りではないか。まわりの者たちは、ダーク探偵と鷹地を除いて、みな唖然としていた。僕も、その中の一人であった。

しかし、僕の頭の中では、彼が本間と狩瀬を殺したという事実よりも、もっと恐ろしいことが、はっきりとした形となって浮かび上がってきた。

黒死卿は、こんなことを便箋に書いていた。

三人を殺したのは同一人物だと。

この三人が、本間と狩瀬、それに麗火のことを指しているのは歴然としている。そして、黒死卿は、これまでフェアプレイの精神を重んじていた筈だ。

つまり、つまり——。

このままだと、麗火を殺したのも、天綬在正だということになるではないか。そんなことがあり得るのか。しかし、麗火殺しが鷹地の犯行では同一人物にならない。すると、あの便箋は叙述トリックなのか。まさか、以前に亡くなった天綬在正の前妻を三人の中に含めているのではあるまい。ミステリー的にはありそうな趣向だが、この場合にはそぐわないであろう。

僕が煩悶していると、同じことに、美少年の顕も気付いたようである。

「えっ、それじゃあ」

と、白い顔がさらに蒼白になっている。

「もしかして、麗火さんを殺したのも天綬さん？」

「えっ、えっ、どうして——、どうしてそんなことになるの」

よくわかっていない新里に、海藤が、便箋のことを教えていた。

「そんなあ、ウソでしょう。天綬さんは眠らされていたのよ。三神さんが協力しない限り、薬をごまかすことなんてできないわ。それでどうやって、麗火さんを殺せるの。天綬さんたちが《大暗幕》の土蔵へ行った時、麗火さんは、もう手足を切断されて殺されていたんでしょう」

新里は、最後のところで僕を見つめてきた。

「そうです」

と、僕も頷く。

「だったら無理。麗火さんを殺したのは他の人よ。鷹地さんでしょう」

その考えが矛盾することも、海藤が教えてやっている。

「じゃあ、いったいどういうことになるのよ」

新里が、イヤイヤをするように頭を振っていた。館の主は、まだ窓の外を見ている。僕たちは、自然とダーク探偵の方へ顔を向けた。

しばらくおとなしかった探偵は、

「ごっほぉん」

と、わざとらしい咳をしてみせる。そして、重々しい声で告げた。

「残念だが、麗火さんを殺したのも天綬氏だ。いや、麗火さんを殺すことは、天綬氏にしかできなかった」

「だから、どうやったんですか」

新里が詰め寄ったが、ダーク探偵は、これに直接答えなかった。

「その話は西館でしよう。ここですることはもうないからな。西館でお互い心を落ち着けてから、話をした方がいい」

そう言ってきたのである。

「探偵って、どうしていつも焦らすのかしら」

新里は、むくれている。

すると、ダーク探偵は、繃帯を巻いた顔の奥から新里を睨み付け、

「では、事件の要点だけを教えておいてやろう」

と言った。

「それは芋虫だ」

3

僕たちは、西館へ戻ってきた。

黒死卿こと鷹地勝彦を広間で待っていた時には、非常灯しか点されておらず、館全体が暗く沈んでいたが、戻ってみると、廊下が明々と照らされていて、鷹地が取り押さえられた現場にはいなかった二人のメイドが出迎えてくれた。

西館に入ると、天綬在正が、まず広間へ行きたいと申し出た。これに対し、何かを言う者はおらず、僕たちは、広間まで行った。その途中、大階段の前を通ることになる。そこで、僕は、ふと気付いた。ここへ来た時、大階段の踊り場の壁には、幻城戯賀の絵が――『悪魔の手毬唄』の文子の死体を描いたものが掛かっていた。ところが、その横に別の絵が掛けられていたのだ。

乱歩の『パノラマ島奇談』であった。湯の中に、一人の男と裸女たちが入っている。黒雲に覆われている空では花火が煌めき、そこから赤い飛沫が地上に降り注いでいた。それによって、湯も、そこ

に入っている人々の身体も赤く染まり、男の目の前には、無残な切り口を見せた人間の手首が浮かんでいる。

これは、主人公の夢が破綻を来し、自らが花火となって、その肉体を飛散させる最後の場面に他ならない。

昨夜から今夜にかけて、何度も広間へ行き、その度にこの前を通っているが、いつから掛かっていたのか、全く気付いていなかった。もしかしたら、ついさっきのことかもしれないと思いながら、それ以上気に掛けることなく、僕は、他の者たちと一緒に広間へ入った。

天綬在正は、麗火の棺の前でしばらくじっと立ち尽くしていた。これからたいへんなことが暴かれようとしている。そのことを、麗火に報告しているような感じである。

それから僕たちは、右翼棟にあるサロンへ入った。いくつも置かれた応接セットのひとつに腰を下ろす。

ダーク探偵が、明らかに主人用と思われる一人掛けのソファに、さも当然のごとくどっかと腰を下ろし、天綬在正と向き合った。僕は、探偵の隣に座り、天綬の左右には、鷹地と成海がいる。海藤・新里・一条の三人は、空いている席へランダムに座り、天綬の背後には、執事の秦野が立って、二人のメイドが、飲み物を各人の前に置いた。酒の類はなく、珈琲か紅茶・ジュースなどだ。そして、使用人たちも、執事の後ろに並ぶ。

しばらく飲み物を口にして、いくらか落ち着いたところで、

「さっき、芋虫って言いましたよね」

と、海藤武史が突っ込んでくる。

「芋虫って、乱歩の小説のことですか」

「そうだ。内容は知っているか」

「戦争で手足を失い、口も利けず、耳も聞こえなくなった男が帰ってきて、妻と暮らす話ですよね」

「手足を失っていることが、麗火さんの最後の姿と共通しているだろう」

「確かに共通していますが、手足を失う原因が全然違いますし、それに『芋虫』の人物は、その姿で生きて――」

海藤は、そこで言葉を詰まらせてしまった。

「えー！」

僕も、大きな声を上げていた。

「麗火さんが、麗火さんが、あの姿で生きていたというんですか」

ダーク探偵は、繃帯の奥からまた鋭い眼差しを向けてきた。

「お前が窓から覗いた時、麗火さんはまだ生きていた。死んだふりをしていただけだ」

それから、三人の取り巻きへ視線を移す。

「麗火さんは、一年余り前から人前へ姿を見せなくなったと聞いている。幻遊城へ行くこともなくなったし、同じ敷地の中にいる君たちとも、滅多に会わなかった。しかも、君たちは、長い間麗火さんと食事もしていなければ、たまに会うといえば、ベッドにいる時ばかりだったと言っていたな」

最初の夜の晩餐会だ。そうしたことを確かに言っていた。

「つまり君たちは、動いている麗火さんを長い間見ていない。そうではないかね」

海藤は、新里と顔を見合わせてから、

「そうですね」

と頷いた。

「どうかね」

ダーク探偵は、顕の方にも顔を向けた。顕は、少しビクッとしたようであったが、それでも、微かに頷いている。

顔色がますます蒼白になっていた美少年は、表情もすっかり強張っていた。それだけ衝撃が大きかったようだ。大丈夫かなと、僕は、心配になった。

しかし、幽霊男の探偵は、別に気にする様子も見せず、言葉を続けた。

「おそらくその頃から手足を失っていたんだろう。中央の大階段近くにエレベーターを作ったのも、天綬氏の老後用ではなく、手足のない麗火さんのためだったんだろうな」

「一年以上も前から――」

と、海藤が驚いている。

僕も、信じられなかった。信じられるわけがない。それと全く矛盾する場面を、目の当たりにしているからだ。しかも、その場には、ダーク探偵も一緒にいたではないか。

新里綾子も、そのことを指摘した。

「だって、ダーク探偵と三神さんは、ここへ来た時、麗火さんと会っているんでしょう。しかも、麗火さんはバルコニーに立ち、手を振っていたんじゃなかったの。手も足もしっかりあったのよ」

ダーク探偵は、さらりと言ってのけた。

「義手と義足があれば、それくらいのこともできるだろう」

「義手と――」

「義足だって！」

新里に続いて、僕も声を上げる。

「現に天綬氏は義手をしていた。別に驚くようなことではなかろう。あの時、麗火さんは、義手と義足を付けて、バルコニーに立ち、手を振っていたんだ。麗火さんは、着物を着ていただろう。その着物が、義手と義足をうまく隠していた。しかも、麗火さんの背後には、成海女史が立っていた。おそらく成海女史が、着物の袂から手を入れて、麗火さんの義手を動かしていたのではないか。もしかしたら、着物の袂から義手を動かす装置が出ていたのかもしれんし、義足も立ち続けていられるような補助具が付いていたのではないかな」

僕は、成海塔子の方を見たが、女医は、眼鏡にちょっと手をやっただけで、いつも通りのクールな表情を保っている。隣にいる天綬在正も、特に反応を示していない。

しかし、僕は、

「いや、違う」

と、首を振っていた。

「正餐室で目を覚ました時、黒死卿――いや、鷹地さんは、僕に切断された腕を見せて、触らせました。それには、まだほんのりと温もりが残っていたし、腕も生々しかった。一年近くも前に切断されていたのなら、そんなことはあり得ないでしょう。もう腐って骨になっていなければならない。まさか、やっぱり人形だったなんて言い出すんじゃないでしょうね」

あれは、確かに本物であった。といって、あのためだけに誰か別人の腕を切り取って用意していたとは考えられない。細っそりとして滑らかな肌は、今から思えば麗火の肌に相応しかったような気がする。僕は、麗火の肌に触れていたのだ。

決定的な反証ではないかと思ったが、ダーク探偵の自信は、全く揺るがなかった。

「俺たちが閉じ込められた地下には、冷凍庫もあったと聞いていなかったか」

「あっ」

僕は、思い出していた。

地下室に閉じ込められていた人々を助け出した時、新里は、スナック菓子を食べていた。その時、地下室に食糧倉庫があること、そして、同じ地下には冷凍庫も備わっていることを確かに聞いたのである。

「冷凍庫の中で保存しておいたんだろう。それを取り出し、解凍して少しだけ温めたんだ」

身体の一部を保存しておくのであるから、並の冷蔵庫ではなかったのであろう。

「さあ、密室の中にいた人間が生きていたことはわかってくれたか。そうなると、可能になるトリックも出てくるんじゃないか」

しかし、反応する者はなく、ダーク探偵は、得意げに説明を続けた。

「黒死卿となって正餐室に現われた鷹地は、俺たちに睡眠薬を飲ませて眠らせると、三神君と天綬氏・執事を除く人間を地下室まで運んだ。それから、手足のない麗火さんを《大暗幕》の土蔵まで連れて行ったんだ。服を脱がせたのが土蔵へ行く前だったか後かはわからないが、土蔵へ来た鷹地は、麗火さんを立たせるような格好にして、扉のすぐ内側に置き、外から扉を閉めた。その後、麗火さんは、自分で閂を掛け、二階にまで上がっていったんだ」

「自分でやるといっても、手足のない麗火さんが、どうやって閂を掛けるんです」

海藤は、戸惑っている。

「口でやるんだよ」

「えっ」

「口で閂棒を咥え、金具の中に通したんだ」

「階段は上がれるの」

と、これは新里だ。

「手足を切って一年以上――きちんとしたリハビリをしていれば難しくはない筈だ。乱歩の『芋虫』でも、手足のない人物が地面の上を動いていく場面が出てくるじゃないか」

「――」

「麗火さんは、手足の付け根から切断されていたのではなく、肘から上や腿の部分がいくらか残っていたのだからな。それを使えば、かなりのことができる。成海女史が、切断の執刀をしたのかどうかまではわからないが、リハビリの指導はしていたに違いない。成海女史は、術後のケアーとリハビリをするために、麗火さんの世話役になったんだろう。医者としても、そういう分野が専門だったのかもしれないな」

これに対し、新里は、まだまだ納得できないようであった。

「閂はそれでできるとしても、扉の錠前はどうなるの。錠前は、外側から掛けられ、鍵は麗火さんの身体の下にあったのよ。まさか、やっぱり合鍵だったというわけ」

「合鍵でしたでは、お粗末過ぎるだろう。麗火さんが死んでいる密室に相応しい筈がない」

「あの鍵は実際に使われ、それから麗火さんの身体の下に置かれたのね」

「そうだ」

「麗火さんを抱き起こした時に、天綬さんがこっそり落としたとでも――」

新里は、僕を睨んできた。

「いや、それはできなかった。天綬さんの片手は麗火さんを抱き起こすのにふさがっていましたし、鍵は、麗火さんの身体の下からはっきりと出てきたんです。僕は、それをしっかりと見ています」

「じゃあ、どうやって――」

新里の顔は、再びダーク探偵に向けられる。

「あの鍵には、糸が結ばれ、その糸は、予め二階の窓を通って麗火さんのところにまで届いていたんだ。鷹地が鍵で錠前を掛けた後、麗火さんは、口を使って糸を引き寄せ、鍵を手元まで持ってくると、やはり口で糸をほどき、自分の身体の下に置いたんだ。糸は、ほどきやすいようにしてあったんだろう。ここでも、君の推理は、いいセンまでいってたということだな」

　ダーク探偵に言われて、海藤が、少し憮然としていた。

「正史の密室を見て、こんなことが気にならなかったか。《双児洞》にあった鎧武者には、もともと人形が入っていたんだろう。しかし、事件の時にはなく、未だ見つかってはいない。それに対し、《大暗幕》の土蔵にあった人形は、扉の横に置かれていた。この違いはなんだ」

「――」

「人形にも何らかの意味、役割があったことを示したかったのではないか。つまり土蔵の人形は、何かに使われたんだ。なにしろ土蔵の窓は四メートル以上の高さにあり、土蔵の幅は五メートルもあった。そこを斜めに糸を伸ばしたとしても、窓から扉までは六メートル前後ぐらいの長さが必要だった筈だ。すると、引き寄せた時に扉付近では、鍵が地面を擦り、その痕跡が残ってしまう可能性がある。そこで、扉の近くに人形を置き、鍵が人形を擦って上へ引っ張られていくようにしたんだ。人形を運び出す際、乱暴に扱って瑕を付けたのは、鍵が擦れる時にできるかもしれない瑕をカモフラージュするためだ」

「でも、現場に糸なんかなかったんでしょう。三神さんが不審なものがなかったことは確認しているわよね。ひょっとして見落とし？」

　また新里に睨まれ、僕は、

「見落としていません」

　と否定する。

　結構長い糸だ。色で多少はカモフラージュできたとしても、見落とすことは考えられない。しかも、箪笥や長持ちの中には物が入れられなかったうえに、それらは重かったので、手足のない麗火が持ち上げて、下へ隠すこともできない。天綬が咄嗟に服の中へ入れることも、鍵の場合と同じ意味でやはり無理だ。

「だったら、隠すところがないわ」

新里の戸惑いは充分にわかる。しかし、探偵は、平然としていた。

「ひとつだけ隠し場所があるだろう」

「どこ？」

「麗火さんの身体の中だ」

「――」

「麗火さんは、糸を引き寄せた後、それを飲み込んで、自分のお腹の中に隠したんだよ。そして、鷹地は、土蔵を立ち去り、正餐室へ戻って三神君を起こし、腕を見せた」

そこから先は、わざわざ説明されるまでもなかった。

僕が、天綬在正や秦野と共に土蔵までやって来た時点で、麗火は、まだ生きていたのだ。そういえば、僕たちが土蔵へ向かいかけた時、天綬が軟らかな地面に足をとられて、大きな声を上げたことがあった。あれは、生きている麗火に対し、自分たちが来たことを知らせる意図があったのではないか。まあ、物音とか土蔵の前での会話が二階にも聞こえたと思われるが、それを前もって知らせ、麗火に死んでいる芝居の準備をさせたのであろう。

いずれにせよ、僕が梯子を昇って土蔵の中を覗き込んだ時、麗火は、死んだふりをしていただけであった。しかし、僕は、それを見抜けなかった。無理もないであろう。なにしろ麗火には、手足がなかった。半日ほど前には、手を振って笑顔を振りまいていた麗火を見ているだけに、その姿だけでたいへんな衝撃を受けてしまったのである。手足のない人間が生きている可能性を冷静になって考えろという方が無理な話であったといえる。

しかも、土蔵の中には血が飛び散り、血の臭いも漂っていた。麗火がまだ死んでいなかったのなら、それらは、贋の血と贋の血臭だったということになるが、麗火の衝撃的な姿と重なった相乗的な効果は計り知れないものがあった。それに何よりも、『悪霊』の見立てになっていたことが、その中にいる全裸の女性を死体であると疑わせなかった。

そのため、僕は、気分を悪くしてしまい、天綬在正は、秦野に命じて僕を西館へ帰らせ、一人だけで土蔵に残った。その後、麗火の夫は、土蔵に残されていたナイフを使って、妻を刺し殺したのであろう。

ダーク探偵の説明も、ちょうど同じところへ来ていた。

これに、海藤が質問している。

「三神さんが窓から覗いた時、麗火さんの手足には、生々しい傷口が見えていたんでしょう。一年近く前に切断していたなら、切断面はもう充分に治っている筈ですよね。それなのに、僕たちが土蔵へ来た時も、麗火さんの手足は明らかに切断されてから余り時間が経っていなかった。ダーク探偵も、死後の切断だと言っていた。あれはどういうわけですか」

「癒えた切断箇所の上から作り物の切断面を付けていたんだ。だから、麗火さんを殺した天綬氏は、この贋物を取り去り、麗火さんの手足を本当に切断した。もともとの切断箇所から少し上の辺りを、二階に組み立てておいたギロチンで切ったんだ。ギロチンを用意したのは、そうした微妙な切断を行うためと、片手しか使えない天綬氏でもできるようにするためだ」

僕は、ここでも思い出したことがあった。

海藤たちと共に土蔵へ戻ってきた時である。僕は、麗火の死体を見て、違和感を覚えた。あの時、僕は、麗火の手足を見て、何かおかしいと思ったのだ。僕は、最初に見た時と手足の長さが変わっていることに気付いたのである。しかし、それを確かめる前に、僕は、また気分を悪くしてしまって梯子から落ち、以後、そのことをすっかり忘れてしまった。

「取り去った作り物の切断面は、天綬氏が自分のポケットにでも隠したんだろう。足跡からして、天綬氏が土蔵から離れていないのは明らかだ。それに、切断面程度なら小さなものだし、上着の内側に普通のものよりも大きめのポケットを作らせて、そこに隠しておくこともできた」

「――」

「土蔵の前に黒死卿の衣装がもうひとつ落ちていたのは、麗火さんを殺し、手足を切る時の返り血を防ぐためだった。死後の切断だから、血の量も少ないとはいえ、衣装が前より汚れていれば、なにかと疑惑を招くだろう。土蔵の中に贋の血を大量に撒き散らして、土蔵を真っ赤にしていたのも、新たに血が飛び散ることで、三神君に、前との変化を気付かれないようにしたんだな。それと、麗火さんは扉に閂を掛けた後、自分で這っていったのだから、この時、贋の切断面から贋の血が床に付いてしまうだろう。それでトリックが見破られる恐れもあるので、あっちこっちに撒き散らしたわけだ。勿論、天綬氏と三神君で階段を上がる時に、その痕跡が乱されることも計算済みだ。なにしろ三神君には、現場の状況をしっかりと確認してもらわなければならなかったからな」

「――」

「これが、乱歩の密室の真相だ。そして、君たちの話の中でしか登場してこない鷹地勝彦が犯人であるよりも、天綬氏であった方が、麗火殺しの犯人は未知の人物ではないとした黒死卿の手紙にピッタリとくるんじゃないか。なにしろ天綬氏は、この館の主なんだ。これほど周知の人物はいないだろう。彼こそが、真の黒死卿だったんだよ」

そうか、麗火は手足を失っていたのか。麗火のどこが悪いのかと僕が聞いた時、天綬在正は、会えばわかると答えていた。確かに会えばわかったであろう。そういう意味では、天綬は、嘘をついていなかったことになる。

「そして、天綬氏の関与は、麗火さんの棺の左右に、『黒死館』と『女王蜂』の智子の絵が掛かっていたことからでも察することができるじゃないか。あの絵は、麗火さんとの関係が余りにも深過ぎる。まるで麗火さんの死を予想していたようだとは思わないかね。そんな絵を借りることができたのは、天綬氏が麗火さんの死を予期していたとしか考えられないだろう」

「でも、どうして天綬さんが、このような密室を作らなければならなかったんでしょう」

と、海藤が呻いた。

「そうよ、そうよ」

と、新里も応じる。

「天綬さんが、どうして麗火さんを殺さなければならないの。麗火さんは、どうして自分の手足を切ったうえで、密室を作ったりなんかしたの。ダーク探偵の話の通りだとすると、麗火さんは、天綬さんに殺されることまで覚悟していたんでしょう。なぜ、なぜなの――」

「しかも、それに鷹地さんや成海先生が協力していたなんて――」

後輩の悲痛な声に、先輩は、何の反応も示さなかった。成海女史も同じだ。天綬在正も、黙って目を閉じている。

僕も、言わずにいられなかった。

「おかしいのは、それだけじゃありません。手足のない麗火さんを、天綬さんと成海先生の二人だけで世話するのはちょっとたいへん過ぎるのではありませんか。ですから、他の人たちも協力していたと思うんです。秦野さんをはじめ、天綬さんに仕えている人たちは、知っていたに違いないんです。それなのに、誰も一言も言わなかった」

僕は、天綬の背後にいる秦野と使用人たちを見た。みんな真っ直ぐ前を見ていたが、やはり何の反応も示さない。

「すると、こういうことですか」

海藤が、喘ぐように口を挟んだ。

「今回の事件は、この館ぐるみで関わっていたと――」

「いったい、ここは何の館なの」

新里が、脅えたような表情をして、口に手を当てている。

　すると、ダーク探偵が、また自信満々に話を続けた。

「その答えを導くには、二年前の幻遊城であったことを思い起こしてもらわねばならん。黒死卿の便箋にも、それが麗火さんの密室を解く鍵だと書いてあっただろう」

「確かにそう書いてありましたけど、それは、鷹地さんが高所恐怖症だったとわからせるためじゃなかったんですか」

　と、僕は言った。

「そんなことを知らせるために二年前のことを持ち出したと思っているのか。鷹地がエレベーターに乗るところをうまく目撃するなんて、ちょっと偶然に頼り過ぎていると思わないか。しかも、鷹地がエレベーターに乗る時、天綬夫妻はもう二階へ上がっていたんだろう。君が見たところを、天綬夫妻自身は見てないじゃないか。それでどうやって知るんだ」

「後から鷹地さんに話を聞いたとか、もしかしたら幻遊城には監視カメラがあるっていう話なので、幻城戯賀か秘書の上偶さんに見せてもらったかも——」

「それでも、二年前のことを殊更強調する必要はないだろう。鷹地が高所恐怖症だという伏線は、今回の事件にも出してあるんだぞ」

「だったら、どういうことになるんですか」

「幻遊城で見たものとなれば、やはり幻城戯賀の作品になるんじゃないか。しかも、そのヒントは、俺のところへ来る前のお前の行動にある。幻遊城で原作不明の絵を見たと話してくれたな。他にも、白縫乙哉の絵があったんだろう」

「ええ、そうですけど、それが何か――」

「どうして、白縫乙哉の友人だったお前が行った日に、白縫乙哉の絵が展示してあったのか。それは、お前に見せたいからだったんじゃないのか」

「僕に――ですか」

「そう考えれば、他の絵のこともなんとなく合点がいくだろう。原作不明の絵があったのは、やはりお前にダーク探偵が実在していることを教えようとしていたものと考えられる。乱歩と正史の絵もそうだ。乱歩の絵では、裸体の女性がバラバラにされて殺されるところや、その死体が描かれていた。いかにも麗火さんの事件を暗示しているようではないか。正史の絵で、『女王蜂』から山百合を海に落とす智子が飾ってあったのは、二年前に白縫乙哉が麗火さんから山百合のコサージュをもらったことに由来していると思われる。そして、『犬神家』の珠世の絵は、やはりお前がもらった懐中時計のことを指している筈だ」

「えっ」

探偵に言われて、僕は、懐中時計が『犬神家』の小道具であったことに、ようやく気付いた。

「なんだ、気付いていなかったのか」

「はあ」

と、力のない返事をする。麗火が幻遊城の女王蜂と呼ばれていたことから、『女王蜂』の記述にばかり気を取られ、『犬神家の一族』にまで思いが及ばなかったのだ。

「まあ、いずれにせよ、これでわかるだろう。この日、《大谿谷の間》に展示してあったものの多くは、明らかにお前を意識している。お前に見せるために展示したものだということだ」

「じゃあ、あのメールも――」

「幻城がわざわざ送る筈もないから、秘書か、その指示を受けた部下が送ったんだろう」

「つまり幻城戯賀は、僕があなたのワトソン役に呼ばれることも、この館で麗火さんが殺されることも知っていたわけですか」

「天綬氏は幻城のパトロンであり、君をワトソン役に指名したのは麗火さんだ」

知っている可能性は充分にあるというわけだ。幻遊城にいる僕のところへ、探偵の秘書である小田桐から電話が掛かってきたのも、上偶さんの方から、小田桐に教えたのかもしれない。

「しかし、ここで気になるのは、そういうことではない」

と、探偵は続ける。

「《大谿谷の間》は、来場者の誰もが絶対に通るところ――幻遊城のメインギャラリーだ。そうした場所に、来場者の誰かをターゲットにして見せたい作品を展示する。決しておかしくないことだが、わざわざ君のためにするくらいだから、他にもあって当然ではないか。いや、むしろ、幻遊城へやって来るＶＩＰを相手にそういうことを何度かやっていて、それが、今回、君に向けられたと考えるべきだろう」

「すると、天綬夫妻も、そのターゲットになっていた」

「二年前のことを思い出してみたまえ。あの日、天綬夫妻が来ることは前もって知らされていた。まあ、ＶＩＰだから当然だな。しかも、あの日の《大谿谷の間》の展示は、前の日と変わっていたんだろう」

確かに、あの日——。

上偶さんという幻城戯賀の秘書が、受付にいた。彼女がいるのはＶＩＰが来る時だけだと、白縫乙哉も言っていた。天綬夫妻が来るのを前もって知っていたからこそ、ああして待機をしていたのは明らかであろう。

そして、騎西恭一郎が現われた時、彼は前日も来ていたのだが、今日は、『犬神家』や『獄門島』の実物を久し振りに見られてよかったと言っていたではないか。《大谿谷の間》の展示品が、前日とは変わっていたのだ。

「天綬夫妻が来るのに合わせて、展示品を変えたと考えておかしくないのではないか。とすれば、あの時の絵には何らかの意味があったと見ることもできるだろう」

あの時の絵——。僕は、何度でも思い出すことができる。

《大谿谷の間》では、横溝正史と江戸川乱歩の特集をやっていた。正史の絵から始まり、最初は『女王蜂』の智子の入浴場面で、次に、『獄門島』から、本鬼頭の三姉妹——月代・雪枝・花子の死体や殺人場面の絵が飾られていた。そして、『犬神家の一族』の斧・琴・菊の殺人。再び『女王蜂』になって、脅迫文を消す智子と九十九龍馬の死体が続き、『悪魔の手毬唄』の由良泰子と青池里子の死体で終わっていた。計十一枚。

それから、乱歩の絵に移って、『Ｄ坂の殺人事件』で始まり、二人の男女が公園を歩いている『一寸法師』、小山田静子が鞭で打たれる『陰獣』、地面から二つの首が出ている『影男』、深山木幸吉が殺される『孤島の鬼』、変装した蜘蛛男がピストルを構えている『蜘蛛男』、明智がボートに乗っている『魔術師』と続いて、『妖虫』からは、冒頭の場面が展示されていた。そして、『人間豹』からは肉を食べている恩田の絵があり、『化人幻戯』で終わり。計十枚。乱歩の絵は、逆に見ていったのだが、実際は、こういう順番になっていたのである。

「これらの絵の内容を聞いた時、真っ先におかしいなと思ったのは、『女王蜂』だ。『女王蜂』の絵は、二ヵ所に分かれていた。最初に智子の絵を持ってきたのは、この日のＶＩＰである麗火さんを指していたんだろう。麗火さんは、幻遊城の女王蜂・女王様と呼ばれていたんだからな。しかし、その後に同じ『女王蜂』の絵を続けず、どうして『獄門島』に変わったのか。そのことを考えているうちに、俺は、『獄門島』『犬神家』『女王蜂』『悪魔の手毬唄』という順番にふと思い当たるものがあった」

「あっ」

と、海藤も声を上げていた。どうやらわかったらしい。僕にも想像がついた。

「作品が発表された順番ですね」

と、海藤が言った。

「そうだ。これらは、早く発表された作品から順番に並べられている。『女王蜂』の絵を二ヵ所に分けていたのは、このためだったんだろう。最初に智子の絵を持ってくることで、この日の展示が麗火さんに向けられたものであることを示し、『女王蜂』の絵を分けて、展示の内容が発表順であることも維持した。では、どうして発表順ということにこだわったのか。普段の展示は、別にこだわってなどいなかった筈だ」

先日、僕が原作不明の絵や乙哉の絵を見た時も、乱歩と正史の絵は発表順になっていなかった。

「そこで、この時の乱歩の絵に視点を移すと、やはりこちらも発表されたのが早い方から展示されていた。このことも、図書館で乱歩の年譜を調べ、確かめたよ。『D坂』から始まり、『化人幻戯』で終わっていることでも、なんとなく察しがつくだろうがな。『D坂』は、明智小五郎が初めて出てくる初期のものだし、『化人幻戯』は、乱歩が還暦を機に書いた晩年の作品だ」

「でも、『影男』が違います」

と、僕は口を挟んでいた。

『影男』も乱歩が還暦を機に書いた作品なのに、『陰獣』と『孤島の鬼』の間に来ていた。

「そう、『影男』だけが違っている」

と、ダーク探偵も認めた。

「発表順という法則でいくなら、『影男』は、『化人幻戯』の後に来なければならん。そこで、俺は、『陰獣』と『孤島の鬼』の間に何が発表されたのかを調べた。『陰獣』は、昭和三年の八月に、『新青年』で連載が始まり、『孤島の鬼』は、昭和四年の一月に『朝日』で連載が始まった。その間というか、『孤島の鬼』と同じ一月に発表されたものが、もう一本あった。それが、『芋虫』だ。『芋虫』は、短編だから一月の発表だけで完結している。本来なら、これが、『陰獣』と『孤島の鬼』の間に入るべきなんだ。幻城戯賀は、展示の内容が発表順であることに気付かせ、そこに『影男』という不純物を挿入することで、『芋虫』を導き出させようとしたんだ」

「『芋虫』といえば、麗火さんの密室を暗示するような作品じゃないですか」

　そう言ったのは、海藤である。

「もしかして、幻城戯賀は、今回の事件をその時から知っていたんですか」

「知っていたというよりは見抜いたんだろうな。天綬夫妻は、しばしば《天上宮殿》を訪れて幻城戯賀と会っていたから、そこで、幻城は、麗火さんという女性に興味を持ち――まあ、誰だって惹かれるだろう――麗火さんが訪れた日を狙って、麗火さんへ抱いた印象を自分の絵で示そうとしたんだ。私はあなたをこういう女性だと見抜きました、どうです、当たっているでしょうというわけだ」

「――」

「この時の展示で、発表順以外におかしいと思うことはないか」

　ダーク探偵が、周囲を見渡した。

「乱歩の絵が随分とおとなしいように思うんだけど――」

　と、新里が指摘する。

「そうだ」

　と、僕も応じた。

「正史の絵は、死体を描いたものが結構多いのに、乱歩には『D坂』と『孤島の鬼』しかない」

　乱歩の特徴である残虐な殺害場面がないのだ。深山木幸吉の死体は、そうした特徴からはかけ離れている。

　探偵は、満足げに頷いていた。

「『一寸法師』『蜘蛛男』『魔術師』『妖虫』『人間豹』なんかでは、切り刻まれた女性の死体が出てくるのに、ここでは、そうした絵が一枚もなかった。前には、そんな絵も展示してあったぞ。乱歩のそうした場面と高木彬光の『刺青殺人事件』や鮎川哲也の『赤い密室』まであった展示は、実に壮観だった」

そういう話を確か騎西恭一郎もしていた。『刺青殺人事件』や『赤い密室』にも、女性のバラバラ死体が出てくる。同じ日に、ダーク探偵も来ていたのか。

「あれっ。探偵さんも幻遊城へ行くのね」

と、新里が身を乗り出していた。

そんな格好で来ているのかと尋ね、探偵は、うとましそうに否定している。

「目立って仕方がないだろう。ごく普通の格好だ。仮面もつけてはいない。だから、誰にも気付かれなかった」

「へええ、どんな顔してんのかな」

女子大生は、興味津々だ。僕も、大いに興味があったが、今はそれどころではない。探偵も、無視して話を元へ戻した。

「つまり本来なら残虐な死体が出てきて、それが乱歩の魅力となっている筈なのに、この時は、そうした絵を全く展示しなかったということだ。他の絵を見ると、『D坂の殺人事件』は、さっきも言ったように初期の短編で、この頃の乱歩は、『一寸法師』や『蜘蛛男』などの通俗長編とは異なる理知的で論理的なミステリーを書いていた。『D坂』は、その時代の代表作だ。『化人幻戯』は、同じ時期に書いた冒険活劇的な要素が強い『影男』と違って、乱歩特有の異常な描写が余り出てこない本格物

「——」

になっている」

『孤島の鬼』は、怪奇冒険小説としての評価が高い作品なんだが、そういう作品ではなく、深山木幸吉が殺されたところの絵を出してきた。この殺人は、一種の密室的状況の中で起こっていて、やはり本格ミステリー的な要素を持った場面になっているわけだ。『陰獣』は、静子を鞭打っていることでわかるように、いかにも乱歩らしいエログロの怪奇物と思わせているものの、そこに大きな仕掛けを施した堂々たる本格ミステリーとして評価されている。どうやら幻城戯賀は、乱歩の絵で、麗火さんが、ただむごたらしいだけの死体を否定し、あくまでも本格ミステリーにこだわっていることを示そうとしたと考えていいんじゃないか」

「そんなこと、わかりきっているじゃありませんか。麗火さんは本格を愛していました」

非難めいた口調で言ったのは、海藤である。

しかし、探偵は、これも無視して話を進める。

「これに対し、正史の絵はどうだろう。ここでは、『獄門島』『犬神家の一族』『悪魔の手毬唄』から、むごたらしい死体の絵を出している。だが、これらの死体は、乱歩の場合と違って、単に読者を恐がらせるための残虐性を強調しているのではなく、むごたらしい姿に、きちんと意味付けがなされている。その作品において重要な意味を持っているんだ。麗火さんは、ただむごたらしいだけの死体を否定したが、むごたらしくとも意味がある死体は肯定していることを意味しているのではないか」

「――」

「しかも、『悪魔の手毬唄』で気になるのは里子の絵だ。里子は、自分が殺されるのを覚悟して死んでいった。乱歩の方でも、『陰獣』からは静子が鞭で打たれる場面を出していたが、静子も、自ら望んで鞭で打たれている。どちらも、自分の意思で死や苦痛を受け入れていることになるわけだ。つまり幻城戯賀は、麗火さんのことをただ本格ミステリーを愛しているだけではなく、そのミステリーのためなら、そして、きちんとした意味付けがなされているのであれば、どんなにむごたらしい姿にでもなる、その苦痛と死を受け入れる覚悟がある女性だということを示そうとしたんだろう」

「――」

「『悪魔の手毬唄』では、他にも気になることがある。泰子と里子の絵は展示してあったが、文子の絵はなかっただろう。文子の死体は地味で、インパクトに欠ける。だから、排除されたに違いない。幻城戯賀は、たとえ死体に意味があろうと、ミステリーにおいて重要な役割を果たしていようと、麗火さんは、そのような平凡な形での死を望んでいないと見たんだ。ミステリーのために死ぬなら、こういう平凡な死体にはならない。梅の木に逆さに吊るされていたり、菊人形の首とすげ替えられたり、口に漏斗を入れられたりと、そういうインパクトのある死を、麗火さんは望んでいる」

「――」

「そこで、『芋虫』だ。麗火さんがもしインパクトのある死体になるつもりなら、こういうものではないかと、幻城戯賀は思った。しかし、これをあからさまにすることはなく、場違いな『影男』を挟ませることで、他の絵よりもこっそりと暗示することにした。隠すことによって、『芋虫』こそが、逆にこの時の展示の眼目であることをはっきりさせたわけさ。そして、こうした幻城の見方は当たっていた。だから、二年前のことが鍵になると、黒死卿の便箋に書いた」

「――」

「しかも、『影男』については、本間が実に示唆に富むことを言っていたではないか。あの男は、中から閂が掛かっている密室が『影男』にあったと言っていただろう。俺も、『影男』を図書館で読んでみた。確かにそういう密室が出ていたよ。閂の形状は、今回と違うようだが、天綬夫妻は、『悪霊』の密室を実行するに当たって、扉の鍵だけでは物足りないことを感じ、『影男』の密室を加えることによって、二年前の展示に応えたんだ。幻城戯賀が、『芋虫』のところへ『影男』を持ってきたのは、あくまでも『化人幻戯』との兼ね合いで、発表順の間違いを気付かせやすくするためだろう。その『影男』に『悪霊』を彷彿させる密室が出ていることで、天綬氏は、麗火さんの覚悟を見抜いた幻城の慧眼に敬意を表して、『悪霊』の密室に追加したわけだ」

「すると、麗火さんは、密室を作るために、自分の意思で手足を切断し、殺されていったというんですか」

と、海藤が、顔を蒼褪めさせながら言った。

「麗火さんという女性がいなければ、起こらなかった、起こせなかった事件といえるな。そういう意味では、今回の事件は、麗火さんこそが主役だった。アカデミー賞ものの主演女優だったといっていいだろう。そんな麗火さんに惹かれて、天綬氏や鷹地や成海女史が協力した。いや、彼らだけではない。使用人たちもそうだ。多くの人を惹き付け、自分の願望を手助けさせたことで、彼女は、間違いなく女王蜂だった。『女王蜂』から智子の絵が二枚も展示されていたのは、そのことを指していたに違いない。これに九十九龍馬の絵が加わっていたのは、そんな女王蜂に邪な欲望を抱く者は許さないという麗火さんの強い意思をも、幻城戯賀が見抜いていたからではないか。女王蜂は、あくまでも崇拝の対象でなければならなかった。だから九十九龍馬のような者は、罰せられる必要があった。本間と狩瀬が殺されたのは、そのためだったんだ」

「――」

「もうこの館が、どういう館かわかっただろう。ここは、大金持ちのミステリーマニアが――、それも、乱歩と正史に始まる怪奇な雰囲気と残虐美に彩られた日本の本格ミステリーを愛する者が建てた館だ。だから、ここでは、そのためにこそ事件が起こった。乱歩と正史の密室に擬えた事件を、本格ミステリーのために起こしたんだ。ここは、そういう館なんだよ」

「――」

また沈黙が、サロンを覆っていた。

僕は、天綬在正を見つめていた。僕だけではない。ここにいる全員が、館の主をじっと見つめている。

天綬在正は、いつの間にか目を開けていた。誰を見るでもなく、どこか遠いところを見据えているような目付きをしている。

そして、ゆっくりと立ち上がった。

【第八章】僕がとどまる館

「もうここへは来ないのね、きっと」

「でも僕は君たちのことを忘れないよ。

密室のことも、不思議な館のことも忘れない」

——東野圭吾『名探偵の呪縛』

1

天綬在正は、窓辺に佇んでいた。

こちらに背を向け、窓の外へ目をやっている。しかし、窓には、カーテンが掛かり、その向こうは、暗い闇に覆われていた。まだ夜明けにはなっていないらしい。

天綬在正は、その姿勢のまま、穏やかな声で話し始めた。

「私は、ミステリーを愛しています。それも、乱歩と正史に始まる怪奇な雰囲気と残虐美に彩られていた日本の本格ミステリーを愛しています。そんなミステリーマニアにとっての夢は何かといえば、勿論、不可思議な殺人事件が本当に起こり、それを名探偵が解決して、ワトソン役が書くということに他なりません。かつて横溝正史が金田一耕助から自分の伝記作家として認められて、数々の名作を書いたようなことが、あるいは、二階堂黎人が二階堂蘭子の探偵譚を書き、石岡和己が御手洗潔の事件簿を書き続けているようなことが、実際に起こることです。実際の事件を書くわけですから、リアリティーがない、人間が書けていないという非難も意味をなさなくなり、これに力を得て、作家の創作もどんどん出てくれれば、日本の本格ミステリーは、隆盛を迎えることになるでしょう」

「――」

「幸いにして、ダーク探偵が登場し、不可思議な事件をこっそりと解決しているという噂を聞くようになりました。私は、ダーク探偵と接触し、彼の事件に作家をワトソン役として同行させ、小説にすることにも同意してもらったのですが、現実として、本格ミステリーに相応しい事件が、しばしば起こるわけはありません。そのため、ダーク探偵の出番は少なく、そのうえ、出かけていった事件が余りにお粗末過ぎたので、探偵が引き上げてしまうということも何度か起こりました」

「――」

「そこで、私は、こう考えるようになったのです。私自身が事件を起こし、ダーク探偵に挑戦して、それを誰かに書いてもらおうと。勿論、ダーク探偵には内緒です。探偵は、何も知らずにやって来て、正しくガチンコで私の挑戦を受けるのです。こちらも、フェアプレイで探偵に挑みます。私は、ミステリーマニアとしての夢を、私自身の手で実現させようと考えたのです。そして、麗火は、こうした私の夢に賛同してくれました」

　天綬在正は、ゆっくりと振り返った。僕たちの方を見まわしながら、変わらぬ口調で言葉を続ける。

「しかも、麗火は、ただ私の夢に賛同してくれただけではありません。本格ミステリーの華はなんといっても密室ですが、その密室を作るためなら、自分の身体をトリックに使ってくれていいと申し出たのです。そのためなら、この身体がどうなってもかまわない、死ぬことになってもいいとまで言ってくれたのです。それも、単に血塗れで転がっているようなありきたりの死体ではなく、菊人形の首とすげ替えられているような、梅の木に逆さで吊るされているような、インパクトもあって、意味もある死体になりたいと言うのです」

「――」

「私は、麗火の意思を知って、具体的な案を考えました。麗火も、私と同様に怪奇な雰囲気と残虐美に彩られた日本の本格ミステリーを愛していましたから、やはり乱歩と正史の世界に深くのめり込んだものにして、その世界に相応しいトリックで挑みたいと思いました。私は、館を大々的に造り変え、《大暗幕》の土蔵や、真っ白な雪が降り積もったような菊畑に、《火炎台地》の白い砂堀。それに、斧・琴・菊のオブジェなどができあがったのです」

「――」

「そうした中で、ミステリーのためなら自分の身体がどうなってもいいという麗火の覚悟を見抜き、その崇高な精神に打たれて、私の計画に賛同してくれる人たちも出てきました。鷹地勝彦先生と成海塔子先生がそうです。こうして一年余り前から、計画はいよいよ実行に移されました。成海先生によって麗火の手足を切断したのです。切った手足は、冷凍庫の中に保存しました。三神先生が触った片方の腕だけではなく、他の手足も保存しておいたのです。麗火の手足は、今、私の義手と一緒に棺の中へ入れてあります」

「――」

「それから麗火は、成海先生の指導のもとリハビリを行いました。階段を上がる練習だけではなく、口で閂を掛けたり、同じく口で糸を引き寄せ、結ばれている鍵をほどき、最後には飲み込む。こういったことも練習しました。他には、血の臭い――勿論、あくまでも血と同じような臭いですが――その中でも噎せることがないように、また瞬きをせずに長い間、じっとしていることができるようにといったことも練習させました。麗火は、必死に頑張りました」

僕は、その光景を脳裏に思い浮かべてしまった。不自由な身体で、密室を作る練習に励む麗火。ゾクゾクするような感動が、身内からせり上がってくる。

「その一方で、人に会わなければならない時は、義手と義足を付け、ベッドに寝ている状態で会わせるようにしました。三神先生が指摘なさった通り、手足を失った麗火の世話を私と成海先生だけでするのはたいへんですので、私に仕えている者たちも手伝ってくれました。彼らは、普段から私に忠誠を尽くしてくれていますが、麗火の志にも打たれ、麗火にも誠心誠意仕えてくれました」

天綬在正の目は、使用人たちに向けられた。主の視線を受けて、何人かが頭を下げている。

「鷹地先生が、海藤君たちと入れ替わるようにここから出ていったのは、当初からの計画でした。鷹地先生には、今回の事件で外部から侵入してくる怪人をお願いし、重要な役目をいろいろと担っていただくことになっていたからです。それで、普段は、他の場所で暮らしてもらっているのですが、事件を起こす数日前からは、この西館の一室に潜んでもらっていました。しかし、鷹地先生に実行犯をお願いすることはしませんでした。麗火を殺すのは、やはり私でなければなりません。私以外の者に、麗火を殺させるわけにはいかないのです」

穏やかであった天綬の声が、熱を帯びてきた。

「そこで、私も練習をしました。今回の事件では、麗火の手足をギロチンを使って、少しだけ短く切らなければいけませんので、麗火にも練習台になってもらい、何度も何度も試みました。手足を切断した麗火の身体は、片手でもなんとか持てることは持てるのですが、短い手足をギロチンに載せ、それをさらに短く切ることは、やはり難しく、なかなかうまくやることができませんでした」

「――」

「そうすると、麗火は、こんなことを言ったのです。生きたまま切断してもらってもかまわないと。それなら自分も動いて、私を手助けすることができる。その後で殺してくれればいいと。なんという健気な心意気でしょう。麗火というのは、そういう女性なのです」

ここで、天綬在正が、僕の方へ顔を向けてくる。

「三神先生が幻遊城で麗火と会われた時、麗火は、寒い冬の日であったにも拘らず、半袖のミニスカートを着ていたでしょう。あれは、幻遊城へ行く時だけではなく、ここにいても、他の場所へ出かける時も、全部そうだったのです。もうすぐ別れることになる手足を人々の印象に残したいという思いもあったでしょうが、それも、トリックのためだったのです。自分にはこうしてきちんと手足があることを、あの頃からまわりに印象付けて、今回のトリックの意外性に結び付けようとしていたのです。麗火は、そういう女性でした」

あの時の麗火は、実に艶やかな笑みを浮かべていたというのに、心の中では、これほどまでの覚悟を秘めていたのか。

僕の身体は、震え出していた。恐怖のためではない。感動しているのだ。

「しかし、すでに手足を切断するという苦痛を味あわせた麗火に、しかも、殺されることまで覚悟している麗火に、さらなる苦痛を与えるわけにはいきません。私は、必死に練習し、なんとか片手でもギロチンを扱えるようにしたのです」

天綬在正は、自分の左手を見つめながら、それを固く握り締めた。身体も震えて、肘から先のない右の袖がヒラヒラと揺れている。

僕は、その時気付いた。《大暗幕》の土蔵へ入った時、天綬在正は、僕よりも先に二階へ上がり、麗火の身体をひしと抱き締めて悲嘆に暮れていた。勿論、僕が先に麗火の身体へ触れることを——あの状況でそんな勇気が出たとは思われないのだが——阻止しようとしたのであろうが、あれは、これから自分が麗火を殺すということに、心底からおののいていたのではなかったのか。いかにミステリーのためであっても、またそれを自分も麗火も望んでいたとはいえ、いざ愛する妻を殺すとなれば、さすがに平静ではいられなかったのであろう。

そして、この時、麗火はまだ生きていたわけだから、これにどう応じていたのであろうか。あの時の天綬の妖しい動きが脳裏に蘇り、僕も、おののかざるを得なかった。

「なるほど——」

と、ダーク探偵が声を上げた。

「さまざまなことが周到に準備されたうえでの密室だったわけか。《大暗幕》の土蔵は、『悪霊』に出てくる土蔵を忠実に再現していたが、箪笥や長持ちや木箱なんかは、外見をそういう形にさせていただけで、中に物を入れることができなかった。また原作によれば、箪笥なんかはゴチャゴチャと置かれていたと書いてあるが、三神君は、窓や土蔵の入り口、あるいは階段を上がったところから見渡しただけで、不審な物はなかったと証言している。このことは、原作通りにゴチャゴチャと置かれていたのではなく、実は整然と配置されていたことを窺わせる。どちらの場合も、人や物を隠す場所がないことを容易にわからせようとしたんだろう」

「――」

「原作では、被害者の着物が土蔵の中にあったのに、《大暗幕》では、黒死卿の衣装が外に出ていたが、これもそうだ。隠し場所がいろんなところにあると、密室であることを証明するのに手間が掛かったり、さまざまなトリックの使用が可能になってくるから、そうした弊害をなくそうとしたんだな。こうした原作との相違点を見出せば、あの土蔵が密室を作るのに実に都合よくできていることがわかり、そこから、土蔵を作った人物が密室に関与していることも導き出すことができるだろう」

「そうです。他にも、土蔵の閂は麗火が口を使って掛けられるように短く、そして軽く作っておきました。あの土蔵は、正しく麗火の密室を作るために建てた土蔵だったのです。そして、麗火は、見事に密室を作り上げてくれました」

「――」

「このように、麗火は崇高な女性でした。彼女がいなければ、あれほど素晴らしい密室を作ることなどできなかったでしょう。彼女は、正しくミステリーの女神として崇められなければならない存在だったのです。しかし、残念なことに、ミステリーマニアでありながら、そんな麗火に向かって、普通の女性に対するのと同じような目でしか見られない者もいました。本間さんと狩瀬さんがそうでした。この館では、そのような者の存在は許されません。麗火も、許しませんでした。ですから、二人には死んでもらうことにしたのです。麗火というミステリーの女神の祭壇に捧げられた生贄――それが、この事件で与えられた二人の役割でした」

「ミステリーの女神か」

ダーク探偵が、さすがにしんみりとした声を上げている。

そうだ、そうに違いないと、僕も思う。海藤と新里も、同じ思いなのか、しきりと頷いていた。顕は、ショックの余りか、茫然としている。

しかし、幽霊男の探偵は、そんな彼らを見渡して、元の口調に戻った。

「それにしても、あんたは、どうしてこんな連中を館に滞在させていたのかね。彼らの前にも、鷹地や成海女史以外に誰かいたようだし――」

二人の若者が滞在していた筈だ。

「最初は、鷹地先生と成海先生が、私と麗火の思いに賛同してというか、麗火の崇高な覚悟に打たれ、協力を申し出て、ここに滞在するようになりました。そのうち、やはり私たちの志を引き継いでくれる者が必要だろうということになり、鷹地先生が、二人の若者を連れて来たのです。しかし、彼らも、麗火を普通の女性として見つめ、邪な思いを抱いてしまいました。だから、出ていってもらいました」

「――」

「それから、海藤君たち五人に来てもらったのですが、やはりうまくいきません。本間さんと狩瀬さんのような人が出てしまいました。しかし、海藤君や新里さん、顕君は違うと思っています。ですから、麗火の志を是非引き継いでいってもらいたいと思っているのです」

「引き継ぐ――」

海藤が戸惑っている。

「不可思議な殺人事件が本当に起こり、それを名探偵が解決して、ワトソン役が書くというミステリーマニアの夢を、今回で終わらせずに引き継いでいって欲しいのですよ。勿論、麗火のように自分の身体を犠牲にしろとは言いません。そこは、あなたたちにお任せします。あなたたちのような若い方が引き継いでこそ、本格ミステリーの隆盛も続いていくのです」

「それで麗火さんは、身体の具合が悪くなってから、本格ミステリーの将来を僕たちによく頼んでいたんですね」

海藤は、新里と顔を見合わせ、顕の方へも目をやった。顕は、じっと顔を伏せている。

新里も、戸惑いの声を上げた。

「でも、そんなこと急に言われても――」

「まあ、それはそうだろう」

と、探偵が庇う。

「じっくりと考えるんだな。俺は、怪奇で不可思議極まりない事件なら、いつでも駆け付けて、挑戦を受けてやるぞ。但し、くだらん事件だったら、すぐに帰る」

それから、また天綬の方へ顔を向ける。

「しかし、本間や狩瀬は許さなかったのに、前にいた二人の若者を麗火さんは許したのかね」

「いいえ、許しませんでした」

館の主は、淡々と答える。

「ですから、私は、彼らも殺すことにしたのです。私が懇意にしている資産家のミステリー仲間の中に、やはりミステリーのような事件を本当に起こしたいという者がいましてね。そこへ生贄として差し出しました。それが、前回、ダーク探偵にご出馬を願った事件なのです」

「そうか。あれがそうだったのか」

これに、僕は、すかさす口を挟んだ。

「前回の事件って、ダース・ベイダーとかホッケーマスクをして行った時ですよね」

「そうだ」

と、探偵が応じる。

「確かディじゃなくて、ビィと名乗ったという――。その時のワトソン役は、もしかして白縫乙哉だったのではありませんか」

どこからか、ヒッと引きつるような声が上がり、これには、探偵でなく、天綬在正が答えた。

「よくおわかりになりましたね」

ビィの由来について、ダーク探偵は、この時のワトソン役がダークが闇で黒いからブラックの頭文字をとって名付け、しかも、自分の作品と共通点があるからだと言っていたことを教えてくれた。

乙哉の探偵は、騎士探偵と書いて、ナイト探偵と読ませる。しかし、ナイトには、夜という意味のナイトもある。僕は、そのことに乙哉のデビュー作である『月と星の雫』の表紙を見ていて、気付いたのだ。『月と星の雫』は、そのタイトル通り月と星が輝く夜空を背景に探偵が描かれていた。夜も闇があって暗い。そこからも、ブラックという言葉を導き出すことができるではないか。

僕が、そのことを言うと、天綬在正は、

「見事な推理です」

と感心し、ダーク探偵は、

「ふん」

と、つまらなそうにそっぽを向いていた。

乙哉は、念願であったダーク探偵とめぐり会うことができたのだ。だが、ここで引っ掛かることもあった。

「もしかして、乙哉は、その事件の直後に死んだのではありませんか」

またどこかでヒッという声が上がる。

僕が声の主を捜す間もなく、天綬在正が、

「どうしてですか」

と聞いてきた。

ダーク探偵がダース・ベイダーやホッケーマスクをしていたのは、歌野晶午の『密室殺人ゲーム王手飛車取り』に擬えたからであった。しかも、続編である『密室殺人ゲーム2.0』が出たところだと言っていたではないか。『密室殺人ゲーム2.0』が出版されたのは、二〇〇九年の八月である。

僕が乙哉と共に幻遊城を訪れたのは二月のことであったが、その年の初めに二冊目を出版していて、デビュー作は、前年に出していた。そして、僕は、担当編集者からデビュー作と同じ頃に出た三津田信三の『山魔の如き嗤うもの』を見せられ、注意を受けている。『山魔の如き嗤うもの』が出たのは、二〇〇八年の四月だ。

つまり僕は、二〇〇九年の二月に乙哉と幻遊城へ来て、それから半年近くが経った七月に乙哉から電話をもらい、神奈川県の県警本部へ出かけて、掛井広康が殺されるのを目撃したのだ。乙哉が行方不明になったのは、この事件から一ヵ月ぐらい経ってからであり、さらに一ヵ月くらい経って、彼の死体が発見された。『密室殺人ゲーム2.0』が出たばかりという時期に合致するではないか。新しい五人の取り巻きが、鷹地たち三人と入れ替わるように滞在することとなったのは、それから間もない頃ではないだろうか。

乙哉と幻遊城へ行ってから二年が経った今は、二〇一一年の十一月である。正確には、二年と九ヵ月になるわけだ。麗火が姿を見せなくなったのは、一年余り前ということだから、二〇一〇年の十月頃であろうか。

僕は、今回、ダーク探偵から呼ばれる前に幻遊城へ行った時、三津田信三の『水魑の如き沈むもの』を思い浮かべていたが、再び蛇迂郡を舞台としたこの作品は、二〇〇九年の十二月に出版されている。乙哉と行った時には、まだ出版されていなかったのである。

こうしたことを、僕は、図書館で確認していた。

「なるほど、これもまた見事な推理ですね。三神先生のおっしゃる通り、白縫先生は、残念なことに、前の事件の直後、自ら命を絶ってしまわれました」

「どうしてでしょう」

天綬在正は、ダーク探偵としばらく顔を見合わせていた。そして、探偵が、

「ごっほぉん！」

　と空咳をした後、ぽつりと言った。

「俺が帰ったからだよ」

「へっ――」

「つまらない事件だったんで、帰ったんだ。白縫という男には、また呼んでやると言ったんだが――」

　そう言われても、ダーク探偵が呼ばれるような事件などそう何度も起こらないことを乙哉は知っていた。掛井が殺された後の様子からも、乙哉が、いかにダーク探偵と会うことに執念を燃やしていたかがわかる。だから、せっかくチャンスを掴みながらも、それがフイになったことでショックを受け、自殺してしまった。

「私もいけなかったのです」

　と、天綬在正も声を落とした。

「今回の事件の準備に忙殺されていたものですから、つい任せきりになってしまって――。やはり安易な気持ちで、こうしたことをやるものではないと痛感しました。しっかりとした覚悟と周到な準備でもって臨むべきなのです」

「お前たちもよく肝に銘じておくんだな」

　ダーク探偵が、海藤たちに言っている。彼らは、蒼い顔をして口を噤んでいた。

「この時も、白縫先生をワトソン役に呼んで欲しいと言ったのは、麗火だったのですが、あんなことになってたいへん悲しんでおりました」

「――」

僕は、ソファに深々ともたれ込んでしまった。乙哉の余りにも悲しい最期に言葉もなかったのだ。

しばらく沈黙が続いた後、ダーク探偵も、深々とソファにもたれ、ぽつりと呟くように言った。

「さあ、これで証明は終わりだ」

すると、海藤武史が、慌てた様子で口を挟んできた。

「ちょっと待って下さい。証明は終わりって、僕には、まだわからないことがあるんですけど」

「なんだ」

「僕と綾子君と三神さんで、《那須池》の向こうを探りに行った時、不審な二人組に出くわしたのを話したでしょう。あれは、誰だったんです。二人いたことから、僕は、てっきり自分の若者二人犯人説が当たっていたんだと思ったんですが、もう前に死んでいるんですよね。だとしたら、あれは
――」

「ああ、そのことか――」

ダーク探偵は、めんどくさそうに身体を起こそうとした。

その時であった。

「ちょっと、あれなに――」

と、成海塔子が、耳をすますような仕草をした。

僕も、耳に手を当ててみた。新里も、それに倣い、

「サイレンの音じゃない」

と呟く。

「えっ」

と、海藤が驚き、

「なんだと――」

ダーク探偵も、繃帯顔の奥の目を見開いている。

しかし、間違いではなかった。聞こえる。確かに聞こえてくるのだ。サイレンの音だ。それも、パトカーである。一台ではないようで、複数のサイレンが響き、はっきりと近付いてくる。

「これはどういうことだ」

ダーク探偵は、思わず腰を浮かせていた。

「音の近さからして、もう敷地の中に入っているぞ。門は閉めてなかったのか」

「いいえ。閉めておりました」

と、秦野が答える。これに、主も口を添えた。

「正面の門は、館の中から自動で開けることができます。ここにいる者なら、誰でも開け方を知っていますよ」

「すると、この中の誰かが警察を呼び入れたのか」

ダーク探偵は、ぐるりと周囲を見渡したが、反応する者は誰もいない。探偵は、最後に僕を睨んできた。

「僕じゃありませんよ」

と、必死に手を振る。

「携帯は取り上げたでしょう。それにここは電話線も切り、パソコンも回収したと言っていたじゃありませんか。僕に、外部と連絡をとることなどできません。できるとしたら――」

僕は、思わず館の主を見てしまった。彼だけが、携帯を持っているのではなかったか。いや、館にいる時は、秦野に預けていた筈だ。

僕は、執事にも目をやる。しかし、二人とも、特に何の反応も示していなかった。驚いている風もなく、いつもと同じ平静な態度を保っている。他の使用人も、誰一人として取り乱していない。

「とにかく行ってみましょう」

と、天綬が言い、僕たちは、玄関へ向かった。前庭に、赤色灯を点したパトカーが入ってきた。全部で五台。それも、覆面ばかりだ。噴水をまわり込んで止まると、そこから続々と人が降りてくる。いずれも、私服ばかりであった。

先頭に立った男が、僕たちのすぐ側までやって来た。

「天綬在正氏ですね」

と、天綬に対して適確に尋ねる。片腕ということでわかるのか、写真などで顔を知っているのかのどちらかであろう。

「そうです」

天綬在正も、はっきりと頷いた。

「ここで起こったことは全てわかっています。あなた方は拳銃や猟銃、それにダンビラや日本刀まで持っているようですが、無駄な抵抗をすると、罪が重くなるだけです。おとなしくするのが賢明だと思いますよ」

　男の背後を見ると、何人もの私服が拳銃を構えて、こちらに向けていた。

「この場で逮捕なさるのですか」

　と、天綬が尋ねた。

「それをお望みなら、その通りにさせていただきますが、その前にあなた方と話がしたいと、私の上司が申しております」

「それはいい。こちらも、いろいろとお聞きしたいと思っていますのでね」

「では、ここにいる全員が入れる部屋へ案内していただけませんか。天綬氏の館なら、そう難しくはないでしょう」

　僕たちは、館の中へ戻った。すると、天綬と話していた男が、今度は、僕に声を掛けてきた。しかも、

「お久し振りですね」

　と言ってくる。

　僕は、男の顔をしげしげと見返した。そして、ハッと思い出す。

　僕は、この男を知っていた。乙哉と神奈川県警の県警本部へ行った時、案内役をしてくれたあのキャリアだったのである。

2

天綬在正は、さっきまで話していた右翼棟のサロンとは違うところへ、僕たちを連れて行った。左翼棟へ入り、麗火の棺が安置されている広間の近くへ入る。そこも、大きな部屋であった。中央に応接セットが置かれ、二十人くらいは座れるようになっている。よくもこう同じような部屋があるものだと、こんな場合なのに感心してしまう。

「全員が座っていただくというわけにはいかないのですが、よろしいですか」

「かまいません」

と、キャリアが答え、僕たちと警官は、テーブルを挟んで向かい合う形に座った。しかも、その前に、警官は、僕たちの身体検査を行った。武器を持っている者は誰もいなかった。

天綬サイドでは、秦野をはじめとする使用人が、僕たちの背後に立って並び、警官の側では、キャリアとその上司らしい男だけが腰を下ろして、他の私服は、やはり背後に立っている。但し、銃口をこちらに向けている者はいなかった。

僕は、天綬在正の隣に座った。館の主を間に挟んだ反対側には、ダーク探偵が、憮然とした感じで渋々腰を下ろしている。すると、天綬は、僕と探偵ぐらいにしか届かない声で、こう言った。

「この部屋は、《三笠龍介の部屋》と呼んでいまして――」

「えっ」

僕は、聞き返そうとしたが、天綬は、それ以上何も言わなかった。

天綬在正の真正面に座った上司は、髪がほとんど白くなっているが、年齢は天綬と余り変わらないように見えた。着ているスーツも、天綬に劣らない上等なもので、その着こなしも、天綬に負けてはいなかった。板に付いているのだ。それでいて、滲み出る威厳というか威圧感は、館の主をはっきりと凌駕している。こちらも、バリバリのキャリアであるに違いない。

「私は、警察庁の長官官房に籍をおく秋澤《あきさわ》といいます」

と、その男が名乗った。そして、隣の部下を指差し、

「こちらは、羽鳥《はとり》警視です」

と教える。言葉遣いは丁重だが、目付きは鋭い。

「天綬さんとは、初めてお会いするわけですが、その名声は勿論存じ上げていました。温厚で人徳のある紳士として聞こえ、近いうちに財界を背負って立つ逸材として聞こえていましたのに、このような形で会うのを残念に思います」

「私もです」

「それから――」

秋澤という男は、僕の方へも、その鋭い目を向けてきた。

「あなたは、白縫乙哉の友人だったそうですな」

「ええ、そうですけど――」

「あなたともこういう形で会うのを残念に思います。本来なら、白縫乙哉と仲良くして下さったことで、お礼を言わなければならないところなのですがね」

「はあ」

「白縫乙哉には、昔から友人が少なかったのです。人付き合いが下手な子供でした。どうしてそんなことを知っているかというと、白縫乙哉は、私の息子なのです」

「ええっ！」

僕は、驚愕していた。海藤や新里からも、同じような声が洩れている。

「彼の母親は、私の最初の妻でした。白縫乙哉の本名は知っているでしょう。私と姓が違っているのは、その後に離婚したからです。それ以来、離れ離れで暮らし、会うことはありませんでしたが、金銭的な援助はしていましたし、たまに連絡も取り合っていました。ですから、ミステリー作家になったことも知っていました。彼は、私の援助を受けずに独り立ちすることを早くから願っていたのです。そんな彼が、初めて自分から私を頼ってきたのは、掛井広康の事件が起こった直後ぐらいのことでした。権力者や資産家の間で、闇から闇に葬られている事件の噂を聞いたことがないかと尋ねてきたのです。ダーク探偵という名前を聞いたのも、それが最初です」

「――」

「私は、ダーク探偵というような人物がいることなど、とても信じてはいませんでしたが、息子に頼られたことが嬉しくもあり、羽鳥警視に命じて、一応調べさせました。そこで、掛井事件にまつわる共犯者の奇妙な証言を知り、息子に便宜を図ってやったのですよ。しかし、その時にあんなことが起こってしまった」

そうか、乙哉は、警察庁幹部の息子だったのか。道理で、警察内部の情報に詳しかったわけだ。余り連絡をとることがなかった父親に頼ったということは、乙哉が、それだけダーク探偵との接触に賭けていた、もしくは思い詰めていた証拠といえるのかもしれない。

警察がダーク探偵のことを知っても大丈夫だと、乙哉が自信ありげに請け負っていたのも、父親の力でなんとかなると思っていたのであろう。

「そして、息子は、それから間もなく自ら命を絶ってしまいました。遺書はなく、創作に行き詰まったせいだといわれ、実際、それで悩んでいたのも事実ですが、私は、もしかしたらダーク探偵が息子の死に関わっているのではと考えるようになりました」

「――」

「そこで、警察庁内にダーク探偵についての特別捜査班とでもいうべきものを密かに立ち上げ、捜査を始めたのです。単に息子の死の原因を突き止めることだけが理由ではありません。事件を闇から闇に葬って解決している探偵の存在は、警察にとっても由々しき問題であり、許すべきものではありませんからな」

探偵が、ぶすっとした態度で、ふんと鼻を鳴らしている。

「ここでも、羽鳥警視が中心となって捜査を進め、我々は、ダーク探偵なるものが実在し、これに、天綬氏も関わっているようだという情報を得ることができました。ですから、捜査の的をあなたに絞り、あなたの館にミステリーマニアが滞在していることを知って、そこへ我々の仲間を忍び込ませようと考えたのです。といっても、警察官ではありません。警察官の中に、私が知り得た範囲では、天綬さんの意にかなうほどのミステリーマニアはいませんでした。まあ、無理もありませんな。我々が扱う事件は、あなたが愛するミステリーのように論理でスパッと割り切れるものではないのです。しかし、私には、身近にうってつけの人物がおりました。私のもう一人の息子です」

「ほう。息子さんがもう一人おられたのですか」

天綬在正が、淡々と応じる。

「私は、その後再婚をしました。しかし、家庭運には恵まれないようで、二度目の妻は、もう一人の息子が赤ん坊の時に病気で亡くなってしまいました。その息子も病弱で、私の手元では育てることができず、やむなく知人の養子にしてもらいました。知人の姓は、一条といいます」

「一条だって！」

海藤が大きな声を上げ、僕も新里も探偵も、顕の方を見た。白皙の美少年は、他の者たちから離れてソファの隅に力なく座り、放心したような感じで、じっと顔を伏せている。

秋澤の話が続く。

「また息子と離れ離れになりましたが、顕とは、良好な関係を続けることができました。しかし、どういうわけか、顕までもがミステリーを好きになり、白縫乙哉も愛読していました。私は、そんな顕に、白縫乙哉が腹違いの兄であることを教えたのです。顕は、会ったこともない兄に憧れ、いつか会えることも夢見ていました。ファンレターも出して——勿論弟とは言わずにですが、返事が来たと言って喜んでいました。そんな時でした。白縫乙哉が、あんな最期を遂げたのは——。顕は、ひどく悲しみ、引き籠りのようなものになってしまいましたが、私が、兄の敵討ちとして天綬氏の館に潜り込むことを切り出してみると、顕は、ためらうことなく引き受けてくれたのです」

「もしかして、乙哉も、顕君のことを知っていたのではありませんか」

と、僕は尋ねた。

「顕という名前までは知りませんが、母親の違う病弱な弟がいることだけは教えました。ですから、彼の方でも、ファンレターの主が弟だとは気付いていなかったようです」

そう秋澤は答える。

僕には思い当たることがあった。乙哉と幻遊城へ行った時、乙哉は、『女王蜂』の絵を見て、この作品が自分の境遇を思い出させると言っていた。僕は、義父と離れ離れに暮らしてきた大道寺智子の境遇を、やはり父親と離れて暮らしている自分と重ね合わせていたのであろうと考えた。

しかし、あの時、『女王蜂』の智子の絵は、《大谿谷の間》へ入って最初に展示されていたのだが、乙哉は、そこでは何も言わなかった。それが、二度目に出てきた絵で、なぜ言ったのか。あの絵は、智子が脱衣場で脅迫文を消しているところを描いていて、それを異母弟の文彦が覗いていたではないか。乙哉は、自分にも異母弟がいることを言おうとしていたのではないだろうか。文彦もどことなく弱々しい少年であったことが、顕と共通しているように思えるではないか。

「顕が、白縫乙哉の弟だったなんて――」

海藤が、握った拳を震わせていた。

「でも、どうやって外部と連絡をとったんだ。電話線も切り、パソコンも取り上げていたじゃないか」

「それまではパソコンのメールなどで連絡を取り合っていたのですが、いよいよ事件が起こりそうだとわかった時、ネットで購入した何かの商品のように見せかけて、携帯を送ったのです」

取り巻きたちが、ネットでよく商品を購入していることは話に出ていた。

「ダーク探偵の推理も、携帯と一緒に送った小型のマイクを顕の服に仕込んでもらい、それを通して聞いていました。我々は、夜になってから門の外側で待機をしていたのです。そして、探偵の推理が終わったのを聞き、お邪魔をさせてもらったというわけです。勿論、門は顕が開けておいてくれました」

「――」

「なかなか見事な推理でしたな。それにしても、大掛かりな動くオブジェを作ったり、自分の身体を切断して、挙げ句の果てには命まで落とす。マニアというのは、そうまでして密室トリックというのをやりたいものなのですかな。我々には、到底理解できません」

秋澤は、大袈裟に手を広げ、どことなく揶揄するかのような感じで探偵を見て、それから天井に視線を戻した。館の主の眉宇《びう》が、ピクピクと動いたような気がする。

「くそっ。警察に勘付かれていたのを今まで気付かなかったなんて――」

海藤が、いかにも悔しげに握り締めた拳でテーブルを叩く。

「しかし、危ない場面もあったのですよ。我々は、不測の事態に備えて、裏山から邸内に突入することも想定し、そのルートを調べさせていました。しかし、部下が裏山を抜けて池の近くまでやって来た時、あなた方に見られてしまい、肝を冷やしましたよ」

「あれは、警官だったのか」

と、海藤が驚き、ダーク探偵は、立ち上がっていた。

「なんだと、あれが警官だと！　俺は、天綬氏こそが不測の事態に備えて、会社の部下でも見張りに置いていたのだろうと思ったぞ。その後で、天綬氏が顔色を変え、ハイキングかもしれないと言っていたことを聞き、それは咄嗟にごまかしているのだと思った。そうではなかったのか」

幽霊男の探偵は、それを聞いた僕の責任でもあるかのように、こちらを睨み付けてくる。

「そ、そんなこと、こっちに言われたって――」

困るのは当然であろう。これに対し、天綬在正は、じっと秋澤の方を見つめ続けている。

「本当なの――」

新里綾子が、顕に声を掛けた。

「本当に顕君は警察と通じていたの」

離れたところにぽつんと座っていた顕は、顔を伏せたまま幽鬼のように立ち上がると、僕たちがいる側から、警官たちの方へゆっくりと移っていった。その顕を、秋澤の部下がさっと取り囲んで、掌中の珠であるかのように迎え入れる。そして、顕は、少女のような白面の顔を上げ、険しい目でこちらを睨んできた。

「こ、こんな子供にまんまと騙されていたとは――。この裏切り者めがあ！」

ダーク探偵が、怒りを抑えきれずに罵倒すると、これまで比較的穏やかな口調で話してきた秋澤が、

「黙れ！」

と一喝した。

「何が裏切り者だ。顕は、もしかしたら自分が犠牲者になるかもしれないという危険を承知のうえで、この役目を引き受けたんだぞ。ふざけた仮面を被って、全く危険のないところから推理遊びに興じていた貴様とは違うのだ」

「推理遊びだと――」

「そうだよ」

と、顕も口を開いた。

「ダーク探偵さえいなければ、兄さんは死なずにすんだんだ。いくら創作に行き詰まっていても、兄さんほどの才能があれば、いずれは素晴らしい作品がまた書けた筈なのに、本当に起こった事件を書こうとするなんて――。警察に内緒で解決するダーク探偵がいなければ、そんなこと考えようともしなかったに違いないんだ」

「うぬぬぬぬ」

「海藤さんも、綾子ちゃんも、それに三神さんだって、間違ってるとは思わないの。乱歩も正史も、みんな創作で素晴らしい作品を書いてきたんじゃないか。それなのに、本格ミステリーのような事件が本当に起こることを期待して、小説にしようとするのは、人殺しに加担しているのとおんなじでしょう。こんなことで日本の本格ミステリーがますます盛んになったりするの」

そうか。顕が垣間見せたあの覚悟は、こういうことからきていたのかと、僕は思う。

「これで、話すべきことは話しました。我々と一緒に来ていただきましょうか」

と、秋澤が悠然と脚を組んだ。

するると、天綬在正が、ゆっくりと立ち上がった。そのまま自分の真後ろに当たる壁の方へ歩き、これに、鷹地勝彦・成海塔子と使用人たち、そして、ダーク探偵までが続く。

秋澤の背後にいた警官たちが身構え、拳銃を抜いた者もいた。

「無駄な足掻きはおやめになった方がいいですよ。見苦しいだけです」

羽鳥警視も立ち上がり、余裕の態度で諭した。それから、

「秋澤警視長」

と言って、上司を窺うように見る。

秋澤は、天綬に質した。

「まさか他に武器を持っているということはないでしょうな」

「さあ、どうですかな」

館の主は、落ち着いたままだ。秋澤は、羽鳥の方を向き、重々しげに頷いた。

「やむを得ん。抵抗する場合は発砲を許可する」

僕は、腰を浮かしかけた状態で止まってしまい、天綬たちと警官を交互に見ていた。海藤と新里も同じだ。

顕が、また声を掛けてくる。

「三神さんや、海藤さんや、綾子ちゃんは、こっちへ来るでしょう。三神さんは、ワトソン役として来ただけだし、海藤さんと綾子ちゃんも、僕とおんなじで事件の詳しいことまでは知らなかったでし

ょう。ちょっとはお咎めがあるけど、すぐにもとの生活へ戻れるよ。そこで、またミステリーのためにバリバリやってよ」

「そ、そうね。やっぱり犯罪に加担するのはいけないわよね」

と言って、新里が、警察の側へ移動していった。これに、海藤もしっかりと続いている。

「おい。麗火さんの遺志は継がないのか」

と、鷹地が叱責するように言った。

海藤は、苦笑いのようなものを浮かべ、先輩から顔を背けていた。

「僕は、創作に力を入れることで麗火さんの遺志を継ぎます。先輩の作品を超えるものを絶対に書いてみせますよ。それに、命は惜しいです」

僕は、ゆっくりと立ち上がった。

「おっ」

ダーク探偵の呟く声が聞こえる。振り返ると、幽霊男の探偵は、繃帯顔の奥から訝しげな目を向けていた。前を見ると、顕の気遣わしげな顔がある。

僕は、そのまましばらくは動けずにいた。前を見て、後ろを見て、それを何度も繰り返す。そして、僕は、またゆっくりと動き始めた。

どこか。後ろの方へ——。

「おっ」

ダーク探偵が、今度は目を剝き、

「どうして、どうして――」

と、顕が悲しんでいる。

「三神さん、お兄さんのために泣いてくれてたじゃない。それなのにどうして――」

しかし、僕は、戻ろうとしなかった。天綬たちの側まで行き、彼らの中に加わる。

警官たちの銃口が、それをぴったりと追ってくる。僕たちは、さらに後退して、壁際にまで追い詰められた形になった。天綬在正が、壁を背にして警察側へ振り返ると、その前に使用人が楯となって立ちはだかる。

警官たちは、銃を構えたまま、じりっと近付いてくる姿勢を示した。

その時であった。

突然、室内に大音響が轟き、人々の上げる叫びと悲鳴が聞こえてきた。

僕は、目を疑った。

僕の目の前から、警官たち、そして、顕や海藤や新里の姿が、応接セットと共に掻き消えてしまったのである。

3

僕たちがいる一画だけを残して、室内の床が陥没していた。そこへ、警官も顕たちも落ちてしまったのだ。

「さあ、早くこちらへ——」

という天綬在正の声がして、僕は、我に返った。

見れば、壁だと思われていたところにドアが付いていて、そこを開け、手招きしている。ダーク探偵は、すでにドアを潜ろうとしていた。僕も、慌てて後についていき、天綬・成海・鷹地と使用人たちも続く。

隣は、あの《ルージェール伯爵の部屋》であった。最後になった執事がドアを閉めると、部屋は、すぐさま降下を始める。

「あっちは《三笠龍介の部屋》だと申し上げましたでしょう」

と、天綬在正が言った。

「三笠龍介の書斎には落とし穴があったな」

ダーク探偵は、ニヤリと笑っていた。

三笠龍介は、乱歩の『妖虫』に出てくる探偵である。そうだ。確かに、彼の書斎は、床が外れて落ちるような仕掛けになっていた。

「尤も、『妖虫』の落とし穴は、人が一人しか落ちない程度の大きさしかないようですが、あの部屋は、私たちがいたところを除いて、他が全て落ちるようになっています。深さは、原作と同じくらいの二間余り——四メートルくらいありますから、なかなか出てくることができません」

「警察から部屋へ案内しろと言われ、それであっちへ連れて行ったわけか。いざという時、ヤツらを落とすためにな。ああ、いい気味だ」

ダーク探偵が、心底からせいせいしたといわんばかりに繃帯顔を手で扇いだ時、《ルージェール伯爵の部屋》が止まった。

「それにしても、最後の最後でこんなどんでん返しをくらわされるとはな」

探偵は、汗でも拭うように繃帯顔を手で擦っている。それから、僕の顔を覗き込んできた。

「お前も、何か仕掛けがあると思っていたのか」

「いえ。そこまでは――」

「じゃあ、命が危ないのを覚悟でこっち側にやって来たわけか」

「まあ、なんといいますか」

僕は、曖昧な返事しかできなかった。命がどうのこうのという大袈裟なことよりも、なんとなく向こうへは行きたくなかった。それだけである。

「まあ、どっちにしろ、いい覚悟だ。それでこそ俺の事件を小説にする資格があるというものだ」

「やはり麗火が見込んだ通りでしたね」

天綬在正は、柔和な笑みを向けてきた。

「三神先生に来ていただいて本当によかった」

「僕を呼んだのは、その方が土蔵でのトリックを成立させるのに都合がよかったのではないんですか。僕は、血を見ると気分が悪くなります。そのことを乙哉から聞いていたんでしょう。ですから、土蔵の中の惨状と血の臭いで、僕を現場から去らせることができたわけです。あの時、秦野さんが梯子を昇ってきたのは、いくらマットがあるとはいえ、気分を悪くした僕が落ちてはたいへんと心配になったからで、僕のことを知っていた証拠ですね」

しかし、天綬在正は、穏やかに首を振っていた。

「たとえ三神先生が血に弱くなくても、現場を去らせる方法はいくらでもあります。私は、この館の主であり、麗火の夫ですから、なんとでも口実を設けて、そういうふうに仕向けたでしょう。むしろ血に弱い三神先生が、現場を充分に確かめることなく倒れてしまわれることを心配しました。余計な不審物がないことを見届けてもらわなければ、他にもさまざまなトリックの可能性が出てきてしまいますからね」

「――」

「麗火が自分の身体を犠牲にした事件で三神先生をお呼びしたのは、麗火が白縫先生よりも三神先生の方へ期待を寄せていたからに他なりません。白縫先生が生きておられたとしても、三神先生をお呼びしていました」

とても信じられなかった。

乙哉は、麗火から山百合のコサージュをもらっていたのである。麗火は、幻遊城の女王蜂・女王様と呼ばれていたから、智子の持ち物である山百合を渡した乙哉の方に期待していたのではなかったのか。

「僕が書く作品って、女性のむごたらしい死体がたくさん出てくるえげつないものなんですよ」

そうも言ってみたが、天綬在正は、柔和な笑みを浮かべ続けた。

「残虐美に彩られた死体と奇想に満ちあふれたトリックは、本格ミステリーの華です。特にそうしたトリックと密接に絡み合う異様な死体は、乱歩・正史の系譜に連なるミステリーの正統な後継者を示すものといえます。私も読ませていただきましたが、デビュー作と二作目は、正しくそれに相応しいものでした。ストーリーや人物の造形などには物足りない部分もありますが、これは熟練の度が加われば改善されていくものです。それよりもトリックに賭ける熱意・覚悟。これは、決して後から生じてくるものではありません。三作目は、不運なことになってしまいましたが、三神先生が、本格ミステリーの命であるトリックと真正面から向き合っている姿勢は、先に出た作品よりもはっきりと表われていました。そして、これに賭ける思いも、今の先生の行動にはっきりと示されています」

「――」

「麗火は、三神先生の方が本格に賭ける思いが強いと言っていました。だからこそ、自分の命を賭けた密室を三神先生に託したのです。麗火がネットを通じて新里君や顕君をここへ呼んだことでは失敗してしまいましたが、この点に関しては、麗火の目に狂いはなかった」

僕はなんと答えていいかわからずに戸惑っていると、天綬在正が、反対側の壁に近付いていった。そこには、何かが掛けられていた。布が被せてあるのでわからないのだが、形からすれば額のようである。絵ではないかと、僕は思った。

天綬が布をめくると、やはり絵が掛けられていた。しかも、幻城戯賀の絵ではないか。それも――。

僕は、その絵にじっと見入り、

「こ、これは、僕の『残虐館殺人事件』――」

と、呻くような言葉を洩らした。確かに、僕のデビュー作における一場面が描かれていたのだ。

「幻城戯賀が描き上げた最後の作品です」

「幻城戯賀の最後の作品――」

「はい。幻城戯賀は、もう絵が描けなくなってしまいました。なぜなら死んでしまったからです。いえ、この言い方は正しくありませんね。幻城戯賀は、もう一年余り前から絵が描けなくなっていました。絵を描くための手を失ってしまったからです」

「一年余り前から手を――」

僕の頭に、なにやらモヤモヤとしたものが浮かんでくる。

「それって、もしかして――」

「はい。幻城戯賀の正体は麗火です」

「ええっ！」

「な、なんだと！」

僕だけでなく、ダーク探偵も驚いていた。繃帯顔の口をあんぐりと開けている。

天綬在正は、淡々と言葉を続けた。

「私が麗火と出会ったのは、麗火がまだ小学生の時でした。知人が高い地位に就いた祝いにホームパーティーを開きまして、それに招かれていたのですが、私は、こういう身体になる前からワイワイと騒ぐような場が苦手でして、食事が終わると隅の方で本を読んでいました。しかし、右手がありませんので、食事は片手でなんとかなっても、本はめくったりするのが結構苦労をするものでしてね。それに同情してくれたのか、麗火が寄ってきて手伝ってくれたのです。それで、この時、私が読んでいた『黒死館殺人事件』の挿絵を見て、ミステリーに興味を持つようになりました。これが、私と麗火の出会いです。麗火は、その時からとても美しかった」

（あれが、あの話がそうだったのか）

麗火と初めて会った時、僕は、麗火とミステリーとの出会いとして、この話を聞いていた。麗火は、確か本を読んでいるおじさんの姿がとても可哀想に見えたと言っていた筈だ。あれは、パーティーで他の者たちがまだ歓談していながら、ぽつんと一人だけ本を読んでいる姿に同情したのかと思っていたのだが、そうではなかった。片手を失っていた天綬が本を読んでいる不自由そうな姿に心を痛めたのだ。

二年前の時点で、乙哉は、麗火の年齢を二十三歳だと言っていた。天綬在正との出会いが小学何年生かはわからないが、『黒死館』を低学年で読むのはいくらなんでもという気がするから、五、六年生だったとして、十一、二歳。あの時から、十年ちょっと前のことになる。今回、天綬と再会をして、彼は、右手を失ったのが二十年近く前だと言っていたから、時期的にも合致する。これが、麗火の低学年の時だとすると、片手を失ってからまだ間がなく、日常生活そのものにもっと支障が出ていたかもしれない。

「もしかして、麗火さんが『黒死館』の挿絵を見てミステリーに興味を持ったということは、その頃から絵にも興味があったということですか」

「興味どころか、一部の人たちの間ではすでに天才少女として騒がれていましたよ。私も見せてもらいましたが、実に素晴らしい絵でした。しかし、麗火は、自分がどんな絵を描いていけばいいのかで悩んでいました。そこで、私は、二人の共通の話題となったミステリーのことを持ち出し、その名場面を描いてはどうかと勧めたのです。麗火は、これにも大いに興味を持ってくれました。むしろ、絵にすることでますますミステリーにのめり込んだといっていいでしょう。そして、かなりの点数を描きためたところで、私が出版社に話を持ち掛け、幻城戯賀の名で画集を出すことになったのです。正史の画集では、映像作品との相違に不満があると噂されましたが、あれは、私の影響によるものが大きかった」

二年前に幻遊城を訪れた時、幻城戯賀のデビューから五年が経っていた。麗火は、十八歳の時に幻城戯賀として世に出てきたのである。

「いや、私の影響はそれにとどまりませんでした。私は、いつしか麗火に自分の夢を語るようになりました。実際に不可思議な事件が起こり、実在の名探偵が解くというあの夢です。そして、ダーク探偵が登場すると、私自身が彼に挑む夢も語りました。すると、麗火が、自分の身体を使って欲しいと言ってきたのです。麗火をそこまでのマニアにしたのは、私だといっていいかもしれません。こうして私たちは結婚をし、遂にこの日を迎えることになったのです」

二人の出会いから十三、四年になろうかという長い歩みだったのかと、改めて感慨を覚えずにはいられない。親子ほども年の離れた男女が、しかも、一方が小学生という頃から、ミステリーについて語らい、ミステリーの絵を描き、結婚をし、そして、女性の手足を切断して密室を作り上げるまでの経緯を思うと、戦慄を禁じ得ない。これも、恐怖からではなく、感動しているのだ。

しかし、まだまだわからない点もあった。

「麗火さんは、幻城戯賀は、手足を切断した一年余り前から絵を描かなくというか、描けなくなったわけですよね。すると、この僕の絵は、その前に描いたということになるんでしょうが、僕がここへ来る前に幻遊城で見た原作不明の絵とか、乙哉の絵も——」

「勿論、手足を切断する前に描きためてあったものです」

麗火が乙哉の死を悲しんでいたことは、さっき天綬が言っていた。

「ですから、最近は新作を出すペースが一段と落ちていたでしょう。これからは、もう出ることがありません」

「天綬さんと麗火さんは、時々、幻城戯賀の住まいだという幻遊城の《天上宮殿》に行って泊まっていましたが——」

「自分たちのもうひとつの住まいだということになります。この館にも麗火のアトリエがあり、麗火は、脅迫状の置き場所になっていた自分だけの庭でもよく描いていましたが、幻遊城へも行き、そこでも描いていました。麗火の手足を切断した後も、幻遊城へは何度か行きました。休館日に行くとか職員用の出入口を使えば、来場者に知られることもありません」

天綬夫妻は、しばしば出かけていたようだが、その多くは、幻遊城にいたのかもしれない。この館に幻城の絵が飾ってあったのも借りてきたものではなく、作者自身がここにいたのだ。

「でも、幻城戯賀って、セレブのパーティーに真矢胤光の扮装で現われたんですよね」

「替え玉ということですね。あの真矢胤光の正体は鷹地先生です」

替え玉説は、当時から囁かれていた。僕が、鷹地の方へ目をやると、幻のミステリー作家は、ニヤリと笑った。

「ダブダブのインバネス・ケープは、鷹地先生のがっちりとした身体を隠してくれます。黒死卿の『鬼火』の衣装も同じ目的からです」

「天綬さんは確か真矢胤光が幻城の正体のヒントになるって言ってましたが――」

「ええ。真矢胤光は男と見せて実は――という人物だったでしょう」

「あっ」

そうだ。そうであった。それで幻城戯賀も、男と見せて違っていることを、真矢胤光で暗示していたのか。

「真矢胤光に注目していたのは狩瀬だったな。『影男』のことを指摘した本間といい、二人とも殺される前に少しだけいいことを言っていたわけか」

探偵が、ボソッと呟く。

「それじゃあ、僕が二年前に見た《大谿谷の間》の展示は、幻城戯賀が麗火さんに見せようとしたものではなかったんですね」

幻城と麗火は同一人物なのだから、そんなことはあり得ない。麗火は、最初からあの展示内容を知っていた筈だ。

「つまりダーク探偵の推理は間違っていた」

「間違いだと──」

探偵は、不満そうだ。それを館の主が、やんわりと宥めるように言った。

「麗火に見せようとしたという視点は確かに間違っていましたが、展示品についての解釈はほとんど合っていました。それに、ダーク探偵が間違えたのも無理はないのです。後でメイドからサロンでのことを聞きましたが、三神先生は、二年前のことを話した時、幻遊城へ来たところから始められましたね。その前の幻遊城へ来るきっかけになったところから話をされていたら、ダーク探偵も気付いたと思いますよ」

「きっかけですか」

僕は、怪訝な表情になる。

「三神先生と白縫先生はどうして幻遊城へ行かれたのですか」

「あっ」

それは、今回と同じだ。本格マニアと称する人物からメールをもらったのだ。この時のメールは、幻遊城の女王蜂──即ち麗火が来ることを知らせていた。

「しかし、それだとおかしなことに気付かれませんか。麗火が来るという情報が広くマニアたちの間に流れていたのなら、もっと多くの人が幻遊城に来ていた筈でしょう。それなのに、実際は、ほとんど人が来ていなかった」

そうだ。僕と乙哉が着いた時、駐車場に停まっていた車は、他に二台だけ。麗火が幻遊城へ入ってきた時も、《大谿谷の間》にいたのは、僕と乙哉だけであった。麗火は、幻遊城の女王蜂・女王様だ。

来場者の多くが、その尊顔を拝したいと願っていた。もし麗火の登場を知っていたなら、もっと多くの人間が来ていたであろう。

しかも、騎西恭一郎は、新幹線の遅れによって一泊し、出直すという偶然のことから麗火に会えたことを喜んでいたではないか。本格派の鬼才であり、麗火を崇拝すること人後に落ちなかった騎西恭一郎でさえ、あの日、麗火が来ることを知らなかった。そういうメールをもらっていなかったのである。メールは、僕のところへ一週間も前に届いていたのであるから、あの日まで目にしなかったということも考え難い。

「あのメールは、三神先生と白縫先生にだけお送りしたものです」

と、天綬在正は言った。

「その頃から、白縫先生には、若者二人を殺す事件のワトソン役をお願いし、三神先生には、麗火の事件をお願いするつもりでした。ですから、その伏線として、麗火がどういう女性であるかを幻城戯賀の絵——つまり麗火自身の絵でもって示そうとしたわけです。黒死卿の手紙に二年前のことを記したのもそのためです。『影男』の絵の配置から『芋虫』が導き出されるようにしたのは、そのものズバリ、《大暗幕》の土蔵での真相を暗示させていたわけです。しかも、『影男』の存在に注目してもらうため、『悪霊』と同じような窓から覗く場面がある閂の密室を追加しました」

「そうだったんですか」

すると、ダーク探偵がいきり立った。

「お前、そんなメールを前の時ももらっていたのか。それほど重大なことを俺に隠していながら、俺の推理が間違っていたなんて、よくもヌケヌケと――。いくら麗火さんの頼みでも、今度こそワトソン役を解任――」

そこまで言ったところで、天綬在正が、また宥めてくれた。

「まあまあ、三神先生も悪気があったわけではありませんから、許してやって下さい。幻城戯賀と麗火が同一人物であったことは、小説にした場合にも伏せておいてもらおうと思っていますので、さっきのダーク探偵の推理で充分です。素晴らしい推理ですよ」

「そうか」

ダーク探偵も、またコロッと機嫌を直している。

「三神先生も、そういうことでよろしいですね」

「わかりました。幻城戯賀の正体については決して触れません」

「それにしても、麗火さんが幻城戯賀だったとはな――」

さすがのダーク探偵も、これには心底から驚いたようであった。

僕もそうだ。しかし、幻遊城の主として、彼女ほど相応しい人物はいないと思う。麗火は、トリックのために自分の身体を極限まで使い、密室を完成させた。麗火は、正しく幻遊城という神殿に祀られた女神であったのだ。

また感慨に耽っていると、執事の秦野が口を挟んできた。

「旦那様、もうそろそろではないかと――」

「おう、そうであった」

と、主も応じる。

「西館に余り来ることがない海藤君や顕君たちは、《三笠龍介の部屋》の仕掛けも、この部屋の仕掛けも知りません。とはいえ、警察の連中もそろそろ穴の中から這い上がってくる頃でしょうし、いつまでもグズグズしているわけにはいきません」

そう言って、天綬在正は、地上では廊下側に面していたドアを開けた。ドアの向こうには、黒々とした闇が広がっていた。天綬在正が、その闇を指差す。

「この先は抜け穴になっていて、敷地の裏山へ出られます。そこからダーク探偵と三神先生は逃げて下さい」

「えっ、天綬さんたちはどうするんですか」

「私は、麗火を残して逃げるわけにはいきません。いつまでも麗火と一緒にいる。このことは、麗火が死を決意した時から決めていたことです。しかも、私は、今回、むざむざと警察の介入を許し、この館に彼らを入れてしまいました。ここは、私と麗火の館であり、ミステリーを愛する者の館でなければならないのです。私は、三神先生たちから、裏山の出来事を聞いた時、ちょっと不安に駆られ、もしやという気がしていました。警察が私に注目しているという情報も、さる筋から聞いていましたので——」

「それなら言ってくれればよかったのに——」

ダーク探偵は、不満そうだ。

「申し訳ありません。もしもの時の準備に掛かってしまったものですから、みなさんにお話しする機会を逸してしまいました。それと、私の思い過ごしということもありますからね。それに、探偵がさきほどおっしゃっていましたが、最後のところで、信じていたものが引っ繰り返され、別の光景が現われてくる。これも、本格ミステリーの醍醐味ではありませんか」

天綬在正は、微笑んでいる。

「しかし、ご安心して下さい。あの無粋な連中を、これ以上この館でのさばらせたりはしません。ですから、三神先生には、心置きなく小説を書いていていただきたいのです」

「はあ」

「ああ、そうでした。これを忘れてはいけません。あなたのために描いた幻城戯賀の、いえ、麗火の絵を持って行って下さい」

そう言って、天綬は、僕の小説を題材にした絵を外し、渡してきた。片手でも持てるほど小さい。それでも、僕は嬉しかった。

「あなたがお持ちになるか、幻遊城へ寄贈なさるかはお任せします。幻遊城は、今後も上偶がうまくやってくれるでしょう」

僕は、半ば茫然とした状態で絵を受け取り、天綬の背後へ目をやった。

「それじゃあ、他の人たちも――」

「勿論、私も残ります。麗火さんをおいてはいけないわ」

成海塔子が、いつもと同じ素っ気ない口調で答える。

「私もだ」

鷹地勝彦も、髭に隠れた口元を不敵に歪ませた。

「あなた方も――」

僕は、使用人たちに向かって言った。

「わたくしどもは、主と奥様のお側にいるのがつとめでございます」

執事は、いつもの落ち着いた態度で応じた。他の者たちも、別に普段と変わりない様子である。

僕は、そんな彼らを見渡しながら尋ねた。

「この人たちは、今回の事件でどんな役割を担っていたんですか。事件のこともきちんと知っていたんでしょうか」

それに、彼らの主が答える。

「麗火の決意こそ知っていましたが、詳しい内容までは教えていません。私にできることは、あくまでも私自身の手でやりたかったものですから。西館に鷹地先生が潜んでいたことも、知っていたのは生前の麗火と成海先生だけです。二つの事件で、秦野が私の側に付いていたのは、あくまでも不測の事態に備えてのことと、三神先生に異変があった場合、連れて帰ってもらうためでしかありません。ダーク探偵たちが地下室に監禁されていることも知りませんでした。ただ時間を掛けて捜すようにと言っておいただけです。他の者たちも、事件そのものについて、私の手助けをすることはありませんでした」

「――」

「但し、空飛ぶ黒死卿は、郷田にやってもらいました。鷹地先生には無理ですので。それ以外で挙げるとすれば、館にいる他の方々の動向を探らせて、事件に支障がないよう取り計らったことぐらいでしょうか。三神先生がダーク探偵や顕君と一緒に敷地内をまわっていた時、その先に郷田がいたり、裏山へ行こうとした海藤君や新里君には、篠塚が付いてきたりしていたでしょう」

「それじゃあ、あれは――」

「《火炎台地》の方へ行かせないためでもあったのです。《火炎台地》に行かれて、砂堀に橋を架けられたりすれば、正史の白い密室ができなくなってしまいますからね」

「さあ、これでもう気がすんだか」

ダーク探偵が、僕の肩に手を置いてきた。

「そろそろ行こうじゃないか。事件を解き明かしたら、とっとと立ち去る。これが、探偵とワトソン役の鉄則だ。事件があった館にいつまでもとどまるべきではない」

「――」

「抜け穴に照明はありませんので、これを――」

天綬在正が、僕とダーク探偵に懐中電灯を渡した。

「抜け穴を出てからはどうなさいます」

「小田桐に来てもらうよ」

そう言って、ダーク探偵は、ガウンの中から携帯を取り出している。こいつは持っていたのか。

「黄金仮面の衣装は部屋に残したままとなってしまいましたね。申し訳ありません」

「いいよ、また新しいのを作るから。それよりも、この館には麗火さんの、幻城戯賀の絵が何点か残っているな」

『悪魔の手毬唄』と『パノラマ島奇談』、それに、『黒死館殺人事件』と『女王蜂』だ。もしかしたら、まだあるのかもしれない。

「仕方がありません。ここに置いていきます」

「そうか」

「では、おさらばです。ダーク探偵のさらなるご活躍を願っています」

天綬在正が、左手を差し出してきた。

「うむ」

と、探偵は頷き、その手を握る。

天綬在正は、僕にも手を差し出してきた。

「麗火のためにいい作品を書いて下さい」

「は、はい」

僕も、主の手を握り返す。

手が離れると、秦野が、ゆっくりとドアを閉め始めた。天綬の横では、成海塔子がクールに、鷹地勝彦は、髭面の口元を歪めたままで、僕と探偵を見送っている。後ろの方では、他の使用人たちが、丁寧に頭を下げていた。但し、郷田だけは、茫洋と突っ立っている。

そして、ドアが閉まる。

「天綬さん！　みなさん！」

僕は、思わずドアを叩いていたが、勿論、何の反応もない。しかも、すぐにモーターの唸るような音が聞こえてきた。《ルージェール伯爵の部屋》が上がっていくのだ。

僕は、完全な茫然自失状態となっていた。

そこへ、ダーク探偵の声が掛かる。

「何をしている。行くぞ」

僕は、後ろを向き、足を踏み出した。

「うわぁ！」

その途端、出した足を踏み外して倒れてしまった。ドアの外が、下へ向かった階段になっていたのだ。探偵の懐中電灯が下の方で光っていたのだが、僕は、うかつにも、それを確認せず、自分の懐中電灯は点けることさえしていなかった。それで、何段か転げ落ち、派手に尻餅をついたのだ。どうやら、足を痛めてしまったようである。

「いてて！」

探偵は、呆れていた。

「なんてザマだ。ぼおっとしているからだぞ。絵は大丈夫か」

あっと思い、僕は、絵を探した。近くに落ちていた。懐中電灯で見ると、幸いにして、目立った破損や瑕がないように思われ、僕は、ホッと胸を撫で下ろした。

その間にも、探偵は、どんどん先へ進んでいった。

「待って下さいよ」

僕も、慌てて後を追う。足を少し引きずりながらもなんとか追いついた僕に、ダーク探偵がこんなことを言ってきた。

「お前は、どうも麗火さんが期待していたことを信じられないようだが、そのことは、二年前にお前と白縫乙哉がもらった物でもきちんと示されていただろう」

「どういうことです」

「幻城戯賀でもあった麗火さんは、お前たちが来ることを知っていた。だから、あの時の贈り物も、最初から渡すつもりで持ってきた筈だ。そこで、白縫乙哉には山百合を渡し、お前には懐中時計を渡した。お前がもらったのは、『犬神家の一族』で、珠世が持っていた懐中時計に擬えたものだった。珠世は、恋人に渡そうとして、それをずっと持っていたんだろう。一方、山百合は、智子が死んだ父親に捧げようとしていたもので、すぐ崖下に落としていたではないか。麗火さんにとって、どっちに比重がかかっていたか、察することができるんじゃないか」

そう言われてみれば、恋人に渡そうとしてずっと持っていたものの方が大事なように思える。

「お前も白縫乙哉も、『女王蜂』にばかり気を取られて、『犬神家』のことは疎かになっていたようだな。前の事件の時、白縫が山百合のコサージュを大事そうに付けていたんで、俺が聞いたら、お前の名前は出さなかったが、友達と一緒に麗火さんから別々のものをもらったと教えてくれた。そして、女王蜂の麗火さんが『女王蜂』にまつわるものをくれたことで、とても喜んでいた。そこで、俺は、今と同じことを話してやったんだ。すると、彼も、『犬神家』のことを思い出し、かなりのショックを受けていた」

「えっ、乙哉が――」

「今から思えば、無理もないとわかるな。なにしろ作家としての名声、実績なら、明らかに彼の方が上だった。それなのに、麗火さんは、お前の方を重んじていたわけだ。どうやら彼は、俺の事件を物凄い傑作にして、麗火さんに自分の実力を認めさせようと考えたらしい。ところが、俺は、さっさと帰ってしまった。また呼ぶと言っても、いつになるかはわからない。それが、彼には耐えきれなかったようだ」

「それじゃあ、乙哉が自殺したのは、僕にも原因があったと」

「彼が弱かったんだよ。だから、早まったことをしてくれたと言っただろう。さっきミステリーを書くために命を張ったお前と、ミステリーを書けないことで命を絶った彼と、ミステリーに対する覚悟はどちらが立派か。やはり麗火さんの目は確かだったといえそうだ」

「乙哉――」

僕は、そう呟きながら、懐中時計を握り締めようとした。

しかし――。

なかった。いつも首から吊るして、肌身離さず付けていたのに、なくなっていたのだ。

「あれっ」

僕は、そのへんに光を当て、そして、気付いた。さっき階段を転げ落ちた時に外れて落としてしまったに違いない。あの時は、絵の方に気を取られて、時計のことにまで思いが至らなかった。

「なくしたのか」

「ええ」

僕は、何もない胸元を示した。

「ですから、ちょっと戻ってきます」

「行かない方がいい」

「せっかく麗火さんにもらったんですよ」

「しようがないだろう。天綬氏が言っていたように、今回の事件を立派なミステリーに仕上げることで恩返しをするんだな。それと、絵もあるじゃないか」

「やっぱり放ってはおけません」

なんといっても、麗火が僕に期待してくれたことの証《あかし》なのである。しかも、それが、乙哉の命を奪う一因にもなってしまった。乙哉は、二つの贈り物の意味を知りながら、それでもなお、最期まで山百合のコサージュを握り締めていたのであるから、僕は、尚更、それを絶対に手放してはいけないのだ。

「すぐに戻ってきますから、あなたは先へ行ってて下さい。それまで、これは取り敢えずここに置いておきます」

僕は、幻城の、麗火の絵を置いて、洞窟の中を戻っていった。背後から、探偵の声が掛かる。

「天綬氏が、どうして途中から『パノラマ島奇談』を『悪魔の手毬唄』の隣に飾ったと思う。文子の絵は、インパクトのない死体にはならないという麗火さんの覚悟を表わしていたと、俺は思う。それを俺たちに見せて、今回の事件の伏線にしようとしていたんだ。だったら、隣に置かれた『パノラマ島奇談』はなんだ。あれは、いざという時の天綬氏の覚悟を示しているということにならないか。だから、この館に置いてあったんだろう」

「——」

「しかも、途中からということは、警察の存在が気になった時からの可能性が充分に考えられる。あれは、『パノラマ島奇談』の最後の場面を描いていた。パノラマ島を造った人物が、最後は自分の楽園の崩壊を察知して、自分の身体を花火で粉々にするんだ。だから——」

僕は、聞き流していた。今は、それどころではないのだ。どんどんと洞窟を戻り、やがて探偵の声も聞こえなくなる。

僕は、階段のところで、地面に光を当て、懐中時計を探した。あった。やはりここに落としていたのだ。紐がちぎれているだけで、懐中時計そのものは、特に破損がないように見えた。ただ表面の布が少しめくれている。布で作られた懐中時計は、時計の絵が描かれた布を一番外側へくるむような形になっていたのだが、今までめくったことはなかった。

それを今ここでめくってみようという気になった。

めくった布の裏側に、赤いものが描かれていた。じっと目を凝らし、それが赤い唇の形をしていることに気付く。描かれているというよりは、スタンプのように捺されているという感じだ。

「あっ」

と、僕は思い当たった。

『犬神家の一族』で、珠世が持っていた懐中時計のふたの裏側には、指紋が付いていた。それは、珠世が愛していた男の指紋であった。これに対し、麗火からもらった懐中時計の表面の布の裏側には、唇紋が付いていたのだ。もしかしたら、これは、麗火自身の唇を象ったものではないのか。狩瀬は、そのことに気付いたからこそ、これを欲しがったのかもしれない。

「戻ってきて、よかった」

僕が、そう呟いた時であった。

突然、

ドッカーン！

という大音響が轟き、洞窟が揺れた。

僕は、大音響の衝撃と、それに続く突風に吹き飛ばされて、また地面に転がってしまった。いや、叩き付けられたといった方が正しいかもしれない。それと同時に堅い塊のようなものや、破片みたいなものが、僕に襲い掛かってくる。

それから、どれだけの時間が経ったであろうか。

僕は、なんとか身体を起こした。光が消えてしまったため、辺りは真っ暗だ。しかし、懐中電灯は手元になく、冴えない眼鏡もどこかへ行ってしまった。それでも、懐中時計だけはしっかりと握り締めている。

「よかった」

と、また呟き、起き上がろうとした。ヨロッとよろけてしまい、地面にペタンと座ることしかできなかった。頬に生温かいものが伝わっていたので、懐中時計を持っていない手で触れてみる。ヌルリとしたものを感じる。鉄錆めいた臭いも嗅いだ。

しかし、さっき階段を転げ落ちた時のような痛みはほとんどなかった。ちょっと頭がクラクラするだけだ。血の臭いのせいだろう。またどこかで殺人事件が起こったのかと思う。しかし、今はそっちの事件に関わっている余裕などなかった。麗火が自分の身体でもって成し遂げた密室を——この館の事件を書かなければならない。

書くぞ、書くぞ。

僕は、必死に立ち上がろうとした。またペタンと座り込んでしまう。

何も見えない周囲をしばらく見渡し、

「そうだ」

と、声を上げ、ポンと手を叩いていた。

ダーク探偵に言われていながら、まだ付けていなかった探偵と館の名前がふっと、それこそ天啓のように浮かんできたのである。

探偵の名前は、カイチ・ケイスケにしよう。

これは、「かいちゅうどけい」の最初の三文字と最後の二文字をとって作った。やはり明智小五郎・金田一耕助の衣鉢を継ぐ日本人らしい名前がいいじゃないか。但し、ダーク探偵みたいな性格ではなく、乙哉のように品のいい若者にしようと思う。

そして、館の名前には、やはり麗火の名前を入れたい。ここには、西館と東館があったから、二つの麗火の館で双麗館《そうれいかん》と名付けよう。

タイトルは勿論——
『双麗館殺人事件』だ。

（了）

あとがき

本書は、本文中にいくつもの先行作品を登場させ、その一覧を最初の頁に掲載しています。そこでも書いておいた通り、中には、真相や結末に触れている作品があります。その多くは、江戸川乱歩と横溝正史の作品です。

二人の作品は、長く読み継がれ、何度も映像化されていることから、その内容もかなり知られているとは思いますが、こうした手法が決して推奨されるべきものではなく、未読の方々の楽しみを削ぐことになっているのも確かであり、その点については陳謝申し上げる次第です。

しかし、乱歩や正史の作品は、本文中で触れた内容を知ってもなお、読みごたえのあるおもしろさに満ちていると、作者は確信しています。拙作の記述でどこまで興味を持っていただけるかわかりませんが、未読の方々には、これを機に日本のミステリーの偉大なる先人の作品に触れていただければと思わずにはいられません。

なお、先行作品の引用箇所では、原作と表記を合わせているため、他の本文と表記の異なっていることがあります。

そして、乱歩と正史以外では、現役作家でただ一人、山田正紀氏の作品について、真相の一端に触れています。そのことについてご了解下さった山田正紀氏のご厚意に、僭越ながらこの場をお借りして御礼を申し上げます。

また本書は、二階堂黎人氏と加賀美雅之氏がいなければ、こうして世に出ることがなかったかもしれません。二階堂氏には、監修者としてもご指導いただき、両氏にも感謝と御礼を述べさせていただきます。

最後に、作中で多くの作品を引用していながら、作者の読みの浅さや思い違いなどにより、担当編集者である星野英樹氏をはじめ校閲の方々に多大なご面倒をお掛けすることとなってしまいました。そのことを謝すると共に、御礼を申し上げます。

このように本書は、多くの作品と多くの方々に恵まれて、上梓までこぎ付けることができました。冒頭の場面を書き始めた時のことを思えば、実に感慨深いものがあります。作者としては、それに報いる意味でも、できあがった作品が読者の皆様に楽しんでいただけるものとなっていることを願ってやみません。

歴史の異世界に綺想を求める幻視者＝獅子宮敏彦論

横井　司

1

江戸川乱歩の代表作「陰獣」（一九二八）の冒頭で、同作品の探偵役であり語り手を務める探偵小説作家・寒川が、次のように書き始めている。

私は時々思うことがある。探偵小説家というものには二種類あって、一つの方は犯罪者型とでも云うか、犯罪ばかりに興味を持ち、仮令《たとえ》推理的な探偵小説を書くにしても、犯人の残虐な心理を思うさま書かないでは満足しない様な作家であるし、もう一つの方は探偵型とでも云うか、ごく健全で、理智的な探偵の径路にのみ興味を持ち、犯罪者の心理などには一向頓着しない様な作家であると。（引用は『江戸川乱歩全集』第3巻、光文社文庫、二〇〇五から）

ここでいう「犯罪者型」は、当時のいわゆる「変格」探偵小説の書き手を指し、「探偵型」が、いわゆる「本格」探偵小説の書き手を指している。乱歩自身が己を「犯罪者型」の作家として位置づけており、『陰獣』に登場する「犯罪者型」の作家である大江春泥を自分になぞらえて創造したことは、よく知られている。ちなみに、一方の「探偵型」の作家は、当時の本格探偵小説作家・甲賀三郎を念頭に置いていたと乱歩自身が戦後になって書いているが（「旧作四篇について」『陰獣』岩谷書店、四九・九）、乱歩にも理智的な作品があることを思えば、自己の資質の二面性を無意識のうちに著したものといえるかもしれない。

興味深いのは「犯罪者型」と「探偵型」がきれいな対になっているわけではなく、「仮令推理的な探偵小説を書くにしても」と補足しているように、「犯罪者型」の作家であっても「探偵型」の作家が持つ資質を示す場合があると書かれている点である。そのように書き出されている「陰獣」自体が、まさに「犯罪者型」の作家による「推理的な探偵小説」になっているのも興味深い。

そして、第二次世界大戦前の日本の探偵小説は、多かれ少なかれ「犯罪者型」の特徴を有した作品が主に書かれていたと見なされることが多い。乱歩自身の作品がまさにそうであり、他に横溝正史や小栗虫太郎など、今日まで多くの作家に影響を与え、読み継がれている作家は、みな「推理的な探偵小説を書くにしても、犯人の残虐な心理を思うさま書かないでは満足しない様な」、「犯罪者型」探偵小説家としての資質を、よく示しているのである。

本書『君の館で惨劇を』は、右に述べたような「犯罪者型」の探偵小説家、主に江戸川乱歩と横溝正史へのオマージュとリスペクトに満ちた世界観を背景とする本格ミステリーである。

そうしたオマージュとリスペクトに倣って、それらしくストーリーを紹介すれば——

東京近郊のどことも知れぬ山中にある大富豪・天綬在正の瀟洒な洋館。そこは、江戸川乱歩・横溝正史の伝統に連なる本格ミステリーを愛する探偵小説マニアの大富豪が、小説に出てくる舞台や小道具を再現した建物やオブジェを擁する無何有郷《ユートピア》だった！「黒死卿」と名乗る怪人物から奇怪な犯行予告状が送られてきた天綬は、伝説的な存在であるダーク探偵に出馬を要請する。だが、名探偵が到着したその夜、晩餐会の席上に黒死卿が現われた！　そして惨劇の幕が切って落とされるのだった……!!
　土蔵に転がる血みどろの死体！　宙を舞い、足跡を残さずに消えさる怪人!!　赤い乱歩の密室と白い正史の密室が意味するものは？　歴史ミステリーの気鋭が放つ現代本格の秀作！

　獅子宮敏彦は二〇〇三年に、架空の中国的世界で起きた毒殺事件の謎を解く「神国崩壊」で、第10回創元推理短編賞を受賞してデビューした。『ミステリーズ！』第2号（二〇〇三・九）に掲載された「受賞の言葉」には「奇想という言葉が好きで、できるだけ破天荒な舞台設定に、幻怪極まる事件を描いてやろうと腐心を重ねた作品」だと書かれているが、「できるだけ破天荒な舞台設定に、幻怪極まる事件を描」くというスタンスは、以後の作品でも通底している。とはいえ、受賞第1作はなかなか現われず、ようやく二〇〇五年になって、日本の戦国時代（ただし、どこか実際の歴史とは微妙に異なるような、それでも最新の学説をふまえた戦国時代）を舞台に、牛に乗って諸国を放浪する伝説の名医・残夢を解明役に据え、各地で起きる怪事件・怪現象の謎ときを展開する連作長編『砂楼に登りし者たち』が刊行された。さらに二〇〇九年には、創元推理短編賞受賞作を表題に据え、架空の中国における華王朝に設置された探偵符の面々が、建国の歴史の裏に繰り広げられる不可能・不可解な出来事を描いた禁書にふれ、現王朝の朝廷で起きた奇怪な事件を解決する連作長編『神国崩壊　探偵府と四つの綺譚』を上梓。そして二〇一一年になって、やはり架空の中国世界を舞台として、皇帝継承をめぐって龍にまつわる怪事が起こる、異世界ファンタジーの要素を取り入れた本格長編『天命

龍綺　大陸の魔宮殿』を発表している。

本書『君の館で惨劇を』は、これまでずっと歴史的世界を背景とする本格ミステリーを発表してきた獅子宮による、長編では初めて、現代を舞台とした作品となる。

長編では初めて、と断ったのは、本書にゲスト出演する上偶女史が狂言回しとなる短編「復讐の塔」が、『小説NON』二〇一一年三月号に発表されているからだ。そこでは上偶女史の下の名前も示されている。日本の古代史を背景とする豪胆なトリックが印象的な作品で、併読を奨めておきたい。

その「復讐の塔」でも、歴史の蘊蓄がメインとなっており、現代を舞台とするとはいえ、歴史ミステリーの系譜に加えてもいいだろう。それに対して『君の館で惨劇を』は、江戸川乱歩や横溝正史といった作家たちの作品に対する蘊蓄をメインとしており、これまでの獅子宮作品とは印象の異なる出来映えとなっている。「ミステリの読者としては江戸川乱歩・横溝正史・高木彬光の日本の三巨頭ともいうべき人の作品からのめりこんでいきました。（略）怪しげな雰囲気の中で、摩訶不思議な事件が起こり、鮮やかな謎解きが待ち受ける。これに何ともいえない魅力を感じてしまいます」（『本格ミステリー・ワールド2007』南雲堂、二〇〇七・二）という獅子宮ならではの、トリックにかける情熱と方向性も含めて、これまでの作品に比べても勝るとも劣らない魅力を備えた秀作である。

2

先に乱歩の「陰獣」から冒頭部分を引いたが、その言い回しを借りるなら、本格ミステリー作家というものには二種類あるということができよう。

ひとつの方は「視覚型」とでもいうか、ヴィジュアル・イメージの絢爛な豪胆なトリックに興味を持ち、論理的な探偵小説を書くにしても、トリックのヴィジュアル面を思うさま書かないでは満足しないような作家である。もうひとつの方は「思索型」とでもいうか、理智的な推理の経路にのみ興味を持ち、トリックのヴィジュアルなどには頓着しない作家である。そして、先にも述べた通り、乱歩という作家が「犯罪者型」と「探偵型」との両面性を有していたごとく、現代の多くの本格ミステリーの書き手が、「視覚型」と「思索型」の両面を持っているといってもいいだろうが、傾向として獅子宮敏彦が前者「視覚型」に属する作家であるのは論を俟たない。

現代本格のリーダー的存在である島田荘司や、その島田の推挽を得て新本格ミステリー作家として先陣を切った綾辻行人、そしてその後に続く柄刀一、小島正樹など、「視覚型」に分類される作家たちは多い。こうした「視覚型」の作家たちの登場を促すきっかけとなったのが、本書『君の館で惨劇を』でも言及されている横溝正史ブーム、特にブームを牽引してきた映像化作品ではないかと考えられる。市川崑監督による角川映画第一弾『犬神家の一族』（七六）の、第三の殺人における湖面から伸びた二本の足のヴィジュアル・イメージは、当時その映像に接した者たちに鮮烈な印象を残したことは想像に難くない。本作品の冒頭で、語り手の新進小説家・三神悠也が、右のヴィジュアルを配した『犬神家の一族』のポスターに魅入られたことを回想する記述があるが、これは、現在のところ生年を秘している獅子宮自身の体験に由来しているのではないか、と想像してみたくもなるのである。

個人的な印象になるが、『犬神家の一族』を皮切りに、『悪魔の手毬唄』（七七）、『獄門島』（同）と、石坂浩二が演じる金田一耕助シリーズが映像化され、一方テレビでは古谷一行が金田一耕助を演じるシリーズ（七七〜七八）が放映されていた時、どこまで原作に忠実に映像化しているかという点を、観客や視聴者たちは気にしていたように思われる。『犬神家の一族』が公開される前に、映画『本陣殺人事件』（七五）が公開されたが、舞台は現代に移され、中尾彬演じる金田一耕助はジーパンをはいたヒッピーとして登場した。そもそも最初に横溝作品が映像化された際は、金田一耕助を演じたのが、並行して多羅尾伴内を演じていた片岡千恵蔵だったためでもあろう、背広にソフト帽という紳士スタイルで登場していた。原作と同じ、羽織袴にお釜帽という衣裳で登場したのは、市川版『犬神家の一族』をもって嚆矢とする。だからこそ、なおさら原作に対する忠実度に関心が向かったのだといえなくもない。『君の館で惨劇を』において、画家・幻城戯賀は映像化作品が原作を忠実に描いていないから絵で表現したのではないか、といわれているのも、そうした時代風潮を背景としているように思われてならない。

そうしたヴィジュアル体験を通して生まれたと感じさせるくらい、原作の忠実なヴィジュアル化へのこだわりを示した本書は、乱歩・正史の作品世界へのリスペクトを示しながら、やはり現代の作家ならではの世界が展開されていくのが興味深い。現代に活躍する作家であればそれは当然であるといえるし、古典的な作品はむしろ現代的にアレンジして、新しい読者へとつなげていくことこそ、今を生きる作家の使命と見る向きもあるだろう。

乱歩リスペクトの作品としては、歌野晶午の『死体を買う男』（九五）のように、再現度に優れた作品なども書かれているが、その歌野には『密室殺人ゲーム王手飛車取り』（二〇〇七）のような怪作（＝快作）があり、『君の館で惨劇を』はそうした歌野の怪作路線に近い仕上がりを見せている。『密室殺人ゲーム王手飛車取り』は、動機なき無差別殺人や劇場型犯罪が増えた現代という時代のありようと、ミステリー・マニアという造形を通して描き出されるヲタク世代的な心性を組み合わせて、古典的なトリック小説を現代的に再生させた秀作であった。

そして本書『君の館で惨劇を』は、その『密室殺人ゲーム王手飛車取り』のような印象を読み手に与えるのだが、そうした印象を強めているのが、本書で名探偵役を務めるダーク探偵という存在である。

ダーク探偵というのは仮称である。権力者やセレブなど、社会的な地位があり名声を得ている者たちが事件に巻き込まれた際、それが「不可解極まりない事件」、「密室殺人とか人間消失とか、本格作家が泣いて喜ぶような事件」に限って引き受けるという謎の存在だ。しかも、トリックがすぐ分かるようなありふれたものだと気づくと、謎を解かずに帰ってしまう。顔は常に仮面で隠し、現役ミステリー作家をワトソン役として引き連れていき、事件解決後は当の作家が小説として仕上げて発表することになっている。ダーク探偵というのも、そのようにして作品を発表した作家によって付けられた名前なのだとか。

語り手の三神が、友人の作家・白縫乙哉からその話を聞かされたとき、新しいミステリー・ゲームかまんがのキャラクターだと思ったように、かなり特異な存在だといえよう。こうした極端なキャラクター探偵は、麻耶雄嵩の名探偵メルカトル鮎以来のものかと思われるが、本格ミステリーのトリック趣味や、その解明の楽しみを特化するためのキャラクターという意味では、先にあげた歌野晶午の〈密室殺人ゲーム〉シリーズの系譜にあると考えるべきかもしれない。探偵に犯行を止める義務はなく、「犯人に殺人をやり遂げさせることで、素晴しいミステリーになるなら、探偵は、犯行を阻止しないんだよ」とうそぶくダーク探偵のありようは、〈密室殺人ゲーム〉シリーズの犯罪者と表裏の関係にあるといえるからだ。

こうした探偵を登場させることで、舞台背景の非現実さはカッコに入れられることになり、人工的なクローズド・サークル状況の中で、密室殺人や見立て殺人に淫することが可能となった。そして、近年、後期クイーン的問題というトピックとして話題となっている、偽の手がかり問題も回避することが可能となった。

ここで採られたスタイルは、実をいえば架空の世界を作り上げ、その世界のシチュエーションの中で不可能犯罪や不可解状況を作り上げ、解き明かしていくという獅子宮版歴史ミステリーと同じ方法論によって作られたスタイルだということもできよう。初の現代ミステリーである『君の館で惨劇を』は、意匠は異なって見えるかもしれないが、まぎれもない獅子宮テイストの作品なのである。

3

最後に、獅子宮作品に通底する「癖」のようなものに言及しておきたい。これまでに発表された獅子宮作品から読み取れる世界観について論じたいと思うからだ。それはまた、『君の館で惨劇を』がまぎれもなく獅子宮テイストを顕していることを証すことにもなるだろう。

個別のトリックや犯人の正体について具体的にふれるわけではないが、作品世界の構築の仕方も含めて初読の驚きを重視したいと考える読者は、以下は眼を通さずに、まずは本書並びにこれまでに刊行された個々の作品を味わうことを勧めたい。

「神国崩壊」で第10回創元推理短編賞を授賞した際、選考委員の一人である綾辻行人は、その毒殺トリックの筋の良さを認めながらも、「どうしてわざわざこんな架空世界を造る必要があるのか？と、読み進めながらつい首を傾げたくなってしまう」と述べていた（前掲『ミステリーズ！』第2号）。他の選考委員（有栖川有栖、加納朋子）は、毒殺トリックを成立させるために作品世界を創造したのか、と納得しているのだが、おそらくこの評価の齟齬は、「神国崩壊」のトリックが現代を舞台にしても通用するような普遍性を有していたからであろう。こうした綾辻の評に応えようとしたものか、そしてそのために苦吟を強いられたのか、二年後に上梓された『砂楼に登りし者たち』以降は、作品世界に描かれた歴史的状況を背景としなければ成り立たないような不可思議な現象や犯罪といった要素が強く意識されているように思われる。

そうした歴史的状況を背景とすることの意味をよく示しているのが、ある作品の中で、ある登場人物が推理を語る場面の地の文に書かれた次のような一節である。

不思議というのは、一人や二人でできるものではなく、こうした多くの協力者がいたからこそ可能になった。これらの事件は、そのことをまざまざと証明していたのである。
——

不思議というのは、一人や二人でできるものではない、という認識は、本格ミステリーにおいてはコペルニクス的転回とでもいうべきであろう。近代的な本格ミステリーの発祥をどこに求めるかは難しい問題だが、仮にコナン・ドイルのシャーロック・ホームズ・シリーズだとすれば、それ以降の本格ミステリーの歴史は、超人的な犯人による犯行という個人主義的色合いが主流であった。近代的な本格ミステリーの完成形といってもいいエラリー・クイーンの国名シリーズは、名探偵がたった一人の犯人の意図を暴くという構図の作品である。本格ミステリーというのはきわめて個人主義的な産物だったといってもいい。社会学的に考察していけば興味深い論題を提出しそうだが、筆者の手に余るので、こうした本格ミステリーの個人主義嗜好に対して否を突きつけているのが、獅子宮のテクストに見られる先に引いた言葉だといっておくにとどめる。

こうした認識は、きわめて歴史的な認識だといってもいいのではないだろうか。歴史の謎というのは、たった一人の個人によって作り上げられるものではなく、仮に一人の人間の思惑によって作り上げられるのだとしても、そこには多くの人間が関係している。ピラミッドなどが良い例だが、そうした謎の捉え方は、誤解を恐れずにいえば、本格ミステリーにおいて暗黙のうちに避けられてきた思考方法ではなかったか。そうした禁忌をあえて取り入れることで不思議の現出に成功しているのが、獅子宮ミステリーの綺想を支える根源であるように思われる。

だからこそ、獅子宮は歴史ミステリーにこだわるのである。

そうした獅子宮の姿勢は、現代を舞台とする本書『君の館で惨劇を』にも通底しているし、本格ミステリーの継承というテーマを据えた本書においても、それまでの歴史ミステリーに描かれた歴史認識と共通する位相を示しえているように思われる。それは、作品における現時点ではなく、未来に向けてある理想を実現させるための連帯の意識、その理想の実現のためには自らが捨て石になるとも構わないという意識である。そうした歴史的なパースペクティブに立った登場人物たちのアイデンティティが、トリックだけでなく物語のテーマに関わる形で、もっとも典型的に示されているのは、『天命龍綺』であるように思われるが、そうしたアイデンティティ意識を現代ミステリーの世界に取り込むことで綺想を成立させたのが、本書『君の館で惨劇を』なのだ。

獅子宮は『本格ミステリー・ワールド２０１２』（南雲堂、二〇一一・一二）において、『天命龍綺』や『君の館で惨劇を』にふれて、「ミステリーの定型からは逸脱したもの」と述べているが、そうした「逸脱」を支えるのが、右に述べた歴史的なパースペクティブをふまえたアイデンティティ意識であるように思われてならない。

このありかたを、かつて中井英夫が『虚無への供物』（六四）において繰り広げた、ある趣向と比べると、百八十度といって良いくらいのベクトルの違いを意識せざるを得ない。その意味において、獅子宮の描く本格ミステリーの世界は、一種の非人間的な世界なのだが、未来につながるという一点において納得される、きわめて人間的な世界であるともいえるのである。そこに本格ミステリーのひとつの可能性が存在していることは、疑いを入れまい。あるいは本格ミステリーとは、一貫してそういう世界を描き続けてきたのかもしれない。

君《きみ》の館《やかた》で惨劇《さんげき》を

2012年3月14日　第一刷発行

著者　獅子宮敏彦
発行者　南雲一範
装丁者　岡 孝治
発行所　株式会社南雲堂
東京都新宿区山吹町361　郵便番号162-0801
電話番号　(03)3268-2384
ファクシミリ　(03)3260-5425
URL　http://www.nanun-do.co.jp
E-mail　nanundo@post.email.ne.jp
印刷所　図書印刷株式会社
製本所　図書印刷株式会社

カバー写真　中村一平

ISBN 978-4-523-26505-4 C0093